为了人与书的相遇

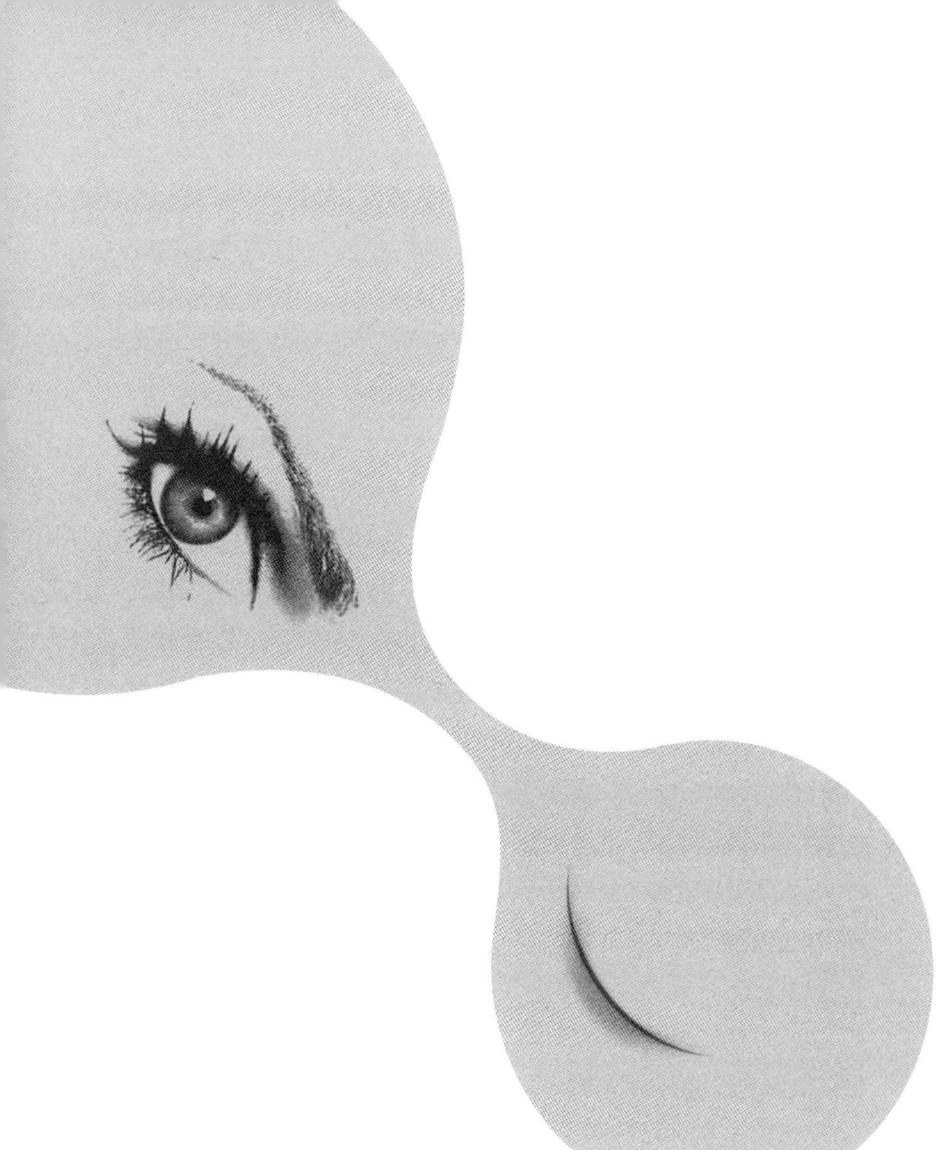

零度诱惑

汪明明——著

GUANGXI NORMAL UNIVERSITY PRESS
广西师范大学出版社

图书在版编目(CIP)数据

零度诱惑 / 汪明明著.
-- 桂林：广西师范大学出版社, 2016.11
ISBN 978-7-5495-8916-6
Ⅰ.①零… Ⅱ.①汪… Ⅲ.①长篇小说－中国－当代
Ⅳ.①I247.5
中国版本图书馆CIP数据核字(2016)第249179号

广西师范大学出版社出版发行
桂林市中华路22号　邮政编码：541001
网址：www.bbtpress.com

出 版 人：张艺兵
责任编辑：孟凡礼
装帧设计：王　俊
内文制作：龚碧函

全国新华书店经销
发行热线：010-64284815
山东泰安新华印务有限责任公司　印刷

开本：880mm×1230mm　1/32
印张：10.75　字数：233千字
2017年2月第1版　2017年2月第1次印刷
定价：38.00元

目录

如果我们以诱惑为生，我们将因蛊惑而死。

——［法］让·鲍德里亚

解码器

1

在我生命的后视镜里，似乎有两条轨迹交错运行，两种声音，两个姿态，扭结着，逶迤着，延伸着触角，向外、向内。它们或有短暂的和谐，但，更多时候，是斗争，是相互的批判，毫不留情的批判。

我们每个人经历的人生，都会有两个自我扭结着迸发，或许一个尚未成形就早早夭折，而另一个则被鞭抽着，疯狂地奔向终点。

清晰记得十八岁时，大雨滂沱，我在屋檐下，狂喜地拆开一个成熟男人的来信。我对那个成熟男人全无了解，他所诱引我的恰恰是未知，所有的未知呢喃着魔语，弥散在自我臆造的想象空间，噼里啪啦，热烈地砸碎生活的镜面。

世界充满了谜面，而我如此向往未知。生命未知的树叶，哗哗响动，诱引着狂奔的脚步，奔向异乡。异乡因其陌生，充满臆测，充满奇迹。直至，有一天，看到熟悉的锚地，突然沉醉。回归的呼唤，悠长而深情，紧紧牵绊住渴望再次流浪的双脚，于是，栖息，就坐在家乡的白杨树下。

这是循环的生命轨迹。

2

手，在滑动，机械地，滑动。

在酒吧，一位穿玫红渔网袜的女孩坐在一群男人中间，不，准确地说，她轮番坐在不同男人的大腿上。她高扬酒瓶，甩着头，无所顾忌地，从熟悉或不熟悉的大腿间滑移，毫无过渡的不自然。

所有的过渡都那么简短，或许根本就没有过渡。

年轻按摩女孩的手。她的双手没有任何过渡地，在抚弄各种形状、色泽的东西。她的表情，疲倦、平淡甚而乏味，或许，她摸它们，跟摸一堵墙没什么分别。

快感的丧失？我们的精神，不断被消损、磨耗，亦如那个按摩女孩，手的反复摩挲，新鲜触感的丧失，神经纤维的麻木。

她们忽而都笑了。

一个女孩的羞涩表情是如此令人陌生。羞涩，即将濒临绝迹的表情。我们可以妖冶地笑、狂放地笑，肆无忌惮甚而粗鲁地笑，可是，羞涩如朦胧月色中水莲花的笑，却似露珠，于脆薄清晨，瞬息蒸发。

3

故事可以在任何地方发生，疾驰的私家车，办公室隐蔽的一角，或是任何一间宾馆揉皱的床单上。其实，简单地撩开裙裾，肌肤的相触、摩挲，故事即刻爆燃。

男女之间的开场越来越简短，没有人再有耐心享受一段从悸动、憧憬、浮想联翩至狂热、迷醉的过程，相识即是终结，所有悠长悱恻的过渡，都被速度的剪刀，咔嚓，剪断。

她跟他的开场，几乎没有过渡，陌生的身体散发出雌雄激素的气息，纠结着，开始了一段故事。他站在荣耀的聚光灯下，没有面孔、表情，而手势，不容置疑的手势高高举起，坚定地指引着前行的方向。

她不过是聚光灯外的观众，被光芒所吸引，走进去，白炽炽地眯了眼，失去了方向。

她说，她想回归，可回归的甬道如此狭窄，夹击着她的身体，几近窒息。她重又转身，眼神空漠，一如那个年轻的按摩女孩。她们渐至交融，嵌进岁月灰白色的石缝间。

一段短暂的旅程，一个充满未知的男人，两个年龄相仿的女孩，一定会有一点故事。所有的故事都浮游出水面，而我更关切的则是潜于水下，窃窃交错的心灵私语，看不清面孔、表情，思想却如水晶般透明，以其自身光泽照亮往昔和未来。

1

第一部

不再有诱惑：性冷淡；不再有幻觉：过度实在，虚拟现实；不再有秘密：诱惑的缺席。

——［法］让·鲍德里亚

锁孔里的秘密

1

我不能确定，是否，我最早发现了那个秘密。按照时间的推断，应该是那次苏南之行——故事的帷幕悄无声息地撩开，秘密闪着水波纹的诡异光晕浮漾，一切都在不可知中滑行。

那一次，怎么说呢，对我仅是例行采访，但对我的同事尤嘉霓却意义非凡。神秘的幸运罗盘正在转动，通向梦幻谷的，有流云、蝴蝶、鲜花，闪烁着奇妙的光芒。

2001年，夏。刚刚大学毕业的我，应聘进入《新都报》，开始我的记者生涯。报社培训后的第二周，我竟被总编陈逸山点名，陪同他去苏南某大型服装企业采访，同行的还有广告部的尤嘉霓。

尤嘉霓，时年二十四岁，比我年长两岁，却似年长更多。在相当长的时间，她对我而言，是一个有秘密的女孩。有秘密的女孩？上初中时，我的同桌，肌肤雪白，发育极为良好，余光瞄过，她丰挺的胸顶住课桌，惹人眼热。她常收到各种小纸条，一天，她神秘地对我说，今晚我和他们在广场见面。他们是谁，他们和她会发生怎样的故事？这始终是个谜。高中时，我转到新学校，我们的文艺委，高挑丰满的女孩，喜欢穿薄透的乔其纱连衣裙，浑圆身姿若隐若现。我不由羡慕地看着她飘散秘密的芬芳从我身旁走过，漫不经心地走向等待她的男孩，发丝轻摇，嘴角上挑，一缕香气似有若无地缭绕。

她们的秘密或许缘于她们的早熟。这些早熟的女孩，身体和行为的早熟，对世界从未有生涩的摩擦阶段，灵活的身体在锻铁铸就的世界里轻巧地舞动，她们是天生的社交高手。

尤嘉霓就是这样的女孩。

尤嘉霓的唇微微张开，饱满圆润，闪着亮晶晶的粉色唇蜜。嗓音极为甜糯，每一音节从喉间滑出，有弧度地波荡起伏：嗨，你好呀——然而，当我第一次听到她发出这样的声音时，毛孔却有小小的回缩，肌肤上的颗粒一个个冒起。

那是在报社对新进员工短期培训的第一天。老师开讲已十分钟，听到有轻轻的叩门声，伴有柔细若童音的女声，老师，我能进来吗？尤嘉霓推开门，并未匆匆进入，而像主演出场一样，微笑着环视一遭，当确信所有的目光都聚焦在她身上，才娉婷而入，头微扬，身姿挺直，臀部微微晃摇。她刻意放缓步调，足以让全场人将她细细打量——栗色蓬松卷发，曼妙身型绷进小一号的紧身连衣裙，散发着暖暖的熟甜气息。她停在我身旁空位，坐下，馥郁的香氛弥散开。包里有什么东西掉落，丁零咣当。有人回头张望，她竟缓缓站起，微欠身，婉转动听地说，Sorry——全场哄笑，所有的人都记住了尤嘉霓这张面孔，这个人。

尤嘉霓并非美艳至极，而是风情尽现。娇脆的轮廓，雪白的肌肤，一双幽黑的眸子总在深深浅浅地诉说衷情，时时撩拨起异性的种种遐思。

常有男同事请她吃饭，她小嘴一噘："我很想去，但不确定我能不能去，下次，或是下下次……"她不再说话，眼角微微挑起，眼波一荡一闪满是粼粼水光。有痴情执著的，亦有知难而退的，若邀请一次即放弃者，尤嘉霓甜腻得能拉出丝的眼神，立马变成十二分的不屑，这么没有恒心，还能成什么事呢？报社一位高大帅气的男记者迟迟没有对她发出邀请，她颇有点悻悻然。一天下班前，尤嘉霓特意跑到新闻部，开玩笑让他请客，当时，我恰巧在场，他说，一起去吧。她面露不悦，我欲推脱，他执意相邀，我犹疑着，跟随他们来到报社附近的港式茶餐厅。

尤嘉霓轻盈落座。她的姿态很"淑女"，两腿并拢，微微斜倾。男同事问她要吃点什么，她说，随便啦。声音细弱得似一阵风就会吹跑。我略诧异地看她一眼，她已低头在看一本时尚杂志，翻动书页的时候，手指那么一拨拉，指甲上镶嵌的水钻亮闪得晃眼。

吃水果的时候，尤嘉霓一手柔弱无骨地用牙签挑起一片猕猴桃，另一手托腮，食指巧妙地绕着卷发，一弹一弹。她的嘴角沾了点猕猴桃的果粒，男同事递过纸巾，示意她擦掉。她眉头一皱，从包里掏出一款漂亮的方帕："这是我的专用手帕，上面绣着Y，我名字的首字母。"她的声音还是细弱，但有了点炫耀的快乐。然后，叠好方帕，塞进包包，再将那款米白色手袋摆放在醒目位置："钱丢了没事，手袋可不能丢，Gucci 新版的，有点小贵。"

尤嘉霓漫不经心地问起男同事的家庭，印象中他的父母都是中学教师。她忍不住打起哈欠，眼里漾出一汪水，慌忙掏出 CD 粉饼盒,看看睫毛油有没有晕妆。于是,一顿饭尤嘉霓至少去化妆间三次。后来，我无意发现一个小秘密，她去化妆间还有一缘由，是将衣裙的标签牌藏掖好。尤嘉霓几乎每天一款，以她当时的薪资显然无法支付这笔开销，最经济的做法是新衣穿三次后再送回商场退货。

饭后，尤嘉霓建议去逛商场。路上，尤嘉霓说，先以为他家境不错呢，不过是普通人家。我想她可能原本对男同事有点意思，结果却有点失望。我忍不住问她喜欢什么类型的男人。她不假思索道:“其实我的要求真的不高，我不要求他英俊得像金城武，富有得像李嘉诚，我只希望他有一点点事业，最好是上市公司，如果不是，至少有千万资产，其实，只要求那么一点点啦。”

一进商场，尤嘉霓立马从“淑女范儿”摇身一变“女王范儿”。她傲慢地挑三拣四,试了一件又一件,每试一件,仅用指尖轻戳衣服,鼻腔哼一声：就这件。她站在镜前，扣扣子、系腰带、整衣领，都由店员一一弄妥帖。尤嘉霓对一款双排扣卡其色风衣情有独钟，我并没觉得有多好，可她执著地站住，系上丝巾，两手插进衣兜，左右脚交叉，摆个造型，再将衣领立起，回眸道，美吗？店员夸她:“美啊，你的妆化得也很漂亮呀。”尤嘉霓眉眼一扬：“我本来长得就漂亮！”衣服试了一件又一件，但一件也不买。店员问：“没一件合适的吗？”尤嘉霓摇摇头，耸耸肩：“明天我去香港淘货，这儿的货……”腰一扭，包一甩，蹬蹬走了。我问：“你明天去香港吗？”尤嘉霓不屑道：“这是策略，知道店员有多势利？这架势才能压得住她们！”

尤嘉霓说的话到底有几句真几句假，即或有一段时间我常和她在一起,也辨别不清:关于她的家境,她的男友,当然,还有她的过去。

一扇扇回望的窗户打开了，往昔的记忆慢慢渗透，充盈了我体内的每个细胞。我又回到那个夏天，嗒嗒的脚步声响起，我一步步走向那辆黑色奥迪车，打开车门的一瞬，我闻到一股香水和皮革混融的浓烈气息，看到尤嘉霓朝我回望的面容，她的肌肤在晨光的微熙中，闪着莹莹光泽。我坐进车内，车厢燥热。尤嘉霓频繁掏出化妆镜，习惯性地歪侧头，斜咬唇，将卷曲发丝缠绕进食指，啪地，弹跳开。她的身体具有侵略性地，不断挤向我，空间越来越小，我不小心碰触她的脚，尤嘉霓尖锐地叫起，颤音高扬，未及抛甩，突然脆裂——娇嫩的笑声，波荡起伏："早安啊，陈总……"

2

车门关上。

多么有趣！一个流动的小舞台，一共四个演员，不，准确地说，是三个，司机姑且算是道具吧。我，辛悦，一个配角；男主角，陈逸山；女主角，尤嘉霓。

陈逸山并不急于开口，或许，他正沉浸于“游移的悦”中：车在行进，场景在移动，从办公间游离出，小小的流动的空间；短暂地脱离视线，脱离众人牵绕的视线，旅行者的心态；年轻女孩清脆的笑声，车窗外流动的风景，时断时续的轻音乐，柔粉色的调子。这短短几个小时，思维处于减速中，可以懒洋洋地休憩于冬日晒暖的草垛上。

我试图开口，却因紧张而禁锢了自己的活力。我没有表演的天分，也无法驾驭这种微妙的场合，话题卡在喉咙，该怎样撩动呢？

至少有两年的时间，我努力适应社会，努力使自己暗合社会成功人士的步调。然而，肢体似滞涩的螺钉，机械地发出生硬的摩擦声。我不确定自己的眼神、动作、话语，是否恰如其分，是否在此时此地，该发出适宜的声音，或表现出适宜的姿态。

当我每次面对领导时，高高围竖的无形篱墙，阻止了前行的脚步，思维、神态在无所适从中僵硬、凝固，陷入程序化的表达方式，我恭恭敬敬地站在领导面前，××总，您好！在意识深处，他们注定是高高在上的。

多年后，我认识一位颇有地位且相当自律的官员。他对我说，在有的情境中，他并不喜欢毕恭毕敬仰慕的目光，间或触及俏皮的带有情趣的眼神，对他而言，那是一种“轻盈的诱惑”。轻盈的诱惑？一个姿态、一个眼神、一个信号，可以无声无息地消泯，抑或波澜起伏地上演，一切皆在想象中预演。

轻盈的诱惑因其剧情尚未展开，仅在想象中预演，无所顾忌，令人愉悦，神奇而迷人。在沉闷的生活里，突然开了一扇窗，一缕风，若有似无地轻抚着你的面颊，我在暗示你，可我什么也没有承诺。行动在暗示和承诺间缓慢而暧昧地流淌，温热却不灼人。

“然后呢，您是催熟诱惑一路高飚？还是让诱惑之音刚刚哼吟，就戛然而止？”

“‘花看半开，酒饮微醉，此中大有佳趣；若至烂漫酕醄，便成恶境矣。’[1] 你可以预见到一切，激情后的闹剧、闹剧后的精疲力竭，一切都可以预见！就让它在最和谐的音调上戛然而止吧！”

尤嘉霓当然听不到如此有趣的对话，毕竟这是多年后的事情。此刻的她正巧妙地启动轻盈的诱惑密码：两手勾住椅背，半个身子，斜侧、前倾，悬吊在前排车座的空当处，胸的轮廓悄无声息却热力四射地，随车之颠动而波荡。对于此刻的尤嘉霓，轻盈的诱惑仅是前奏，远不是终结。高潮尚未来临，为什么不让高潮性感而欢快地尖叫？我消失在雾气缭绕的森林里，等待你的逐猎，诱惑不会栖落，将闪着磷光粉的翅膀，翩跹而至。她如此热烈地渴望趋近他，任由欲望兀自喧嚣，蛊惑着她不顾一切地飞飚，激情滑入——湿性迷醉。

---

[1] 《菜根谭》。

他们在聊什么？谈话艺术的巧妙之处在于应人应时应景，话语与情境严丝合缝，好比高级裁缝量身定制，毫厘不差地熨帖。语言的功用性也日趋细化：公务语言、谈判语言、饭局语言、情场语言……尤嘉霓深谙此道，此情此景她巧妙地启用“旅途语言”：游离于人事、思想、情感之外，散逸、流动，没有胶黏性，不附着任何地方，旅程一结束，即刻遁得空空。

每个导游都藏着一肚子的笑话，尤嘉霓聊起当导游时的逸闻趣事，新奇且调节神经。印象最深的是去澳门赌场，她喜欢赌桌上瞬间输赢那令人神经痉挛的刺激，生命中的万千感受，都在翻牌的一刹那尖叫着迸发。

他们谈得绵密而热烫，尤嘉霓兴致愈发高涨。

“陈总，以后您若想去哪儿玩，我愿做您的全程私助。”

“全程私助？”

“吃喝玩乐，全程陪同的私人助理。”

“那很贵啊。”

“Free，免费的哦。”

语言的按摩，恰到好处。轻柔的按摩，指端流溢着异性的芬芳，抚弄疲劳的神经。她勾起他的谈兴——你很会说话，你所说的正是我想听的。

中途发生了什么呢？那段插曲似可忽略不计，但在整个事件的链条中至关重要，花蕊似开还闭，露水欲滴未滴，一切于蒙蒙晓雾间酝酿、勃发。

行至中途，陈逸山突然对司机说：“休息一下吧，出去透透气，颈椎有点不舒服。”

车停在岔路口，尤嘉霓雀跃着跳下车。她戴上阔边卷的粉色草帽，转悠到陈逸山面前：“您觉得我的草帽好看吗？”

“岂止！”

“岂止？我的一切都好看吗？”

陈逸山看了我一眼：“小尤真会讲笑话，我的颈椎似乎都好了。”

他们一前一后，继续前行。林间小道上，阳光细细密密地筛滤下绿莹莹的光斑，一蓬蓬雨后的蝴蝶花吸引了我。我取出相机，蹲下身，调准焦距。忽闻不远处的一个声音突兀响起，尖利、细脆，有着特殊的磁性，穿透翠绿色的枝叶，一颤一颤：

“我的鞋跟被卡住了！”

在多次的回忆描摹间，这个插曲总令我哑然，它循环上演，在电影画面或小说情节里。情境、台词如此相似，彼此遥遥地招手致意。女主角为了赢得男主角的注意力，做出夸张的矫揉之举：车门卡住裙摆、鞋跟断掉，风刮走了丝巾……而演员自身则迷醉于景象的欺骗，深情款款不知倦怠地表演——难道，我们都陷入暧昧的轻喜剧中了吗？

我试图放慢速度，放大细节：尤嘉霓的动作很优美，不是猝然间的狼狈不堪，更像是在平衡木上表演柔软体操。粉白色的背影，恰如欲起飞的丹顶鹤，一只脚高高抬起，两臂似腾飞的翅翼，她在倾斜，试图寻求某种倚靠，一棵树、一只手，或是某人飘动的衣袂。

尤嘉霓牢牢拽住陈逸山的衣袂。瞬间的接触，却在传递一种奇妙的信号。这不再是上下级的关系，而是一个女人向一个男人发出的柔弱、急切的求助信号。

细小的高跟鞋跟嵌进石板狭缝里，陈逸山弯腰帮她拔出高跟鞋，然后，在阳光下，端详一会，好像那是一只晶莹剔透的水晶鞋："穿这么细的跟，去采访？"

"还好，没断。真玄啊！"尤嘉霓的眼神娇羞而俏皮，小而尖的舌头吐出，旋即又收回。在这个坚硬的男人的世界，她的柔软，似石板缝里生长出的柔曼青苔，疯狂地生长，直至将其完全覆盖。

笑声，似急流之水，冲溃了岁月的栅栏。几只小鸟被惊惹，扑腾腾振翅飞翔，树叶，灰尖，簌簌直落。

3

如何最快捷地测试女人欲望之火的炽烈强度？

把她们放在璀璨的舞台中央吧，看看她们是以怎样的姿态出场。舞台上一切元素都能点燃女性虚荣的火苗：镁光灯的聚焦，粉丝们疯狂的尖叫，高高架起的直播机……那一刻，个性在光束间，全然处于赤裸状态。

尤嘉霓没有走过红地毯，然而，巨大的舞台幻象在生活中到处蔓延，通向梦想的红地毯在高楼林立间吐着火舌四处窜流，现实的摄像镜头每时每刻都在进行着实时直播。

车继续行进，气氛有了小小的不同，尤嘉霓不再像之前那么热烈地与陈逸山交流。她的脸转向窗外，有什么吸引了她的视线，农田、溪流抑或是天上变幻莫测的云？

我们的采访简单而仓促，总裁宋长明安排办公室的人员给我一大沓剪报，他对我挥挥手，不要采访了，只要在剪报上找点素材，足够你写好几个版。辛苦准备的采访札记，摊放在那里，我沮丧地坐在外面会议室，里面小会议室不断传来陈逸山和宋长明的笑声，我一口一口地啜饮龙井茶，忽然发现尤嘉霓不知溜到哪儿去了。

晚上，宋长明别出心裁地搞了烧烤派对为陈逸山接风。露天烧烤设在厂区花园。阔大的绿色草坪，七八顶漂亮的白色凉篷，彩灯一串串扎起，着黑色制服的服务生静静地摆好烧烤架，小提琴手在调适琴弦……边角一侧有长形自助餐桌，各式餐点、果蔬，酒类应有尽有。

三三两两的人群到了，他们并不刻意着装，女的穿花色连衣裙，男的则是短袖衬衫，甚而还有一中年男人穿着汗衫，手摇大蒲扇，趿个凉拖走来，好似来此处纳凉。有几对夫妻带了小孩，一个小男孩，淘气地捅一下垒成塔形的啤酒，咣当，十几瓶啤酒砸落在地。

陈逸山和宋长明正在旁侧聊天。夜色渐渐暗沉，他们的面孔隐于暮色中，模糊听见宋长明的声音，吃不是静止行为，一个人静静地吃饭，那不过是吞咽。吃是一种动态行为，必须有风景、音乐、歌舞，当然更要有美人。

起风了。

炉火点上。一服务生轻轻走来，低声问，想烤点什么？我说鸡翅，他动作娴熟地帮我烤鸡翅，他将一整只鸡翅以铁叉穿透其中作展翅状。这欲腾飞的鸡翅在焦烤中，抹了蜂蜜、加了孜然，一点点地渗透，发出吱吱爆香的气息。

尤嘉霓迟迟没有出现，我频频回望——她恰好在那时出现。一点光亮，薄如蝉翼的微光，似从琥珀色的光线分泌而出，有质感的流淌的亮光液体。她翩然而至。曲线绷进橙色紧身丝裙，水波荡漾。背部大V裁剪，裸出雪肌玉肤。

我的目光惊讶地从她光裸的背部滑过。难道她早有准备？当我在会议室百无聊赖地喝茶时，她或已开始紧锣密鼓地运作，打探晚上的行程安排，租借晚礼服。而后，她穿上晚礼服，站在开阔的草坪上，无数个表演的细节在想象中展开……

人们窃窃私语，他们都在猜测她是谁。到处都是视线——发烫的视线，燃烧着的视线，尤嘉霓感受着炽热的目光，袅娜前行，扭胯、转身、微笑，似乎逶迤延伸的红地毯就铺陈脚下，她站在聚光灯中，耀眼夺目。

尤嘉霓从我身边走过，香气微婉。她径直来到陈逸山和宋长明中间，微微俯身，柔软的绉纱轻拂肌肤，一荡一荡，忽隐忽现的胸部，令人目迷神离。一缕卷发随意垂下，有意无意摩挲着他们的面庞，那种令人着迷的摩擦，肌肤相触微妙的示意，痒酥酥地，在娇喘，在轻吟，在暗通款曲——

她的笑声，间或传来，鲜嫩地撒着水珠的笑声，奇妙而恰到好处的颤音，纤柔若游丝，循清风，袅袅漾开。

局促闪动的火光，灿然勾出金色光晕里的轮廓：她仰起的面庞漾起醉人的酡红；她的眼神活泼、妖媚，诱引着对方，滑入柔情四溢的微妙悸动中；音调则在记忆的蔓草处，流溢出黏稠的胶质液体，难以名状的弧状波动。

人影、笑声、面孔，氤氲飘荡。风一吹，颤动扑灭，复归消隐。

悠扬的琴声，由远而近。小提琴手驻留在陈逸山和尤嘉霓身边，激情四溢地拉起来。尤嘉霓摇摆双臂，踩着猫步轻盈跃动。陈逸山搂着尤嘉霓，唇对唇细语喃喃，他们交流着眼神，手臂相互缠绕，旋即又松开。尤嘉霓滑向宋长明，她从一种搂抱旋转到另一种搂抱。

细雨蒙蒙，服务生撑起伞，站立身后。凉篷内烟烘烘的红，凉篷外墨溶溶的黑。绿草被雨水打潮的清香，炭火噼噼啪啪的声响，蜂蜜从烤虾上滴落，炭开始变白，火焰在变弱，冰冷的雨珠，滴落，一滴、两滴，无休无止。

4

那一晚，我究竟是怎么了，是什么诱引我追踪的脚步？烧烤派对结束后，尤嘉霓对我说，她要和这儿的同学去酒吧。她微微迟钝，或许，仅是我记忆的误差，她其实是非常快速，水一般滑过地说，十点，夜生活才刚刚开始。她的声音漂离她的大脑，那是虚假空泛的声音。尽管光线昏暗，我依然能感觉到，某种秘密的喜悦在她体内闷燃着，她努力压抑，可真实的喜悦总试图挣裂她的伪装，努力伪装的镇静。奇特的讯息瞬即闪掠，她在撒谎！她肯定不会去酒吧喝酒。那她究竟要做什么？难道……为了验证我的猜测，我屏住呼吸，蹑手蹑脚地尾随其后。

我隐约看到两个一前一后的身影，听到一两声短促、愉悦的笑声，一只叫春的猫，蹦跳出，阻碍我继续追踪的脚步。另一个身影是谁呢？应该是陈逸山。这样的发现，虽在意料中，却多少有些令人失望，印象中的陈逸山总是慷慨着，激昂着，他的手势，坚定、明确地指引着前行的方向。陈逸山停下来，与尤嘉霓保持一定距离，身影蹩进更暗的阴影处。难道他以为隐藏于暗处，就躲避了窥视的眼睛？

2001 年，手机 GPS 功能尚未普及。否则，当他与尤嘉霓调情时，他的妻子或任一个按照 GPS 追踪到现场的人，将意外发现他的手不再高扬着，而是在抚摸一个年轻女人光溜溜的臀部。陈逸山继续前行，步调开始越来越放松。他应该庆幸置身于相对安全的年代，不用担心眼前追猎的女孩将苟合之照发到贴吧、微博，公之于众。没有证据，一切不过是野猫的叫春，一两声，短促、娇媚。

我匆匆跑回宾馆。

尤嘉霓的那张床，平展，没有涟漪、发丝，似乎从来不曾有人，也不会有人打算睡在上面。

电视里的对白响亮而热闹，在多次的外地采访中，我进宾馆的第一件事，就是打开电视机，并将音量调至最大。后来，老记们告诉我，在异乡的孤独感，需要声音，哪怕是噪音，掩饰内心的寂寞。我感到寂寞了吗？至少是陌生。所有不熟悉的事物，突然间闯人，激荡起情绪的异样感，无法嵌人，硬生生地摩擦着。

我是知晓他们秘密的第一人。当然，他们不确定我知道。但是，激情过后，偷情的恋人往往会仔细地检查现场，有什么遗漏的吗，或有无被躲在暗处的人偷窥到秘密？他们是否想到一个同行者，有可能出卖他们的秘密？而我是唯一可能的秘密知情人。秘密憋守于内心，我口干舌燥，脸颊泛红，似乎，被追猎的不是尤嘉霓，而是我……或许，知道秘密的人比制造秘密的人更感窘迫。我知道另一人的秘密，但又不能说破，他们或也清楚我知道这个秘密，但也不会说破，谁都不愿捅破这层窗户纸，我们之间的紧张度并非他物，正是这个秘密的秘密。我若想使自己处于安全地带，必须蒙上双眼，如盲者行走在秘密的帷幕之外。

已至 12 点，她尚未回来，关灯。

走廊里充斥着响亮、嘈杂的喧哗声，一个孩子尖锐地哭泣，有什么东西打碎了，服务员正和客人激烈地争执，不知从哪间屋窜出响亮的电视对白声，强劲有力的冲水声不管不顾喧嚣地流淌着……

怎么，这间四星级宾馆，隔音竟这么差吗？

隔音？薄薄一层的隔声毡，薄薄一层的吸音板，薄薄一层的吸音涂料，试图将每人的秘密锁闭于小小的房间。人们进入高级宾馆，习惯性地拉上厚厚的天鹅绒窗帘，并将“请勿打扰”的标牌挂在门外，在自以为安全的空间随心所欲地说、做、乐。在人们的常规思维定式中，四星级以上的宾馆具有起码的隔音效果，至少你的一言一行不像身处纸板屋，处于毫无设防的状态。

事实则不然。有一次，我陪同两位领导去外地公务，住在某四星级宾馆，他们的房间就在我隔壁。睡意蒙胧间，我听到熟悉的声音，仔细甄别，是两位领导在交流报社人事问题，时断时续。随后他们竟聊起报社哪些女孩漂亮及各自特色，当然也提及我，我竖起耳朵，但最关键的那几句话，藏匿进壁缝间，了然无踪。平日不苟言笑的领导私下所聊话题如此低俗，颇令我诧异。还有一次，我住在某市五星级宾馆，宾馆设施非常高档，可隔音之差如同身处纸板屋。小半夜，我被软嗲嗲的声音惊醒，大略是，需要按摩吗？一男一女在价格上纠缠足有半小时，而后……或是为了掩盖过于夸张的交欢声，房客将电视打开，夜深人静，电视剧里的对白搅乱了一夜的梦。

陈逸山和尤嘉霓当然想不到四星级宾馆的隔音几与纸板屋相似，尽管他们蹑手蹑脚地走进，轻言轻语地交流，可是，尤嘉霓抑制不住的笑声还是游走壁缝一遭后，最终窜进我的耳膜，轻率地泄露秘密。

我成了被动的偷窥者，这多么有趣。我没有主动偷窥秘密，秘密却如淘气小孩，迫不及待地跳到我面前，你追，它逃，你躲，它又来了！

细碎的微响，含混的呻吟，遏制住的喃喃细语和倦意缠绵……梦总被惊扰。丝棉般松软的梦境，被撕扯成薄薄的蚕丝羽翼，透得进光、影和风。

一只蚊子嗡嗡乱响，穿破静夜，我怵地坐起，拧亮灯，猛地拍死。

那一丝的绽开却是豁然明朗，声响如白炽光东倒西歪地打在黑色幕布上，灼目、晃眼，无处可藏，七零八落的阴影藏在暗处窃窃冷笑。耳朵贴附于墙面，空白的背景上窜出一两声短促、熟悉的笑声，似纤细藤条刮打在粗糙的墙壁上，渐次筛细的声响，又似柔软羽毛痒酥酥地撩拨。

天不热，浑身已是一层细细密密的汗珠。关灯。

奇特的声响，突然消匿，如蜥蜴般迅速窜进壁缝，无踪无影。再次沉浸于奇异的寂静，风吹乱了树叶，那个声响怯生生地挂在树梢，不肯坠落。

当我听到轻微的门的转动声，手机时间已显示凌晨 2：00。

第二天晚 21：00，返回宜都。薄透的雾气，宁杭高速公路。

暗的车厢，我无意间回头，模糊的肢体有了糖果般的甜腻。我看不清她的容颜，但能清晰地感觉到，尤嘉霓在笑，咬着唇，在笑。当车转弯的时候，她的身体夸张地倾倒，几欲跌进陈逸山的怀里，他不动，只说，小心。

回忆在滑行。白色凉篷上闪亮的千万颗雨珠，忽隐忽现的胸部，鲜嫩地撒着水珠的笑声，踩着猫步的轻盈跃动……我是什么？一个不该出现的旁观者？光影摇曳间，我的命运如炭火，不确定地闪烁，脸炽热地烫，没来由地。

青灰色的天幕，一大束烟火绚烂绽放，旋即熄灭——恍若梦境，我沉浸于凉透了的黑暗中。

美色不应流亡到民间

1

每个人的生命中，一定会深刻记忆两类人：一类是建设你的人，另一类是摧毁你的人。而建设者与摧毁者，往往又奇妙地统一于一人，此时此地，他（她）成就了你，彼时彼地，他（她）又摧毁了你。成就与毁灭都极具爆发力，因为他（她）比任何人都了解你——你的欲望、软弱及恐惧！

陈逸山——尤嘉霓生命中的建设者、毁灭者。

尤嘉霓对陈逸山的情感源自对光的向往，女人喜欢光、温暖、力量。当陈逸山站在人群前方，她被他的声音所吸引，越过密密匝匝人群传来的声音，醇厚、和暖，扩散着、铺展着、卷挟着，彻底吸附了她体内一丝丝的渴盼、热情及脆弱。那一刻，她看到他身后的光芒，在明亮的大礼堂，如此强烈、炽热、有力量地，灼痛她的双眼。她眯起眼，在光晕里荡来荡去，一晃就是三年！

闪亮、炽热，永远不会出现在平庸生活里的词汇。

尤嘉霓对平庸生活有着与生俱来的厌恶。平庸生活是生活里细琐微小的声响汇聚，是母亲阔扁的叫喊声，姐姐响亮的鼾声，父亲啪嗒的拖鞋声，它们充斥每个罅隙处，毫无意义，日复一日地存在着。

每天一大早，尤嘉霓就被姐姐猛力的关门声吵醒。她睡眼惺忪地走进厕所，卫生纸被母亲小心地裁成规整的小块，马桶的冲水系统永远处于罢工状态，她捏紧鼻子，用洗菜蓄留的水冲厕所，不耐烦地嚷道，爸，什么时候换个新马桶？父亲总是好脾气地笑着，问问你妈。他早年是机修工，自工伤内退后，已失去家庭话语权。洗脸、刷牙，窄长的镜面沾有牙膏印，尤嘉霓狠命地擦掉，幽黑的水杏眼似夜猫闪着精灵的光。她是他们中的一员吗？她和家庭的其他三个成员毫无相似之处，她莫名其妙地出生在这样一个家庭。尤嘉霓试图从祖上找点贵族血统，至少她该是个家道中落的小姐的后代，然而，翻遍家谱什么迹象都没有。手顺着光滑的小腿抚摸，如此纤细的脚踝，纤细得连她自己都怜惜。母亲又扯开嗓子叫她，尤嘉霓回转头，高喊道：总有一天，我会远走高飞的！

渴望远走高飞的尤嘉霓执意读旅游专科，尽管母亲希望她学财务，可她厌恶财务，那是无生机的机械的工作，而导游则是向外的，动态的，有野风无拘地吹。

专科毕业后，尤嘉霓做导游不过一年，初始的新鲜感已被烈日、颠簸、嘶喊声所掠夺。当她举旗站在泰山顶上，回望一群头发花白的游客蹒跚而行，不，更像永无止境地蠕动时，尤嘉霓突然意识到自己的耐心已达极限。烈日溶溶，肌肤奶油般融化，纤细小腿爬上蚯蚓般可怕的青筋，柔糯的声音在嘶喊间，走了音，破了调，难道，这就是我要的生活？

我要的生活？

这是一种主导意识很强的想法。难道生活一定要按照既定的程序续演？难道自我意识无法改变生活本来呈现的模样？我要的生活，就应该被我的思想和行为所掌控、牵引，不可遏止地奔向自我认为理想的生活图景。

尤嘉霓朦朦胧胧地期盼过另一种生活，她在书店翻阅杰奎琳·肯尼迪的传记时，脑海里冒出的第一个词就是高尚生活，高尚生活有两个层面的理解，精神的高尚生活，物质的高尚生活。精神的高尚生活对尤嘉霓过于缥缈、遥远，而物质的高尚生活则是如此诱人。于是，高尚生活成了她的口头禅，衣食住行必须贴上这四个字才能体现其品位。倘若被人问及为何说高尚生活，而非时尚生活时，她轻藐一笑："时尚生活只要有钱即可享受，高尚生活唯有进入一种社会阶层才能享受，这有本质的差别。"内心小小的奇异火苗啵啵燃烧着，她越发觉得自己非同凡响。

然而，生活依然无情无绪地按照既定的程序续演。有一次，家里的水管炸裂，水四处漫流，父亲艰难地搬移家具，母亲和姐姐手忙脚乱地用脸盆舀水，泼到门外。水管的破裂，浸泡在水里的家具，一个破坏的画面，家人在破坏的场景下不知所措。然而，尤嘉霓却无比兴奋，她认为破坏比平庸更有趣，因为破坏本身就带来变数。

变数，多么有趣的词汇，不可捉摸，变幻莫测。尤嘉霓喜欢生活的变数，变数与恒定相对立，打碎恒定的存在。有变数才有奇迹，奇迹因变数而生。变数在某种情况下也是加速器，加快事物发展的进程，缩短 A—B 的直线距离。

尤嘉霓很快辞职，她在外企做过几个月的文秘，意识到自己的弹性思维根本无法适应刻板的工作。她曾任某剧组剧务，串演过几个小角色，后又在某地产公司从事楼盘销售。某天，她无意间瞥见垫在盒饭下面油渍斑斑的报纸，一则新办报纸的招聘广告，攫住她的视线，她决定一试……

尤嘉霓是最后一个面试者。此时考官们已疲乏地打着哈欠，懒洋洋地整理面试资料，当她一袭紫色职业装出现在考官面前时，他们好似在昏倦的夏日午后，吮吸一杯酸梅汁般神清气爽。尤嘉霓面容姣好，嗓音甜糯，对答张弛有度。当有人质疑尤嘉霓是否能吃苦耐劳，她侃侃而谈，她读旅游专科时已出来打零工，做过二八一十六个工种，啤酒促销员、酒店公关、电台主持，甚至还当了几周的派单员。当九十九个人都拒绝接手中的传单，只要坚持下来，最终，第一百个人肯定会接过你的传单。这是一种心力的训练，训练自己被人拒绝被人翻白眼，也能坚定不移地完成任务。考官们露出会心的微笑。这段高中同学的经历此刻被她巧妙地嫁接，获得意想不到的效果。尤嘉霓顺利进入《新都报》报社广告部，集训后的一周，她被总编陈逸山点名，陪同他去苏南某大型企业商谈广告，同行的还有新闻部的辛悦——故事似乎才刚刚开始。

2

那次的苏南之行——烁烁的烛光，迷蒙的芳香，水晶般流转的葡萄酒，尤嘉霓的手指无意中，被捏了一下，不同寻常的浪漫印记——微妙的示意。

陈逸山俯下身，微漾的酒气，等我。等我？尤嘉霓浑身酥软，她不确定是否听清楚了，也不确定他究竟想表达什么意思？她有些恍惚，面颊漾起醉人的酡红，眼神迷离，半个身子软洋洋地靠过去——

多年后，尤嘉霓问陈逸山，那晚为何不让她直接进他的房间？陈逸山说，还太早，你不觉得树丛里的游戏很有趣吗？

树丛里的游戏？

尤嘉霓匆匆走出宾馆，树叶的黑色轮廓闪着微光，高跟鞋踩在碎石子铺就的小径上，一扭一扭，她穿越低矮的冬青树，丝质衣裙被尖锐的针刺刮了一下，她多少有点心疼，借着昏暗光线试图寻找丝质衣裙的破绽。突然，尤嘉霓的臀被轻轻一碰，她下意识地呀了一声。

干吗？陈逸山的声音。

裙子被刮了一下。

让我看看——陈逸山顺势撩起，手快活地摩挲着她滚圆的臀部。在暗夜躲躲藏藏的追逐中，这滚圆的臀部有了超乎寻常的诱惑。

这里？

不，是那里——

尤嘉霓笑起来，尖脆清亮。“嘘，小声点，别让人听到。”“啊呀，不好意思。”小女孩的娇态撩拨得陈逸山通身痒痒，他捉住尤嘉霓的手，低声道:“到我房里来！我先进去，10 分钟后你再进去。”陈逸山蹩进更暗的阴影处。

他们一前一后进入陈逸山的房间，窗帘哗地被拉上，一线光，微弱地射进。

这是个暗室。

一中年男子和一年轻女子共处一幽闭暗室，两人手牵手，摸索着上床，潮暖的空气弥散着酒味、香水味、陌生肌体的气息。

怎么不开灯？我看不见你。尤嘉霓的声音。

我就在这里，你可以用手摸……陈逸山的声音。

摸的乐趣在于有想象的空间，黑暗屏蔽现实的一切，却赋予想象的无限充盈。所有白日里被掩饰的，藏匿于旮旯角落里的欲念，肮脏的淫秽的，都热嘈嘈地汩冒出，涌流进暗室。他们在摸的游戏里，探索对方，想象中的对方。

什么也看不分明，轮廓是模糊的，此刻，声响，扮演了主角。哪怕是柔软丝裙滑落的沙沙声，金属扣绊轻微的噶哒声，都在暗室里如此清脆地，弹过耳畔。

借着一线微弱的光，隐约看见陈逸山的手正在剥落尤嘉霓的衣裙，渐次的剥落，衣裙从肩、胸、腿，滑下。尤嘉霓因黑暗有了放纵的肆意，肢体灵活、娴熟地配合。诱惑的裙边漫不经心，似有若无地撩拨，意识开始迷醉，小小的熏迷。

观者屏神凝息期待高潮的来临……突然，暗室里蠕动的身影停滞了，些微的停顿，烟火点上，火光一跳一跳，灼亮一男一女虚浮的裸体。

暗室里发生了什么？

事隔多年，尤嘉霓依然不愿回忆那次性爱，在文学作品或影视剧中，偷情的男女主人公欢愉畅游，他们面色潮红，双眼润泽，汗水顺着裸露的肌体晶莹流淌。然而，尤嘉霓却经历一次尴尬的性爱。自然、流畅的性爱过程，在某一刻，停滞！停滞的声音，粗砾、生硬，将尤嘉霓猛地推到沮丧的边缘——她被拒绝，在一个尴尬的瞬间。

陈逸山并未进入，而是——在即将进入的瞬间，戛然而止！

他宁愿这黏稠的液体渗流进他冰冷技巧的手中，也不愿流淌进他所不熟悉的陌生甬道。那个甬道黑暗而幽秘，是被施了魔咒的喧腾森林，抑或是飘散异香的迷幻陷阱？

意识兴奋地脱了弦，在最后时刻，滑落到——性的安全岛屿，平稳降落。

尤嘉霓茫然顾盼，不知所措。窗外一线光射进，如一柄剑，冷幽幽地横亘其间。你觉得我不够好？可自尊逼回了这句话，尤嘉霓赌气般背过身，旋即又转回，她跟他尚不熟悉，毕竟，他是领导，她不得任性，哪怕是裸体相对。然而，他们还是有了开始。他们的气息，混融，随烟雾，袅袅升起。他的手指，流溢着酒的微醉，自她清新的裸体，滑过——肌肤有了记忆。

尤嘉霓率先捏住陈逸山的手，微微粘潮、咸腥，她突然有点嫉妒这只手，它攒住本该进入她甬道的激情的奔流，她用力一捏，陈逸山似毫无察觉。

这超乎臆想之外，有 N 个理由解释性爱的戛然而止：他不清楚她的底细，对她不信任；他们没有任何防御措施，他不希望造成某种意外；当然还有另一种可能，他有性功能障碍……

在尤嘉霓丰茂的两性世界里，她捕猎了无数的猎物，这确属一个意外。难道他的意志力，屏蔽了她的吸引力闪耀的光芒？

一切都令人匪夷所思！究竟是哪个环节出了问题？

结局总在预料之外扭曲，剧情从来就不被掌控。渗流在掌间的液体，扭曲了剧情，朝着不可知的甬道，奔流。

3

从陈逸山的房间回到自己的房间，相隔不过几步。可是，尤嘉霓似经历夜与昼的断裂。已至深夜，一位年轻女子，两颊绯红，胸罩带子漫不经心地滑脱，丝质衣裙发出的摩挲声，疲倦而细碎。整个身体荡溢出宿夜的气息，潮暖、咸腥。

一场狂欢终于结束，可高潮在即将来临之时，突然哑了声、消了影，毫无预兆地提前隐遁。高潮永远是这样令人怅然若失吗?

她蹑着脚尖，摸着墙壁，悄无声息地前行。酒店的摄像头正窥视着这个夜归的女子，她是谁?夜店女?抑或是刚刚从男人床上溜下来的偷情女?

尤嘉霓回到房间，躺在床上，辗转反侧，再也无法入眠。这一刻，窥探的眼睛依然凝视着她：发丝飘落、妆容残损，床单滑落在地。在黑得发蓝的夜色中，这样的凝视，如 X 光线，照彻她的肌肤、皮肉及内核。

一个年轻女子，迫不及待地跳到陌生男人的床上，一个比她年长十九岁已婚男人的床上。他们相识不过两个月，彼此交谈不超过两小时，一场旅程，浓缩从心悸、憧憬、浮想联翩至狂热、迷醉的全部过程，陌生的身体散发出雌雄激素的气息，纠结着，开始了一段故事。

他们是“一夜情”吗?

或许，陈逸山正沉浸于一夜情“游移的悦”中。一个女孩，在某一刻，撩动他的心弦，她芬芳而迷人，她裸露的雪肌让他有触摸的欲望，她灵活的曲线令他有拥揽的激情，仅此而已，这一点诱惑就滚落在树叶上，如晶莹的露珠，一旦晨光灿烂，即可消泯。

而尤嘉霓却要将漂浮在大海上的小船拉回岸边，拴在木桩上。我投入我的身体，并不是为了去感受与你身体交融的快感。而是，从一开始，我就处心积虑地期盼你的关注，我在牵挂你，早在你牵挂我之前。我点燃诱惑的火苗，激情如风，不断煽动着火苗。你触摸了我的肌肤，进入了我的身体，而我也热切地渴求你的回报——等量的回报！

4

等量的回报？

究竟从何时起，尤嘉霓习惯性地将肉体纳入计算程序？

没有无缘无故的行为，哪怕一句话、一个姿势，我们都可以在其他场景或人物身上发现相似之处：某一处的触动，某一处的感应，某一处的隐喻，通过漫长的钙化凝固——潜意识的滴落。

尤嘉霓的身体经历过一小段禁锢的时期，裹缚住，不得外泄。那是上世纪80年代，她读小学，上初中的姐姐因胸围发育过于成熟，成为全班同学的嘲弄对象，男孩子们叫嚷着，看啊，生过小孩的大奶婆，生过小孩的大奶婆！

她的姐姐大哭后，母亲给她戴上胸罩，戴上母亲自己的胸罩，没有蕾丝，没有花边，甚而没有色彩，只是两片平凡的白布，被两根细带，无诱惑无激情地悬系着。

这自然不能箍住膨隆的乳房，最终，姐姐用白布条缠裹住胸部，整整一个夏天，密密麻麻地长满湿疹。

在尤嘉霓幼小的心灵，所有的声音都在提醒你：箍紧你的性别曲线！

此刻，身体如惊恐的小鸟藏匿进宽大而灰色的衣服里，是怯懦、紧张的，甚至是故意被忽略的，是消隐于身份、年龄、性别之中，是该用橡皮擦擦去凹凸的曲线，唯留空荡荡的面孔。

90 年代，尤嘉霓读旅游专科，一个令人浮想联翩的故事传遍全校。

某女生黄昏时分必站在窗前，面对相隔不过十几米的男生宿舍楼，拉开窗帘，随心所欲地摆弄姿态，展示她的身体——一丝不挂的身体。

她喜欢歪着头，略带戏谑的表情，今天，又会有哪个人看到她的裸体？有一天，正对她的那扇窗户，窜出十几个脑袋，他们叫喊着，推搡着，小小窗格子挤出一张张被燃烧的情欲扭曲的面孔。她哗地拉上窗帘，而后，她听到海啸般的欢呼声、口哨声，她的体内瞬即充盈着沸腾的发酵的泡沫。

当然，这位女学生最终因破坏校纪校风被学校开除，她反问老师，身体是我自己的，我愿意给谁看就给谁看，难道我连这点支配权都没有吗？

支撑她的理论是，如果一个女人不能充分享受自己的肉体，这肉体将变成她的敌人。

从"箍紧你的性别曲线"到"展览你的性别曲线"，时间跨度并不漫长。此后，女人的身体进入焦灼期，或因锁闭太久，藏匿于宽大衣服下的小鸟，迫不及待地要蹦跳出，肆无忌惮地啄碎衣服，疯狂地振翅高飞。

某天，一个声音尖锐地响起：要用肉体撬开世界坚固的大门！

那是姐姐尤嘉云的声音，她比尤嘉霓年长三岁。1996 年，南下深圳的尤嘉云回到宜都，时隔四年。她们共坐在楼顶的平台上，阔大露台晾晒了几排衣服，几只灰鸽低低掠过。

尤嘉云点根烟："你知道吗？开始，我以为南方到处是发财的机会，可自己除了训练溜了嘴皮子，还是一无所有。每天挤在十几人睡的大通铺，洗个澡还要排几个小时的队，我连个干干净净洗身子的地方都没有！”

尤嘉云猛吸一口烟，深圳的生活场景浮飘飘升腾，氤氲了她的双眼。

尤嘉云先去一家文具公司做销售，说是销售，其实就是天天陪客户喝酒。穿着吊带裙，肉颠颠地坐在客人大腿上，任由白花花的膀子被揉搓得红酥酥，犹若烫熟的水晶蹄。她赤红了眼，撸过酒杯，猛灌下去，酒顺着嘴角、脖颈，肆意流淌，流到前胸。一个客人伸出手，哈哈，帮你擦一擦啊。她一把甩过去，老娘，老娘，我自己会——话还没说完，一个扑腾，整个人跌下去，额角砸个大大的红包。尽管如此拼命，终因公司产品缺乏竞争力，尤嘉云的销售业绩依然不佳，干了一个月，连底薪都没有拿到。

这段时间，尤嘉云是贫穷、饥饿的，每天吃的不过是些蔬菜，整个胃部似被齿轮咔嚓咔嚓尖锐地磨耗着，剧烈地疼。偶尔有了点钱，早上买来猪肉，扔进滚烫的沸水，看着猪肉由红变白，急急捞上来，冒着白汽，热烫烫地塞进喉咙。她的体内到处都是饥饿的小嘴，如嗷嗷待哺的小鸟，撕裂地鸣叫。

尤嘉云必须再换一份薪酬更高的工作。

她的脸，出现在一群女孩子中，各色各样的脸，各种各样的粉白肉红浅黑朱古力黑，但，都一色的年轻，空白的年轻。

“有工作经验吗？加班没问题吧？酒量怎么样？有男朋友吗？”

齐刷刷的问题，她干脆利落地回答，没问题！几乎，每次，主考官的目光都会在她几欲脱跳的胸部逗留片刻，不经意间，赏玩片刻。她自信满满地走出，一个瘦高女孩蹑手蹑脚走进，凹陷的肩胛骨，目光一览无余地看下去，不现波澜，她几乎仇恨地瞪着尤嘉云跳跃的胸部，她知道，她将注定失败。

在深圳，尤嘉云深知，身体，是可以贩卖的商品，不一定是在妓院，而是在任何地方，格子间、谈判室、公寓……身体微微倾斜，胸的轮廓悄无声息却热力四射地，晃摇。微妙的火流，可以在任何地方燃烧，就像打火机，在任何需要抽烟的人前，咔哒，点燃，随时随地。

尤嘉云最终在一家经营化妆品的台湾公司做文员，没有文凭，没有专长，没有户口。当她一无所有的时候，她的肌肤、胸、臀，她唯一的资本，却拯救了她，这唯一的原始的资本，散射出迷人的魅力，那一刻，她觉得“身体是最美的消费品”。

尤嘉云去发传真，台湾老板从后面顺势撩起裙摆，试探性地摩挲。她的欲念如一株野兰花，从坚硬的石板夹缝里窜出，抖颤颤地绽放。

她微笑着转过身：“如果，你喜欢，我们可以好好谈谈。”她在深圳学到的最关键的一点是讨价还价，大到钢材生意，小到一根针线，都可以讨价还价。肉体是可以论斤称量的，每个人都会为获取它，设定一个价码，而如何让价码的天平，倾斜到自己一方，的确需要高超的谈判技巧。

台湾人希望尤嘉云到他家，她执意选择一间小型咖啡吧，交易尚未达成，她不能在地点的选择上就让天平的一方倾斜到他那儿。

“你做文员很辛苦，也赚不了太多钱，你可以跟我啊，不过，有句话我要说在前面，我们是不能结婚的，我的太太、孩子都很好，我不可能抛弃她们。”

“结婚？只怕你想，我还未必愿意。”尤嘉云暗想。这个台湾男人，一副宽扁的脸，酒糟鼻，脑门锃亮，不到五十已早早谢顶。

“如果，我跟你，你有什么条件？”

“你租一套房子吧，不过，不要太大，中套即可，租金我来付，每个月我额外付零用钱。”

“你什么时候过来？一个星期几次？多长时间？需要在那儿吃饭吗？”如此冷静的女孩，他倒第一次见，有羞涩的，有挣扎的，她倒如此冷静，似乎在谈一宗跟自己无关的交易。或许，她有过很多次，他略感乏味。她恰巧欠起身，掖了掖被压皱的裙摆，她的胸，几乎波涌出，一涟漪一涟漪地波涌出，他下意识地吞咽，他另一个情人的最大缺点就是太苗条。

“好，就这么定了！”

他们握手，就差没掏出笔在合约上签字。

此刻，身体还是女人自己的吗？身体已经漂移，交付给市场，身体的使用价值亦将随身体的衰老而日益贬值，正如站在玻璃橱窗后无人问津年老色衰的女人。所以，要趁青春葱茏时，赶快销售吧！

尤嘉云很快租了一套离上班地点较近的公寓，家具设备一应俱全，她终于告别十几个女孩共用的大通铺，可以痛痛快快地洗个热水澡。台湾商人肥颠颠的肚皮沾黏在她身上，一阵呕吐，但，仅有一次，尤嘉云很快就习惯了，是的，她必须习惯，这不过是整件交易中的小小瑕疵。

故事结束了吗？

尤嘉云猛地一拍大腿，突然变得很激动：“她姑奶奶的，我以为自己很会算，其实还是蠢得滴溜溜转，竟然相信那个老家伙的谎言！”

原来，在一次公司聚会上，尤嘉云竟意外得知这个台湾老板还有一个情人，滑稽的是，这个情人竟是同一公司财务室的一个女孩，同事们背后戏称她们为“东宫”和“西宫”。

有一天，“东宫”和“西宫”为一件小事，爆发激战。

“你是什么东西！”

“我是不是东西，但至少没你那么贱！你称称你几斤几两？你不值钱，知道吗？我住四室一厅，你住两室一厅，他一个月才给你多少钱，他一个月给我的钱是你的三倍，呸！你不过是个‘备用胎’，是我的‘备用胎’！不值钱的东西，还有劲嚷啊！”

两个女人，上蹿下跳，扭打着。那个女人身量娇小，极为灵活，她跳到沙发上，撕扯尤嘉云的头发，她拿着一小撮头发，得意地笑。尤嘉云一把掳下她，一脚踹到她肚子上，旋即听到惨烈的嘶喊声，杀人了！

争斗是耻辱的吗？对尤嘉云而言，这并不是最耻辱的。耻辱的是，尤嘉云贩卖了自己，像个婊子一样贩卖自己，可另一个婊子趾高气扬地叫嚣，她比她更值钱，她的肉体贩卖到更好的价格。而她如此低贱，低贱到不过是个“备用胎”，二奶的“备用胎”！

她想起他肥颠颠的肚皮，忍不住呕吐，冲到厕所，拧开水龙头，水雾迷蒙间抬起脸，那个女孩的面孔还在镜里，狞笑着，知道你有多贱吗？

她，还是她吗？

镜子里的影像奇怪得陌生，她的手指一点点抹去，那是另一张脸，与她毫无干系，只不过在粗略的轮廓里，有几分相似。在老家的时候，长辈说，人的形象七年会变一次，在深圳，不需要七年，七个月，即可变一张脸。

尤嘉云为此大受刺激，她深刻领悟到，聪明的女人和愚蠢的女人，并不以智商来划分，而是以有限的身体资源能否交换到更多的价钱为标准。如果通过身体换来超值回报，就是个聪明女人，否则，必定是个蠢女人。

尤嘉云拧灭烟头，转过脸："你比我漂亮，你更有资本！"尤嘉霓握住姐姐的手，冰凉颤抖的手。

在尤嘉云跟尤嘉霓的交谈中，她表达了两个重要观点：一、身体也是资本，性是社交的一种，性本身是给人消费的；二、学会贩卖身体，并将身体贩卖到最高值，实在是门高妙的学问。

5

没有谁会意识到性解放后的女人面临着新的禁锢。她们撕扯掉裹缚身体的衣物，可是，欲望的裹尸布又疯狂地缠绕上，层层裹敷，令她们喘息不得。

巨大的广告牌。一个裸女高扬双臂，咧嘴微笑。奇怪的是，裸女的嘴唇、胸部、私处均被黄色即时贴胶粘，一根金色输油管道连接她的私处，上面乱码般排列几行字："你想亲吻我的嘴唇吗？你想抚摸我的胸部吗？你想进入我的身体吗？请即刻点击'你拍我卖'！"这是幅颇具讽刺意味的画。

如同切割法，将女人身体分割成若干部分，并按照性趣指数高低标以不同价格，进行拍卖。这与古罗马拍卖女奴有相似之处，但又大相径庭。女奴们是被迫交易，她们则是自觉交易，自觉交易的她们认为，美丽唯有在流通中，才能散射出熠熠光彩！

此刻，挂出"有价出售"招牌的身体，还是女人自己的吗？

一旦身体作为最美的消费品，最珍贵的交换材料，进入流通领域，曾拥有身体支配权的主人，将做不了自己身体的主人。身体成为"他者"，被自我放逐，进入使用价值生产的流水线，价值规律堂而皇之地成为身体真正的主宰者。决定价码的是年龄、容貌及三围，竞争规律和供求规律则起调节之效。正如今日东莞，当女性比例几倍于男性时，美丽将急剧贬值——

听，她们迫不及待地尖叫起来！

是的，必须在价值的尖峰值贩卖，高价贩卖！时间，女人最大的敌人，似锉刀，锋利地刨去光鲜的色泽，美色在流淌，青春在流淌，金钱在流淌——令人恐慌地汩汩流淌。

她们争先恐后地参加“亿万富豪征婚联谊会”，绷着比基尼凸凹有致地站立，以讨好的目光追逐富商们和相面先生挑剔的眼神；她们热衷自我包装、自我策划，花高价上“爱商培训班”，学习如何做好企业家的妻子；她们取悦市场，取悦男性，竭尽全力成为俏销货：乳房垫上假体，下颌角要削掉，私处进行修补；她们精心打磨出的面容，犹若杜莎夫人蜡像馆的蜡像，没有充盈的血色，没有情感的目光，只有模拟生动的凝固表情。

对于漂亮的如同橱窗模特的她们：美色既已出售，就不应流亡到民间！

6

那一晚，姐姐将一个陌生的世界撕碎给她看。尤嘉霓握住姐姐的手，颤抖冰冷的手，她的手传递着同情，内心深处则颇为不屑。她真蠢，如果是我，绝不会像她那样低贱地贩卖，即或交换，也要进入高级的交换过程。

高级的交换过程?

如果说，肉体明码标价的交易是低级的交换过程，它就像白炽灯，在夜总会、酒店、发廊，亮晃晃地，闪现。而在城市喧嚣背景下，另一种过渡性的肉体交易则汩汩喧腾。它不似嫖客和妓女交易那么直接、明了，它更加暧昧，肉体交易的结果也往往不是金钱，而是一次升迁、一个学位、一笔生意、一次成名的机会。

当然，还有一种长期交易，更持久、稳定，增值空间更大，这即是尤嘉霓渴望进入的高级交换过程。城市的夜色婆娑妩媚，青春娇嫩的女孩鱼贯而出，妖娆闪进一辆辆私家名车。她们牢牢搂住身边男人的臂膀，如常春藤柔软、坚韧地攀缘住金色壁墙。运气好的成功嫁给商界富豪、政治精英、豪门世家，运气次一等的，先做二奶，再窥伺良机。然而，无论是成为正室或尚待转正，至少有一个目标达到了，她们一直渴慕的理想生活模式，豪宅名车华服，不再是梦想，而在现实中，真金白银地建构。

2010 年，在中国的一次网络调查中，至少有六成女大学生，希望嫁给富二代。或许，富二代是理想模式，如果，没有那么多富二代可供选择，她们也可选择富二代的父亲，还可退而求其次，做小三，甚至小四。

奋斗的路太漫长、太艰辛，她们恐惧青春的容颜被锉刀刨去光鲜的色泽，雕刻出岁月的皱纹。当鲜嫩花瓣枯萎成一枚枚黄脆标本，那奋斗还有什么意义？她们无法容忍自己将成功和衰老一起阅读。

尤嘉霓也渴望捷径，渴望超乎常规地飞跃，渴望一次美妙的艳遇彻底改变她的命运。

90 年代后期，成功男人的形象频频出现在影视剧中，他们富有、高大、帅气、深情款款，满足女人所有的幻想元素。尤嘉霓和她的女同学们看了怦然心动，感叹之余，不由憧憬，自己何时才能巧遇这样的优秀男人？优秀男人当然不会出现在日常生活中，他们在哪儿出现呢？剧情的设计充满诗情画意，某个樱花烂漫的黄昏，雨丝缠绵的小巷，纯情少女美妙地邂逅她的白马王子，一切皆机缘于巧合。于是，她们将巧合的邂逅定义为“艳遇”，常相互打趣，今天，你“艳遇”了吗？

“艳遇”——散射着魔幻的迷人光芒，它的不确定意味着无限可能，无限可能会滋养丰沛的想象力，想象力从来不会停留或栖息，它迅捷飞翔，飞到有流云、鲜花、蝴蝶的梦幻谷。

尤嘉霓的目光热烈而迷离，她无比期盼“艳遇”的不期而至。尤嘉霓在中旅做导游近一年，每次带团，都会仔细地看旅客名单，留意旅客的职业和家庭状况，努力寻找合适的机会。有一次，一个旅客是港商，她对他格外照顾，旅游结束后，他诡异地眨眨眼睛，塞给尤嘉霓一个小纸条，上面写着：新京大酒店 2401 房。他把尤嘉霓当做什么？暗娼吗？

她的一位同事，带团去欧洲十国游，途中却跟旅行团的某局长恋爱，两人滞留法国不再归来。原来，该局长有经济问题，名为旅游，实则外逃，而她的同事竟为一场危险的情感游戏葬送前程。

尤嘉霓并不喜欢这样的“艳遇”。

这是一场抽去甲板悬空的感情。从一开始，尤嘉霓即明确知道所有情感的快意，要附着于现实的物质，那不是飘在空中的甜言蜜语，更不是锥心的魂牵梦绕的思念。她在旅游专科所交男友的父亲在旅游局工作，能够帮她分到一类旅行社；而她在摄制组与副导演发生短暂恋情，则是希望从群众演员升格为特约演员。

尤嘉霓强迫自己的情感进入计算程序，似乎这样才使她感到安全。正如她的母亲，一生的快乐都维系在不断递增的银行存款数字上，这也随着脐血一并流淌进尤嘉霓体内。她学会计算每一次感情投入的分量，似乎天生就有个测量天平：微笑的尺度，握手的尺度，裸露的尺度。她从不羞涩于将裸体呈现给异性，而是在乎：呈现给谁，如何呈现，呈现的最终结果。

尤嘉霓或许没有遇到真爱，即或真的动情，她也不会丢弃衡量的天平，那座天平时日已久，沉陷于此，不再挪移。她给天平镀了金，上了锁，犹若神龛，时时要敬奉，时时要祈福。

遗憾的是，尤嘉霓并未如愿寻到理想姻缘，她和所有的女孩都感叹，千万个优秀男人永远漂移在别处，从未停留在她们生命的此刻。

她放弃吗？不，她要铆足气力，开始踏上常规生活之外的——“猎艳之旅”！

7

“猎艳”和“艳遇”是一回事吗？

“猎艳”是主动、触角向外，具有进攻性的，是无时无刻不在制造情境，制造机会，制造关注点，诱引轻盈飞过的机遇天使，再次折回，挥舞起神奇魔棒，照亮“猎艳之旅”。而“艳遇”则是随机、流动的，它或许就藏在那里，“艳遇”——这朵绚丽之花，恰巧对你绽放，这是偶然的，是梦境在现实中的灵光乍现。

这个观点当然不是尤嘉霓的原创，而是她的偶像陶萃丝说的。准确地说，是她的偶像和媒体共同告诉她的。

陶萃丝是谁呢？

一位普通的中国女孩，远涉重洋，开始她的“猎艳之旅”。一张张高悬于人群之上的面孔，是她猎艳的目标。面孔的美丑，年轻或衰老，对她都不重要，而恰恰在此时此刻，她需要这一张张面孔——让她的生命几何级数跳跃的面孔。

大学毕业的一次求职中，陶萃丝越过密密匝匝等候的应聘者，不理会秘书的盘问，大摇大摆地冲进总经理室。她巧笑倩兮：“没想到您这么年轻啊。”已届半百的老总心花怒放：“来来来，坐下谈。”

这是陶萃丝猎艳中的小插曲，她很快成了他的情人，两年后，被幸运外派到美国，不久便跳槽到另一家跨国大企业。

白天，陶萃丝不过是这家跨国大企业的低级文员，她小心翼翼地给女主管端去热腾腾的咖啡，开始盘算需要多久才能晋升到女主管的职位，三年抑或五年？突然，一通电话打断她的遐思，女主管正在接电话，晚上有个高级职员聚会，公司的大老板届时将出席。手不由微颤，咖啡泼洒出，连同她的思绪。

按照规则，陶萃丝没有资格出席这次晚宴，而她从不囿于规则，规则对她永远形同虚设。

陶萃丝盛装出席，无视所有诧异的眼神，径直向大老板 Robert 走去。Robert 看上去不过是个普通的瘦小老头，他窝在沙发里，不言不语。竟然没有人和他聊天，这让她意外且惊喜万分。美丽的淑女们事后嗟叹，当时，我正从 Robert 身边走过，但不敢打搅他，否则——或许，她们还矜持地期待自己的美貌如磁石般吸附 Robert 的目光，他将主动邀请她们共进晚餐。

唯独陶萃丝，没有晕眩于他的光芒，昂首走上前。她正朝着自己的目标一步步靠近，他很孤独，他需要聊伴，她听得到心跳声，于嘈杂人声和音乐声中，狂乱而响亮地，跳动。

陶萃丝走近 Robert，巧妙地将橙汁泼洒到他的西服上，她的欲望，甜腻腻的欲望，随橙汁颤巍巍地溅出。她绽露笑靥，糅合孩子气和女人味，令人无法动怒的可爱笑靥，旋即，她用白皙、柔嫩的手轻按餐巾纸，擦拭溅在他衣襟上的橙汁，每一点轻按，敲响你对我关注的琴键。她微侧头，年轻女人的柔软发丝，轻触布满皱纹和老年斑的面颊，那是青春的气息，逝去已久的青春气息。

短短五分钟，她吊起他的兴趣，彻底改变了她的命运！

Robert 是某奢侈品牌集团总裁，比她年长四十二岁。而她则由一个普通女孩，奇迹般成为全球最富有的女人之一。媒体热评陶萃丝，力捧她为21世纪女性的新偶像，同时，他们还给她起个有趣的称号——“猎女”。

“猎女”和“烈女”音同，二者差距却判若云泥。对“烈女”而言，价值判定的标准是唯一的，心仪的情人是恒久的，无论信仰或情感，都是源自血脉中的炽烈召唤，是燃烧到可以献身的终极浪漫。

而“猎女”，如同猎人，景物在变，猎物在变，唯一不变的是强烈的攫获欲望。她们轻盈地跨过每个男人的肉体，不糅杂任何情感的跨越，因为，她们早已用挤榨器榨干多余的情感之汁。

“猎女”亦对立于“淑女”而存在。

“淑女”是过去时，“猎女”则是现在进行时，将来进行时。“淑女”被逐猎、被观赏，她们注定是等待的一方；而“猎女”永远是追猎的一方，她们具有敏锐嗅觉，野兽般攻击力，以及迅猛攫获机会的掠夺力。“淑女”被圈定进画框，保持姿态，保持距离，让人远观，让人梦想；“猎女”千方百计挣裂画框，以引人注目的形象诱引猎物掉进散发异香的陷阱。“淑女”是囿于规则的，“猎女”则无所羁绊，她们摧毁一切，砸碎一切——唯有欲望如黑色大丽花鬼魅绽放。

猎女天性即有GPS定位系统，方位感极为精准，“猎物”在哪里，她们即刻出现在哪里。她们的“猎物”无关乎情感年龄国籍，而千篇一律地是成功人士，这些成功人士则用倾尽一生打拼的声名和财富，交换温暖的青春肉体。

陶萃丝此刻在爱丁堡的私人城堡接受电视专访。镜头前，她歪着头，无比崇敬无比幸福地凝望着他，深情地说：“Rob睿智、风趣、充满活力，他满足了我对一个男人的所有梦想！”

透过欲望的过滤镜，陶萃丝看不到 Robert 松弛的皮肤，萎靡的下体，长满老年斑的手臂……她的目光越过枯萎皱缩的身体，看到了金色的海岸线，淼淼大海因其反光，熠熠生辉——

镜中的夏娃

1

尤嘉霓是尤嘉霓吗？这个问题看似荒诞，却非常有趣。

我们试图将探索的灯光悬垂到遥远的往昔，照亮尤嘉霓少年、童年甚至幼年的影像，试图发现她的面孔、表情、姿态在一次次旅行的变形影像中，不断被拆解、扭曲、复原，奇特的微妙变异。

尤嘉霓生活的时代是影像喧腾的时代，从一开始，影像的世界就比现实更鲜润迷人，没有防御和距离，一切都触手可及。尤嘉霓和她的女同学们渐渐放弃阅读，阅读退隐至生活一个遥远的角落。即或阅读，不过是些时尚资讯、美颜秘籍、职场上位术，全跟技巧有关，从未涉及心灵的启迪。（优秀的）文学作品是留白的，需要发挥读者的想象力，其人物才能活灵活现地浮现眼前。而影像一笔勾销了想象力，视觉、声画无孔不入地侵蚀观者的毛孔、五脏，取缔思索所需要的空间，极尽喧嚣地将画面撞入观者的眼帘！

六岁的尤嘉霓已是电视的忠实观众，客厅内有台12英寸的黑白电视机，她看到一位美丽的舞蹈演员，踮着足尖在方框里跳舞。腾跃、旋转、纯白的弧形曲线。幼小的她踮起小小足尖，模仿那个芭蕾舞演员的动作，腾跃、旋转。尤嘉霓指着画面，再指指自己，天真地问大人，我像不像那个跳舞的阿姨？

这是个有趣的画面。真实的尤嘉霓站在中间，她透过客厅里的镜子，寻找自我，观看自我，审视自我。她同时将凝视的目光投向左边的影像，她在寻求参照物，投影机投射的参照物，糅合观者梦想的元素，堂皇而美妙。那是另一个世界。

尤嘉霓开始喜欢表演，面对镜子，声情并茂地表演着。她为自己设计各种角色，时而变成妖艳的女特务，时而变成骄横的贵族小姐，镜子是个好东西，可以让人做梦的好东西。她逼着姐姐扮作小丫头，托着盘子笨拙地跟在身后，她扭着身子，尖着嗓子，快点，还不快点！她妈妈叉着腰冲进来，鸡毛掸子乱舞，你们搞什么名堂！

镜子里的影像，反射着外界的景物，从黑白到彩色，从9英寸到60英寸，从球面、平面到3D，从港剧、日剧、琼瑶剧，到韩剧、美剧，更迭转换，四季轮回。尤嘉霓面对着镜子里无数可能的自己，热烈地渴望扮演其中任一角色。

1996年，韩剧热播。同学们意外发现一位当红韩星金玄雅跟尤嘉霓很相像，她们叫道：你和她真的很像。

灵魂在一次震裂后，突然发现了自我，我原本是可以这样闪耀夺目的！这种自我发现是甜蜜、微醉的，又有隐隐的刺痛。我和你如此相像，可我并不是你，你光芒四射，我却黯淡无光；我恨不得钻进你的躯壳，成为你而不是我！

中心广场大屏幕正在播放金玄雅代言的国际名包广告。

[特写]金玄雅从法拉利轻盈而出，纤长玉腿闪着珍珠般光泽，她目光迷离，纤指轻触水亮双唇——

[特写]车门关上。金玄雅一甩手，旋即扔出名包，优美的抛物线，似芬芳箭镞射向观众，性感的旁白音跳出："抗拒不如主动挑逗！"

尤嘉霓被广告中一切动人的细节所蛊惑，她的想象力溜进无人占用的地方，一个虚拟世界正在美妙地构筑——"我"身穿YSL时装，推开旋转玻璃门，袅袅走在异国的街道上，"我"回眸看玻璃橱窗自己的倩影，一辆劳斯莱斯正缓缓开来，一位英俊绅士手扶方向盘，正痴迷地凝视着"我"……

到处都是金玄雅代言的巨幅广告画面，她们如此相像，相似的眼睛，相似的嘴唇，相似的轮廓。尤嘉霓不由趋近，双手抚摸着无限铺展的画面，我在抚摸你就像在抚摸我自己。你塑造了臆想中的我，我在你身上看到我的"幻影"。短暂的晕眩，迷人的快感，旋即，是持久的刺痛。

她不是"她"，可"她"无所不在，并活生生地围猎了她！

六岁的尤嘉霓已经学会寻找参照物，并喜欢和参照影像做比较。成年后的尤嘉霓，更迷恋于玩镜子游戏，她转动一面镜子，凝视着自己的形象，同时，她又转动另一面镜子，凝视投射进镜里的参照影像：她在寻求榜样，重新描摹自己，绘制自己，按照"她"的尺寸裁剪自己，她渴求和"她"拥有——同样的眼神，同样的表情，同样的容颜。

尤嘉霓买下金玄雅参演的全部影视碟片，捕捉她每一个闪现的细节，无一遗漏地模仿：惊叹时，嘴唇噘成可爱的O型；生气时，斜咬丰唇；顽皮时，猛一吹气，刘海轻扬飞舞。她天生卓越的模仿力，令她惟妙惟肖地踩着心仪韩星的节奏，微笑、装扮、行为，似乎只有缩进韩星的皮囊里，才能感觉自我美妙地存在着。

她身穿高腰裹胸的韩版时装，手持金玄雅照片，要求发型师分毫不差地设计，一浪一浪烫成大卷，两鬓垂下一两缕卷曲发丝，手指绕进去，一卷一卷，啪地，弹开。眼神幽幽一瞄，幻变成韩星妖媚的神情。她笑出声来，柔糯、绵软，尾音处，发出颤颤的咝咝声。

二十二岁，尤嘉霓的新形象赫然勾出，她抹杀真与假的界限，正亦步亦趋地逼近心仪的偶像。

尤嘉霓参加中学老同学聚会，他们都惊讶道：“你变了，你越来越像那个韩星。以前是形似，现在是形神兼备。”尤嘉霓的嘴软嘟嘟一噘：“啊，你们也这么认为啊？知道吗？这次带团去丽江，一个老外游客追着问我，是不是那个韩星，我说不是，他还不信，非逼着要我的签名照呢。”

只有一名男同学一语不发，敬酒时突然冒出一句，我希望看到真实的你。

真实的我？她已遗忘，真实的自己褪色、消隐了，“她”怯懦地躲在遥远处，不肯多语。

2

对于生活在影像时代的尤嘉霓，影像不再让人想象真实，因为它就是真实。然而令她痛苦的是，她所渴慕的生活方式，豪宅华服名车，却不能直接下载，在现实中生动再现。

上小学时，尤嘉霓到一个爸爸当局长的同学家里玩，她站在阔大的客厅，仰望着同学的母亲，嗅到一股高贵芬芳的香水气息，她不由想到自己的母亲——浑身上下散发着腌酸菜气息的母亲，羞愧地低下头。

然而，沮丧仅是短暂的，炫耀的冲动如弹簧迅即反弹。尤嘉霓在同学们面前绘声绘色地描述，从客厅、卧室到餐厅，将那个同学家的所见所闻，详细地描述给她们，只是主人公巧妙地转换成自己。她热烈地追逐着同学们羡慕的目光，那盏小小的虚荣的绉纸灯笼，瞬间，点燃。

而当尤嘉霓的同学们从姐姐口中得知家庭的真实境况时，她整整一个月不跟姐姐说话，这虚荣的彩色绉纸灯笼，烧成灰烬，不再亮起。

她的家在城郊结合处，这真没什么可炫耀的，说出来，还有点尴尬。童年时期，郊区的土地荒芜着，于是，家家户户就利用闲置的土地种上蔬菜，甚至还挖了一个池塘，池塘里有鱼，有戏水的鸭子，到了八月，还有菱角。她记得爸爸坐在小木盆里，一划一划，唱着歌，捞菱角。

后来，池塘填平了，田野消失了，他们盖起楼房，自己住不了，出租给附近做小生意的人。东边新建飞机场，巨大的轰鸣声，震得窗玻璃哗啦啦地响。可他们算是真正的城市人吗？

废墟、瓦砾、垃圾场，在她的视线里，无比辽阔，像沙漠般无限绵延，吞噬童年时期的全部记忆。

城市、乡村的分界线如此模糊，又如此清晰。她的身份游移其间，被放逐的失重的感觉。她讨厌这种感觉，干脆奋力游到水中央，让一束光把她打个通体透亮！

分界线从来就没有消失，她不是乡下人，也不是城里人，从一开始，她就注定在尴尬的身份边缘徘徊。我们不在这里，也不在那里，我们在哪里呢？

尤嘉霓究竟在哪里呢？墙上贴着的金玄雅正对她媚笑，她可以模仿她的一切，她的发型、妆容，甚而模仿她的眼神——诱引观者无论在任何一个角度，都能进入她柔情四溢的微妙悸动中。

可是，她越像“她”，她就越痛苦：你刺激我，你挑逗我，可你偏偏什么都不给我。

她偷猎了“她”的形象，可她却偷猎不了“她”的生活方式！

3

这种分裂是痛苦的。身体的一半沐浴于参照影像的耀眼光芒中，另一半则浸泡在冰凉彻骨的海水，她在冷暖的临界点。

参照的影像时而是诱惑的，它们献媚地映射出尤嘉霓憧憬的生活场景：电视台正转播香港某女明星耗资数亿的奢华婚礼，镜头从法国名设计师设计的水晶低胸婚纱，镶嵌八百颗稀有黑钻和白钻价值千万的项链，移至南太平洋岛国的旖旎风光，豪华的海边别墅，婚宴上的每一道美味佳肴……她的虚荣心蜜蜂般贪婪地吮吸着花蕊，迟迟不肯飞离。

明星的奢华婚礼令尤嘉霓如此心荡神驰。她的躯壳栖息在家里的椅子上，她的精神浮游于流动的虚拟情境——在美丽的南太平洋岛，她正乘坐私人游艇飞驶。难以言传的交感幻觉。

女娱记兴奋地告诉观众，这个家族为了刺激女明星尽早生育，开出高达一亿的奖金，如果生的是男婴，再额外赠送苏格兰牧场和豪宅两栋。她调侃道，女明星的生育价码之所以这么高，关键是身家清白。身家清白的明星，好比处女在红灯区有着好价格一样。不知从何时起，媒体将目光聚焦到明星膨隆的肚子，而肚子的背后，则是每个富豪投资的相应金额。被媒体蛊惑的大众，突然意识到，最自然的繁衍后代，也能演变成一场温情脉脉的生育交易。

尤嘉霓由此得出这样一条有趣的功用性物品链公式：钻石 = 爱

情，豪宅＝婚姻，生育＝家族继承权＋一个亿＋苏格兰牧场＋豪宅两栋。

既然明星可以出售“美丽”，出售“交际权”，出售“生育权”，尤嘉霓为什么不可以？

她们从来就是尤嘉霓的榜样！

而当华丽的灯瞬间消失，镜子又是冰凉、冷嘲热讽的。外面的世界，有五颜六色的镜子，电视里的、橱窗里的、中心广场的大屏幕，到处都是流动的镜子，到处都有参照的影像，到处都飞舞着她理想的生活图景。然而，尤嘉霓在这些镜面看到的自己，是缩手缩脚，经不住强光照射，沿着城市壁缝行走的形象。

尤嘉霓回到家中，家里的一切显得格外敝旧、破败。她和姐姐共用一个衣柜，打开衣柜，浓烈的樟脑丸的气味，春夏秋冬四季的衣服堆叠在一起，都是便宜的地摊货。尤嘉霓砰地关上柜子，柜门摇摇晃晃，一个螺丝钉松了，尤嘉霓恨恨道，它为什么不彻底坏了呢！她无比沮丧地躺在床上，隔壁房客黄碟里的呻吟声吵得她无法入眠，尤嘉霓跳下床，狂躁地喊道，妈，你就不能租给有点素质的人吗！母亲正拎着磨了边的白色尼龙袋，里面装着计算器，猛烈地擂房客的门，催缴房租。爸爸半趿个拖鞋，用劲地擤鼻涕，水泥地上到处是枯黄菜叶、烟屁股、黏稠的痰渍。

她清晰地听见影像碰撞时镜子碎裂的叫喊声！

4

尤嘉霓被巨大的反光镜迷离了双眼，她控制不了自己的体温、情绪、内分泌，总有一个声音让她欣喜若狂，更让她烦躁不安。究竟是什么影响了尤嘉霓？是谁在决定着尤嘉霓的决定？她身体的温度调控器，究竟被谁盗取了呢？

或许，尤嘉霓自己没有意识到，一个神秘的镜头早早潜伏于体内，诡异地窥视、记录她的喜怒哀乐，摄取其潜在的心灵秘密。它知道她的一切：欲望、快乐和恐惧，而后，通过终端连接，传输到奇妙的机器，以声画并茂的形式呈现出一个光怪陆离的世界。这个世界具有示范性、号召性及神奇的催眠力量，诱引她坠入甜蜜的陷阱：我将吸蚀你的魂魄，让你成为木偶人，而我则是永远的暗中操控者！

这个神秘的镜头就是“媒体的凹凸镜”。

在摇摆不定闪烁的光晕里，“媒体的凹凸镜”的变异是有弹性的，具有很强的人为因素：放大或缩小，凸显或遮蔽，添加或删减……一切皆在有利于意识流窜的通道里，取景、裁剪、定格。

透过“媒体的凹凸镜”，我们看到了什么？

“凸镜头”：聚焦、放大、变异，特写镜头。片面的取景，片面的放大造成片面的结论，而这样片面的结论，因其具有某种极端情绪，尖锐地凸显，更易攫获眼球。

新闻怪胎“煽色腥”——应运而生。

“煽色腥”新闻强调例外甚于常规，煽情甚于重要性。视角聚焦在色欲、灾难、暴力、犯罪、明星八卦、名人丑闻、他人隐私等，标题惊悚艳俗，情节耸人听闻，追求新闻故事化、离奇性，刻意突出新闻事件中的矛盾冲突，强化事件的戏剧悬念，制造出一场又一场轰动效应……新闻不再是真实记录，而是商业广告、惊悚电影、艳情小说，可以任意曲解一个人物、一桩事件、一种声音。

“煽色腥”的终极目的是激发尖叫效应，越血腥、越淫秽、越冷僻、越怪诞，越是非常性的事件，越有助于提高收视率、发行量、点击率、生成丰沛的“尖叫利润”。

“凹镜头”：删除、淡化、自行消隐。

藏匿进“凹镜头”里的是在整个事件中客观存在的声音或面孔，但为了凸显自己的观点或某种导向，这些声音或面孔，将被屏蔽于画面之外，哪怕它们至关重要。

无法攫获眼球的新闻同样也消隐于“凹镜头”，人们关注一个明星的时间要比关注一个科学家多几百倍，尽管科学家生成的价值是明星的几百倍甚至更多。

我们再次看到那位在南太平洋岛国举办婚礼的明星。她风采全无，甚而有些怯懦。女明星说自己或许只是个管家，每天照看孩子，带着保姆到超市购物，从睁眼到闭眼，她一直都在忙碌。女明星话语紧促，眼神下意识地回避耀眼的镁光灯……突然，她停顿了，她还能说什么？难道抱怨尖酸的婆婆、喜欢逛夜店泡嫩模的富豪老公，还是怪自己不够精明，嫁给资产实为负值的“负翁”？

然而，这些镜头被裁剪，缩进一个角落。或许，媒体认为这一采访毫无示范性，镜头不愿唤醒受众，不愿将他们从痴迷中惊醒，从谵妄的奇想世界里拽回来。

我们凸显我们想凸显的，我们涂抹我们想涂抹的，我们裁剪我们想裁剪的。

媒体的“凹凸镜”：被建构的视觉世界。

5

如果说，世界被加工，被裁剪，被虚构，那么，我们看到的是真实世界吗？麦克卢汉说，掌控镜头的人，本身也是有血有肉，七情六欲的人，大多数新闻是虚假的，因为新闻是经过挑选、支离破碎的，被放大或缩小，由记者渲染、加工推向公众，与正在发生的事情并不吻合。

这一点，尤嘉霓进入报社工作后，开始略有所知。在一次乳制品质量调查中，新闻部被某权威部门授意，曝光其中某名不见经传的小品牌。这家小厂的问题，在媒体的曝光下，被无限放大，及至销售陷入瘫痪。为了挽回声誉，企业不得已在报纸上刊发系列广告，所有的后续报道随即被取消。

这种做法，在媒体界颇为流行，我曝光你，不一定跟正义有关，而是要棒喝你，让你知道我的威力，成为我的广告成员。

在“媒体的凹凸镜”下，受众被欺骗了，他们只记得那个有问题的小品牌，可是，其他有问题的大品牌呢，因种种原因安全地躲在屏风后。受众愉悦地听着媒体的话，购买被保护品牌的产品。

这就是媒体干预下的选择！

一条新闻或节目的出炉，犹若精子和卵子的接触，是一个漫长而崎岖的探索过程。政治背景、领导授意、记者意图、广告商的干预、收视率或发行量的考量，竞争媒体策略等等，镜头也会说谎，覆盖个人的意识、理念、判断，镜头扭曲了镜头中的影像。

6

究竟是社会描摹了媒体，还是媒体描摹了社会?

一旦情绪的调控器掌控在媒体手中，“凹凸镜头”变异下的世界将彻底改变我们的感知、思维、行为——认知的变异，思维的变异，行为的变异。

当媒体过度曝光恶俗淫秽，恶俗淫秽将成为社会常态普遍存在……

当媒体过度曝光暴力事件，现实生活中的暴力事件会日趋增多……

当媒体过度曝光人情冷漠，人情冷漠就像病菌到处蔓延……

当新闻对某一事件反复炒作，会形成示范效应，潜意识地诱导受众观摩、仿效——集体特征的“涟漪效应”。娱乐业出现虚假繁荣就是这样一个范例。媒体高频率地报道明星的奢华生活，成为无数青年男女的参照镜面，刺激、模仿、追从，激发更多的人疯狂报考艺术院校，从事演艺职业……中国泛娱乐时代随之来临。

世界已被媒体自我言说。

7

然而，尤嘉霓已被彻底魇住，似患疟疾，时冷时热。

某一天，她烦躁地从男朋友石风的自行车跳下来，抱怨道，你为什么骑得这么慢！

自行车的速度并不是问题，而是欲望的速度和现实的速度相逆运行时，产生尖锐刺耳的摩擦音。

究竟是什么画面刺激了她？

一辆红色宝马敞篷跑车，正从石风的自行车旁飞驰，车内女孩漫不经心地轻撩发丝，四十五度转侧面，一头漂亮的红棕色长发旗帜般飞扬。欲望喷射出烟花，迷灼了双眼——这一场景我已描摹多时，我迷醉于她的边缘，热烈地渴望成为她，像她一样坐在宝马车内，呼啸而去。

尤嘉霓昂着头，目光掠过石风的头顶，她看不见他的脸，在暮色中虚浮的面孔。

“总有一天我会让你坐上宝马，总有一天……”

“总有一天？十年？二十年？我都老了……”

若干年后，某女孩在一档相亲节目中，众目睽睽下，嘲弄一位追求者，我宁坐宝马车里哭，不坐自行车上笑。不同的是，尤嘉霓只是烦躁地从自行车上跳下来，她的心理感受仅在阴潮罅隙里汩汩流淌，而这个女孩却被强烈的镁光灯无限放大，偶像般放大，并以偶像的光芒照耀着患了贫血症人们的道路。

媒体塑造了偶像，偶像发出了声音，声音到处鼓噪着，干扰着视听，尤嘉霓的时代鼓噪着各种声响，世界背景般的雷鸣声响，障蔽内心真实的声音。她听不到自己灵魂的声音，她听到的都是别的声音，网络、广告、电视里的，她在嘈杂声音中行走，这声音如此强大，如轰炸机马力强大地在头顶盘旋，尤嘉霓误以为这声音就是自己的声音，她失去了自己的原声。

她也看不清自己的面孔，在众多面孔中，这张面孔和那张面孔如此相像，以至无法辨识它们原初的模样。原初的模样不断被涂改，被描摹，姿态、眼神、表情甚而连嘴角一丝讽刺的微笑，都可以在另一张脸上找到相似的痕迹，我不认识他（她），可我们就像一对孪生儿。

8

人人都在描摹，人人都被描摹。

她们走在时尚的前端，却又惊人地抄袭另一个人的身影。波西米亚、摩洛哥、朋克、韩范儿、日本潮人……她们生怕错过任何一个流行节拍，落伍（OUT）即是身份的退场，游戏的出局。

她们训练对名牌的鉴赏，共同鄙视对品牌无知的人。她们挎着名牌包，极尽喧嚣地炫耀。他人的嫉妒，是她们欢愉的源泉。

成为时尚女王，活在众人艳羡的目光里，是她们的生存价值。

她们认为改变人生最重要的是人脉资源。她们勤奋地编织交际网络，不在吃吃喝喝，就在吃吃喝喝的路上打扮自己；

她们最在意男人的地方，是他们拥有的数字，存款多少，豪宅几幢，名车几辆，她们认为越名贵的车里，所载的女人越漂亮；

她们最愉快的事情，是购物时携带永不透支的“刷卡机”，无论“刷卡机”是 50 版或是 80 版；

她们最爱恋的是自己的美貌，不计成本地精雕细琢每一寸肌肤。这种自恋式的投入渴望超值回报，幻想有一天如稀世珍品被贩卖到天价。

她们精通各种“钓鱼术”，钓男人，钓金钱、钓机遇……她们认为，谈情说爱是一桩投资收益率最高的绝妙交易。

越多的绯闻对她们而言，越有些虚荣的快感。异性的调情是魅力保鲜的秘籍。情感就像化妆品，涂抹在脸上，光鲜水嫩，给别人看的。

当质疑的目光投向她们，她们言辞凿凿：所有的观念、行为、生活方式，并不是我想如何，而是整个社会的欲望在我身上的微型显示。

“银行倒闭不会令我不安；天堂倒闭不会令我不安；不景气不会令我不安；缺乏物质欲才会令我不安。欲望从来就没有不景气的时候……”铿铿锵锵，她们听着这样的广告词走在城市广场的石阶上，金属鞋跟的回声不知疲倦地响起。她们姿态妖娆，神情傲娇，臀部富有意味地微微晃摇，感知着或艳羡或嫉妒的目光。

欲望伸出湿漉漉的手，渴望触摸，触摸所有界限外的诱惑，要让难以察觉的微弱欲望变成行动，而不是让欲望，哪怕最微弱的欲望，自行消泯！

庄重背景下的肉色诱惑

1

陈逸山很快被任命为报业集团副总，四十出头，正是意气风发的年龄。

尤嘉霓的目光始终追随着陈逸山。他正在致辞，一袭改良过的中山装，身形虽清瘦，却是精气十足。他开始敬酒，一桌桌轮番敬酒，间或仰头哈哈大笑。

她知道他的得意，不由也升涌起炫耀的冲动。尤嘉霓环视周遭，恨不能对在座的每一个人说，当你们毕恭毕敬地站在他面前时，可知晓他曾牵挽我的手，吻着我，低语着，恳求与我缠绵。陈逸山即将走到她这一桌，她充满期待地望着他，愈发觉得——

男人因权力的在场而熠熠生辉！

她是迷恋他，还是迷恋投射进权力镜面的影像？或许，这二者并不存在矛盾。他们本来就是统一的，不是权力成就他，而是他的智慧俘获了权力，他的肉体、思想与权力自始至终是熔铸为一体，不可分离的。

假如，有一天，荣耀之光突然黯淡了呢？他是否亦如褪却妆容的女人一样黯然失色？铂金光芒所掩盖的衰老、冷漠、不忠，将似粗糙的颗粒凸显，丑陋、生硬地凸显？

这一假设，仅是短暂的停留，尤嘉霓的指印，一个犹疑的指印，潮润地印在报社宣传橱窗的玻璃上。她看到陈逸山，清癯、目光灼然。冰凉的触摸，他的图像有了尤嘉霓圆圆的指印。

然而，很长一段时间，陈逸山都没有联系尤嘉霓，一个电话、哪怕一个暗示。她以为穿过风中摇曳的大门，门后有狂喜和奇迹等待着她，可是，什么也没有，白色的盐碱地，荒芜而咸涩，风停住运行，没有方向感，她就在空茫中——如黑暗中的蝴蝶无序飞舞。

一次，尤嘉霓和一群人挤进电梯。恰巧，陈逸山也在里面，所有的人都毕恭毕敬地唤，陈总，早。他并未刻意看尤嘉霓，哪怕是一眼。她被遗忘了吗？难道她不过是个应召女郎，或是临时租借的充气玩偶，被抚摸着兀自亢奋？

尤嘉霓的不甘、疑惑、怨怼，密密交织着，七零八落，如暗夜跳动的局促而炽烈的烛光。他并未进入，却依然占有她的意识。那一霎涌流拒绝的时刻，他想到了什么？还有，他为何从她的生活中突然隐身？

他的世界充满光晕和谜面，她迫切地渴望进入！

2

一个女人与男人分离后，如何重新激荡起男人的欲念，令他垂涎欲滴？

他得到她，在得到的一瞬，渴求的欲望即被销蚀，无数个陌生女人的臆想从四面八方涌来，销蚀掉他对她的欲念——我对你的渴念已经提前透支！

被遗忘的尤嘉霓突然意识到，自己陷入性关系的被动地位，这在她二十四岁的生涯里是前所未有的。自从十六岁第一次谈恋爱，尤嘉霓无疑在两性关系中占据绝对的主导地位，她操控着一段段情感的起始、延续及终止，一切皆以她的个人意志为转移，而对方必须无条件服从。她总是第一个提出，我对你厌倦了，像厌倦玩腻的玩具或过时的衣物一样厌倦你！若遇年轻的男孩跪求她回心转意，她则像个傲慢的公主，冷漠地拒绝。而对方悲戚的面孔则成了她炫耀的资本，她对女伴们得意地说，知道某某昨天哭了多久吗，一个大男人像孩子似的哭了快两小时，我真的有点舍不得，可没办法，长痛不如短痛。深层的意思却是，我多有魅力啊，一个男人为我哭了这么长时间，你们有这样的魅力吗？

一对年轻情侣在街上争吵，女孩嚷道，我早就不想和你在一起了！男孩反驳道，怎么是你，其实我早在你想分手之前就想和你分手，只是怕你伤心我才一忍再忍！不，是我，是我……两人争吵着，争吵的核心，不是这段情感缘何失败，而是谁先对谁厌倦，谁先决意舍弃谁。因为这关乎致命的吸引力的问题——我的吸引力依然熠熠生辉，而你的吸引力则暗淡无光！

如今，陈逸山轻率地遗忘了她，第一个说，我不玩了！尤嘉霓沮丧且恼怒。她面临两种选择：一、你不在乎我，我也不在乎你；二、她继续想方设法接近陈逸山，再次赢得他的关注。第二种选择的确有损自尊，可是毕竟她对陈逸山有所企图，她不能半途而废。那么，如果她想继续，又该如何继续？不，稍微停顿一下，有个细节再次跳出，尖锐地刺激她的神经。自始至终，他们都是在黑暗中摸索着进行，陈逸山从未对尤嘉霓说，让我欣赏一下你的裸体。即或，他点上香烟，微弱的火光中，裸体虚浮而现，陈逸山也并未表露出过多的兴趣。难道……这样的疑惑滞涩地滚流，尤嘉霓不情愿地自问——

“难道，我的裸体缺乏诱惑力？”

裸露就具有诱惑力吗？

满大街到处穿梭的是穿吊带裙的女孩，白皙、粉色、浅黑，到处都是；电视里晃荡着比基尼女郎裸露的肉体；色情碟片里，坦白的裸露，无所遮掩的裸露。她们都很肉感，毕露无遗的肉感，但与诱惑无关。肉感是让人忘却的，诱惑是令人牵挂的。肉感与情绪无关，它只是一种本能，如一条狗，对抛给它的骨头，本能地号叫着，冲上去吞噬。肉感从不会纤细地感知，潮润地思念，感性之光是被肉感之躯所屏蔽的。

诱惑不在这里，那诱惑在哪里呢？

杜拉斯设计赤裸的法国少女睡在中国的成年男人身边，在西贡昏暗的房间里，屋外是鼎沸人声，只要推开百叶窗，即刻窜出无数窥视好奇的眼睛。一切元素都让男女主人公披上诱惑的外衣。

而梦露的诱惑，就在她微微俯下身，捺住即将飞扬的裙摆，裙摆在被轻轻一掖的瞬间，诱惑才开始呼吸。

诱惑一定要披上神秘的外衣，若肉体过于坦白，将会消失在令想象力扫兴的面纱下，被目光整体穿越的身体没有任何诱惑。

裸体本身并无诱惑力，诱惑产生于幻想裸体的旅程中。

而尤嘉霓却将肉感之躯与诱惑之躯等同，她媚笑着，迫不及待地脱去衣裳，尚不知晓，此刻，她跟陈逸山在夜总会看到的脱衣舞女郎毫无分别，她们都很肉感，但没有记忆，没有情绪，没有思念，可以飞速地滑进，飞速地滑出。

肉感的她给他一个错误的信号。她是可以随意进入的区域，任何人均可无设防地进入。她的肉体没有国界、没有疆域、没有边界线，有着无限开放的清晰划痕。

她过于娴熟。娴熟得犹若没有高潮的电影，平滑地流动，开始即是结局。陈逸山越过尤嘉霓娴熟的动作，看到其他男人注视她裸体的贪婪目光，或许一切就发生在昨天——他对她不确定。

我允许你们引诱我！

对陈逸山而言，她不是唯一的，独一无二的。他可以轻易地走进，也可以轻易地退出。他只是他们中的一员，他和她是彼此的过客，他自然会遗忘她，遗忘在他习惯遗忘的世界里。

尤嘉霓轻率地脱去诱惑的外衣，她本应按照诱惑的神秘规则去游戏！

3

诱惑的技巧是什么呢?

一本书这样写道，为了激起男人的欲望，女人不能在投怀送抱上表现得过于老练，要“羞色可餐”地引诱精品男人，“羞色”不是本能，而是技巧，因为“羞色可餐”可以激发情场老手们久违的纯真冲动。

我们要佯装“羞色”。羞色是稀缺资源，因其稀缺，才会闪耀钻石的光芒，成为情场上的必杀技。男人对处女的挚爱是源于处女滞涩的抗拒，男人喜欢一点点退缩和抗拒，没有抗拒，就缺乏动力，困难越大，狩猎刺激就越大，他们喜欢对陌生领域的强力攻克。

所以，聪明的女人需借助一面镜子和神奇的化妆术，使自己游移于少女及熟女之间，令众人处于悬念中：烁烁烛光间，你微微颔首，粉晕浅浅，娇眼迷离；待他渐漾春情，你须脉脉悄无言，敛余红；他若执意牵挽，你则借故离去，他怅然独立，不知有无相逢日。

故事继续前行——当他再次遇到你，自会迷醉于你诱人的“羞色”笑靥。

爱情，被虚构；情境，被设计；人物，被解构。

尤嘉霓站在书店长廊间，到处都是书，琳琅满目，纷繁驳杂：从经商发财、升官上位、职场竞技，到生育教子、美颜纤体、养生长寿、性趣大全……高悬的电视机正播放某台湾成功学讲师的讲座:

“成功的第一步，必须学会自我推销。无论你身处何地，餐馆、咖啡店或是火车、飞机上，都要热情地给每个人派发名片，让所有不熟悉你的人熟悉你。记住，每个人的身后都有庞大的人脉关系网，每个关系网的背后皆可滋生无限广阔的商机！”

人人都渴望成功，人人更渴望速成。众人并不关注成功人士的坚韧、耐劳，而将目光聚焦在专家们提炼出的花哨技巧上，技巧成了通往成功巅峰的直达天梯。男人们希冀一夜之间成为千万富翁，女孩们则痴想在高档酒吧“钓到”帅气的多金男，命运于奇妙瞬间，飞速驶入铺满金粉的梦幻隧道。

尤嘉霓正在读一本名为《如何做个诱惑娇娃》的书，书中这样写道：Step1，“巧遇”富翁。VIP 俱乐部、珠宝店、五星级酒店、高尔夫球会等高档场所是最佳“钓鱼”地点；Step2，投其所好。搜索目标富商的各类信息，个性喜好、饮食习惯、服饰品位等，不露痕迹地伺机表现。有时，为了激发对方关注的眼神，来一段有关弗洛伊德潜意识的言论，也未尝不可；Step3，一旦进入实战阶段，要学会制造暧昧气氛。玩玩太极推手，来场不告而别，然后再次设局巧遇，于恰当时机怀孕，奉子成婚，最终锁定胜局。专家将一切安排得天衣无缝：当你含情脉脉凝视他时，专家提醒，巧用经济学知识对他进行风险投资评估，计算其投资回报率；当你欢欣雀跃嫁给他时，专家则告诫，假如离婚，你该如何争取经济利益的最大化。

末了，专家还不放心地教诲，切忌不能让对方看出技巧的痕迹，善于化有形为无形。知道什么妆容最漂亮吗？裸妆。裸妆明明是化过妆的，但和真实肌肤一样有着透明质感、粉嫩光泽，甚至比真实肌肤更自然，更光透。

比真实更真实，技巧的最高境界！

策略和手段替代令人着迷的心醉。在某职场小说中，作者提醒销售人员与客户谈话时，每一次都要启动手机录音，随时留下客户的不利证据，利用对方的弱点完成销售业绩。我们时时刻刻都被暗中监控。小说、影视剧变成职场上位教科书，充斥着钩心斗角、算计及谋略。作家和编剧将人性的卑鄙和狡猾无限放大，每个人都被预设为假想敌，只有消灭他人，才能赢取自己的锦绣前程。观者自以为学到独家秘籍，殊不知，人人都是聪明者，就没有聪明者，因为，人人都在玩同样的伎俩，构筑同样的心理防线，彼此既是出招者也是拆招者，这注定是一场没有赢家的对垒。

到处都是路径，到处都是闪亮的标志，到处都是喧嚣的叫卖声，一切炫目的技巧替代了本真的生活。突然间，曾有的生活经验和认知全部报废，自我陷入茫然无措间，迫不及待地捡拾技巧的拐杖，迫不及待地从他人传导的经验中寻找自我，然后——迫不及待地戴上技巧的面具，佯哭、佯笑、佯癫、佯痴，做个伪饰者。

4

难道，我们每个人都有两张脸、两个声音？

十八岁的尤嘉霓上旅游专科时，同宿舍一女孩名叫芮瑞，她被同学们奉为女神。女神长得不漂亮，平淡的面孔，瘦弱的身形，却有着卓越不凡的才能——演讲。只要站在演讲台上，女神周身立刻散发出奇特的光彩，她不似其他演讲者那般慷慨激昂，而是徐缓平静，不经意间一词一句潜入内心，让人回味无穷。

芮瑞成了名人，专科二年级就到省教育电视台客串主持。尤嘉霓想起小时候父亲总对她讲，学好数理化，走遍天下都不怕。其实，学好数理化有什么用？这个时代最核心的是你怎么讲，而不是你怎么做，讲什么比做什么更重要，口才是关键，那些默默耕耘的人永远不可能成为众人的焦点。

一天，尤嘉霓趁芮瑞不在，翻看她的笔记本，扉页上她写道，我是我自己人生的导演！我是我自己人生的导演？尤嘉霓反复默念着，她向窗外望去，操场上有几个男同学正在打篮球，世界按照固定的秩序不疾不徐地运转着，假如我希望吸引投篮的那个男孩的注意，我必须做点什么，比如冲到场地中心，而不是坐在场外默默地观赏，自我只有在被注意的那一刻才有价值。笔记本上密密麻麻地记录着名人名言，尤嘉霓的目光又被另一句话所吸引，“表达自我比自我是什么更重要”。这句话颇令尤嘉霓费解，她很想问问芮瑞，但她很少在宿舍，即或碰面，也仅仅敷衍两句，脸上似结了冰霜。

芮瑞出了本演讲书，签名售书前一晚，尤嘉霓被嫉妒心啃啮着，一夜未睡好，第二天一大早她还是忍不住跑到新书发布会现场。女神身穿米色棉麻斜襟长裙，赭红色长巾斜斜一搭，嘴角漾起似有若无的微笑。签名的时候，女神身体微侧，像画画般签上自己的名字。

签名售书后有个小型读书会。现场黑压压，唯有一束追光照在舞台中央，女神坐在古藤椅上，低头无语。忽听埙音袅袅，三名白衣男子飘然而至，他们排成 Z 字形，以长袖为笔在地上挥毫，所画之景投影于幕布上，似墨染远山。女神或执卷仰望，或喃喃自语，之乎者也一番，众人均云里雾里茫然不解。乐声杳然，女神缓缓起身，表情漠然，环视四周。此刻，众人皆屏息期待，以为女神即将开始精彩的演讲，这片刻的沉静也因了她有趣的肢体语言变成演讲的一部分。追光一点点黯淡，观者依然拽着一根意犹未尽的线傻傻地期待，女神早已翩然退场。

尤嘉霓思忖道，整场演讲她都不知道女神想讲什么，讲了什么，她似乎仅仅是被氛围所吸引，音乐、舞蹈，而不是演讲本身，可是，女神似又因这氛围的烘托显得高深莫测。她恍恍然走出会场，身旁一个男同学说，瞧，她多会装范儿。尤嘉霓突然顿悟，原来“表达什么比自我是什么更重要”的本意就是装范儿呀。

装范儿这个词很有趣，范儿本是北京话，劲头、派头的意思。在时尚圈，范儿（Fashion）演变成风格、品位；装范儿，你本没有某种风格，可为了顺应潮流，引人瞩目，装成你渴望成为的那类人，装女王范儿，装文艺范儿，装民国范儿，装公知范儿……看上去和实际是什么完全是两码事。在这个装腔作势的年代，会装是门艺术。

5

尤嘉霓从书店走出，雨淅沥沥下起来，她疾步走进连卡佛商场避雨。

扶梯上升下降，下降上升，一摩登女郎正从扶梯缓缓而下。尤嘉霓的目光似被什么攫住：她为何如此吸引我的视线？我想追随她，看清她的面孔，她的一切都充满神秘，敞开的黑色小西服，而那一抹象牙白蕾丝小抹胸，遮住秘密，秘密因其被遮蔽，有着神秘的不确定性的诱惑。

她在展露，她在遮蔽。在展露和遮蔽之间，她玩起了强调距离激发想象力的游戏。裸体藏掩于半透明的纱帘后，半明半暗，看不分明，想象力兀自喧嚣，热烈地，喷射出激情的汁液。

庄重和轻佻；遮蔽和袒露；黑色和白色；背景和主题；对立的诱惑的游戏。

黑色小西服 + 象牙白蕾丝抹胸——庄重背景下的肉色诱惑。

这个发现令尤嘉霓兴奋不已，她似乎触摸到某种诱惑的神秘规则：性感是调适出的，情境是要制造的，剧情是需要演绎的！

人们为谎言披上真诚的外衣，为残忍披上伪善的外衣，为私利披上高尚的外衣，她当然也要为诱惑披上庄重的外衣。尤嘉霓不是随随便便进入他的生活，她越郑重其事，他就越要郑重其事地对待她！

6

尤嘉霓应主动创造情境，情境一旦被创造，台词、表情、动作都需精心设计：掩饰焦灼和怨怼，凸显无怨无悔柔软的思念。

直接打电话吗？如果拨通，该说什么好？假如他说很忙，她将无回旋余地。一切都需好好思量。不管怎样，必须想方设法见到他，楚楚可怜地站在他面前，故事才能继续……可是，她不分属他管，如何找到一个合适的理由见到他？

我们试图进入尤嘉霓曲折的思索过程，这种思索时而被她的奇思妙想所振奋，时而又因设想的无法实现而沮丧，如此反复，竟至焦躁，干脆放弃。

想象力的终结？无数想象的情境，被折叠成纸鹤，没有生命力地短促飞翔。

尤嘉霓的脑海再次浮现出陶萃丝，她似乎在微笑，嘘，轻松点，男人，再出色的男人，都禁不住你的主动引诱。

是吗？那就让想象力来一次漂亮的飞翔吧！

有一天，尤嘉霓去传达室查询一份快递，无意间发现一叠报纸下竟压着一封陈逸山的信。心中暗喜，环视四周，传达室老头正喋喋不休地打电话，她飞速地抽出那封信，绕过他的视线，溜出报社大门。下一步该怎么办，万一办公室里有其他人呢？她想好了台词，那就大大方方地说，这信丢在电梯口，自己捡到特地送过来。如果他生气呢？或是很漠然……

门预期地打开，令人满意的结果，办公室里只有他一人。

“陈总，您的信。”

“我的信怎么会在你手上？”

“传达室的人弄丢了，丢在电梯口，我捡到了……”

“真的是丢了吗？”一切隐藏都是徒劳，尤嘉霓看得出他质疑后一丝诡异的笑意。

“很久没见……”

“四个月了。”

“有四个月吗？这四个月发生很多事……”

“是的，我在年会上看到您，在年会上，我一直在看着您，您的致辞真的好精彩……可惜您是看不到我的……”幽黑水亮的眼睛望着他，令人无法拒绝的柔弱。

“这一步不容易，刚刚开始……”

“我知道，可是——您好像已忘了我……”思念的触角，悉悉窸窸地，探出。

“怎么会？你应该理解我的处境，多少双眼睛在盯着我，稍有不慎……”

陈逸山注意到尤嘉霓的形象，冬日的诱惑的形象。栗色长发高高束挽，几绺卷发随意飘垂，驼色羽绒服敞开，露出大V领杏色毛衫。回忆潮润润地浮现——她微微俯下身，忽隐忽现的胸部，令人目迷神离。他不由地悸动。

陈逸山慢慢摩挲着尤嘉霓的手，一点点欲念在摩挲间，噼啵擦响。他的手指轻叩尤嘉霓的手背，熟悉的记忆，暖洋洋地漾起。

“想我了？”这声音轻得近乎耳语。

“难道你不想我？我一直在等你的电话——”

尤嘉霓抬起面庞，五官都在渴求诉说，双唇翕动，眼眸里闪着的光亮，水波一样荡击，粼粼波动。

思念的气息，一点点侵蚀……

他多少有点恻隐，被遗忘的面孔，被遗忘的身体，被遗忘的交欢，如同海潮过去，冲刷掉的贝壳，新的大量的贝壳，将随着又一波海浪，五彩缤纷地涌现。

她的神情是柔软的思念，还是绵软的陷阱？陈逸山尚不明确，至少从未认真思量过这个女孩。他看着她的面容，天真带点诱惑，闪闪擎动着。声调因强烈的渴望，而略带颤悸——我要让你知道我内心的思念，蜷伏已久水淋淋的思念。

裸体很廉价，思念却很奢侈——庄重背景下的肉色诱惑。

她传递了她的思念，柔软的思念，不带任何功利，单纯的只是思念，女人对自己情偶的思念。心弦微微触动。他凝神着V领下的波动，手兀自迟疑着，是否顺着颈项、肩膀，滑向手最愿栖居的地方——微妙的火流，波荡而来，窜至指端，攥紧，放开，再攥紧，让这如胶质的流动体，挤榨出情欲的汁浆。

兀自迟疑着。

尖锐的电话铃声，不合时宜地响起。这该死的铃声，让梦境里的人，怵然惊醒。

脸上漂浮的柔情一点点消淡，一如每次开会做报告时，薄淡的雾气。他转过身：“马上有个会，我知道你的想法了，你先回吧。”

她所构想好的，微光般转瞬即逝，思念的边缘迅即被蚕食。

这么漫长迤逦的等待，他又如何知道？她不是他的过客，她不能让他随意遗忘，遗忘在他习惯遗忘的世界里。

尤嘉霓的委屈几乎要不合时宜地宣泄，她用力扭开房门。陈逸山的手自她背部滑下，停留在臀部，短暂、意味深长地停留，这是安慰的符号："以后不要这么冒险！"

7

链接上了，在断裂的记忆里，有了黏合，尽管薄脆、飘摇，可记忆不再断裂。

然而，这似乎还不够。在陶萃丝与 Robert 两小时的交流过程中，她通过生活中的三个小故事，密集传递这样一个讯息：我不仅勇于冒险，更具有卓越不凡的头脑。她早在某杂志专访中了解到，Robert 喜欢富有冒险精神的聪明女人。陶萃丝认为，现代女性最重要的不是美貌，而是自我营销的手段以及挑选时机的智慧。如果说，将橙汁泼溅，是陶萃丝揿下关注的按钮，下一步，必须强化这些意识，将纷杂信息浸泡进化学溶剂里，形成鲜明的结晶模块，巧妙地嵌进 Robert 的记忆凹槽——陶萃丝成功地营销了自己。

鲜明模块和记忆凹槽，犹若磁石，因奇特的正负吸力，才能完美地相互吸附。你吸附我，恰恰是我想吸附的。

一年一度的报社春节联欢会即将开始，尤嘉霓敏锐地意识到，这是一个将鲜明模块，嵌合进陈逸山记忆凹槽的绝佳机会。她自告奋勇报名参加文艺表演，可是，究竟表演什么节目才能引起他的关注？不，关键是能进入他的内心世界，激荡一点共鸣、一点感动……

思索如探照灯，灼亮每一场景：陈逸山搂住尤嘉霓的腰，唇对着唇细语喃喃；烁烁烛光下，他俯下身，微漾的酒气：等我。朦胧月色下的裸体，缓缓升腾的烟雾，缭绕而上，画面氤氲了。都是些剪影，迷人的螺旋，闪着多棱光芒，稳健、睿智、风雅，又让人心生隔膜，似在遥遥青山的一隅，云遮雾绕，看不分明。他在哪里呢？一个片段，倏忽跳出，他的手指，抬起、落下，和着音律，有节奏地敲击——她欣喜地叫道，我怎么遗漏掉这段记忆？

苏南之行的第二晚，宋长明在烟霞阁为陈逸山饯行。烟霞阁傍山依水而建，拾阶而上，曲折廓落的游廊间，清风吹香，花气微婉。听泉室半壁面向湖面，推开雕花窗棂，湖面空寂，月明风惻。待众人落座，宋长明说，今天不听琵琶、古筝，也不听什么二胡，换换口味，听听古琴吧。

古琴横卧，一位中年男子着白色长衫，悄然而坐。琅然弦起，其音时而铿锵清亮、时而朴钝浑厚，若空谷之音，绕云萦水，百转千回地绵延。

一曲听毕，宋长明带头鼓掌："平心而论，我个人还是觉得琵琶、古筝悦耳点，古琴听着总觉得滞涩，哈哈，说到底不是文化人，怎么样，今儿请乐评专家陈总给我们这帮乐盲扫扫盲。"

陈逸山轻摇折扇，环视一遭，徐徐起身："宋总刚才也说了，喜听琵琶、古筝甚于古琴，可你若静心聆听，即会品悟，琵琶、扬琴、古筝发音铿锵响亮却延时短促，二胡发音虽绵长婉转，又不够清亮，而古琴一弦多音，清浊兼备，音色松、圆、润、透，真正是'大声不震哗而流漫，细声不湮灭而不闻'。

"刚才诸位听的是《渔樵问答》。《渔樵问答》的高妙之处不在曲调本身，而是歌词所蕴藉的哲学思想。宦海险恶，凶多吉少，有多少文人能明哲保身，善始善终，厌倦了尔虞我诈官场生涯的文人，自会升涌隐逸之情，过一种息隐林泉、忘于江湖的生活。一悠闲渔夫，罢了钓竿，一自在樵夫，收了斤斧，林泉下偶遇。渔曰：‘客亦知夫水与月乎？’樵曰：‘余之志在山林边。’渔樵二人乐山乐水乐陶陶，古今多少事，都付笑谈中！”

一席人纷纷喝彩。陈逸山幽幽啜口茶：“不过，曲中所唱是理想境界，世间又有几人不为物困，能从器物中抽拔？又有几人能忘功、忘利、忘己？人在江湖，身不由己，虽向往之，实不能为也。”宋长明笑道：“老兄还在上升期，此话言之尚早。”

尤嘉霓尚未全然明了，却是分外佩服。陈逸山妙趣盎然的言谈，广博深蕴的知识，更激发她探索的热望。琴音再次鸣响，第二曲是《平沙落雁》。陈逸山沉浸其中，独自驰思于杳远幽冥间。烟头越烧越长，掉落，要掉落了，手指轻叩藤椅扶手，抬起、落下，和着音律，叩击。尤嘉霓下意识地想触摸，在那里，血液充盈于肌肤之下；在那里，情绪波荡于韵律之间，黏附表面的坚硬颗粒簌簌脱落，她自认触摸到潜伏其下柔软的情绪——神秘的悸动。

尤嘉霓决意暗合雅趣，跳一曲古典舞蹈。她选的曲目是《妆台秋思》，此曲是她在旅游学校读书，参加文艺会演时，辛苦排练一个假期的舞蹈。不过，她很慎重，特意请市歌舞团的老师重新排练。“秋已至，思万千。妆如初，有谁怜？”尤嘉霓默念着，竟生出几分怜惜来。她亦步亦趋地跟着老师，手眼身法都应和乐声。舞蹈老师赞道，真没想到，你跳得有模有样呢。尤嘉霓看着镜子里一袭绿罗衣的自己，幽黑的眸子，滴溜溜地转——

报社春晚现场。

自遥远处，箫声汩汩。低音哀婉，高音清远。尤嘉霓踏着音律，慢舞萦回。水袖从风飘舞，嫣然摇动，舞出荡荡之情。

她在明，他在暗；

她在舞动，他在静观；

她在吸引他，他被她所吸引；

涟漪初溢，多少旖旎蜜意，唯有天知；

旋转、回环，频移转眸，你凝视我，我凝视你；

眉眼盈盈处，流莺几点，飞来又去，两处销魂。

尤嘉霓是在传达一种相思吗？情黯黯，闷腾腾，都将一襟芳愁，入了思春调。

她的姿态触动了他。长长的水袖，自脸庞垂落，轻触前胸，滑至膝盖。她的肩、颈、臂——柔软地前倾，随着她缓缓低俯的肢体，试欲用他温暖的手托住这柔曼的娇躯。

轻摇而起。水袖高抛，遮了双眸，再一波儿一波儿，抖展开，乌溜溜的眼睛如怨如慕。她徐徐回旋，水袖甩向他的那一刻，有一刻的微醉，试图缠绕着，彼此缠绕着，泅泳于隐秘的快乐中，神随浪摇，于绿莹莹的光中，醉眠。

铮铮铿然，急管繁弦。

尤嘉霓掠地腾跃，缭绕的长袖左右交横，络绎不绝的姿态飞舞散开。她在跳，在他空荡荡的瞳仁里，跳。水袖甩向这儿，甩向那儿，啪地，漂掠而过，全是绿荡荡的水袖，柔软的钩子。

他想起那天尤嘉霓对他说的，你要给我电话哦。他拿起手机，“嗯”一声，独特的声线，传递。

性，从未挂线——二十四小时，随时随地，响起。

2

第二部

恶魔不是以魔术来征服人的意志，而是以虚构的价值来诱惑人的意志，奸狡地混淆善与恶，诱惑人的意志，服从它。

——［俄］N. 洛斯基

提前进入假想丛林

1

尤嘉霓的一只手，捂紧敞开的衣襟，生怕一不小心，秘密，就从胸部，扑腾腾跳出来。正如一位带小狗上公车的女孩，小心翼翼地隐藏着，可小狗毛茸茸的头，还是不管不顾地，从女孩的衣襟处探出头，挣破女孩的秘密。

秘密终被窥破。是的，秘密如此纠结着尤嘉霓，她装作若无其事，然而肢体不习惯撒谎，站起，又坐下，电视剧没完没了地续演，尤嘉霓的男朋友石风喊道，你能不能停下来！

“我看你一切都不顺眼，你只会跟在我身后，没有意义地絮絮叨叨。迎面走来的抱小孩的女人，她的男人提拎着婴儿车，正努力挤进公交车。我可以看到生命这样流淌，没有高潮，即已结束！”

他因痛苦而肿胀的面孔，无限肿胀，她拒绝这张面孔！

“我进入不到你悲伤的状态。我停留此地，不过是抚摸现状，散发青草气息湿漉漉的现状。"

他的绝望的眼神："你确定那个男人能带给你幸福？"

"我不知道，隔岸热烈的烟花在吸引着我，我的心已漂移，漂移到未知的世界，未知的世界若巨大起伏的海浪，热烈而肆意地，将我吞没！"

"我的世界不会因你而停留！"

陈逸山如此富有意味地，侧身挥手，一个诱惑的邀请的姿态。

她所不熟知的，尽在他的世界，精彩上演。

当事实尚未抵达彼岸，假想即已提前起航，先行抵岸。每个人都对未来有期许，有渴盼，即或真正碰触这个世界，会失望、沮丧，但又有谁能控制住自己对世界的奇特想象力呢？

假想的色彩如此瑰丽，以其特有的魔幻，逶迤展开。她被假想所蛊惑，尚未预热，就进入高潮，单方面地，被自己假想鼓噪的沸腾的高潮。

尤嘉霓提前进入"假想丛林"！

2

尤嘉霓拉开车门，于无休止的焦躁等待中，拉开车门。车内的人转过身，错误的一张脸，是的，错误的表情，错误的人。尤嘉霓仓皇而逃。

她上错了车！

一对陌生男女在窄小的黑暗空间，怵地相遇，我要载你去何方？

尤嘉霓一直耐心地等待着陈逸山的出现，他在开会，总在开会，没完没了。她忍不住打他手机，挂掉；再打，挂掉；最后，干脆关机。双脚冻得发木，想走，又不得不等待——我在这里等待你，在你可能注意到我的地方等待，等待被揉皱，铺平，再揉皱，漫长、焦躁、混合着失望——最后的失望，独自对着悬浮的时间——等待一通电话，一次来临，一个甜蜜的承诺。

我注定是等待的一方。

等待的一方尚未预知，片刻的欢愉之后是孤寂，沉埋于沙漠，令人窒息的孤寂。

情人的形象频繁出现在影视剧中，她们青春貌美，衣着光鲜，有着掠夺一切的野心。她们傲然站立在情人的妻子面前，叫嚣着，他已经不爱你了，他爱的是我，你又老又丑根本不是我的对手，你识趣点，主动出局吧！画面定格。香车豪宅、男人的宠爱将情人的角色渲染出特殊的光彩，诱引无数年轻女孩涌入浩浩荡荡的情人行列，一群女大学生高举牌子，出现在市中心广场，上面赫然写着，跪求包养！然而，在喧嚣热闹的背后，情人在另一个阴暗凹槽面，扭曲、挣扎、嘶吼，任由岁月熬干鲜嫩容颜的凄凉况味，在影视剧中却鲜少看到。影视剧总是滑行于表象，在表象的爱恨情仇中追求收视率的节节高升。

一位自称是某国企老总的情妇在博客里这样写道：

情人是什么？情人永远是属于被应召的——在对方的工作、社交、正常家庭生活之外的某一空暇时段——固定的应召女郎。等待，成了我生命中的主题，等待他的一通电话，等待他的一次来临……他总是流动的，总有无穷多的应酬、出差，我不知道他何时出现何时离去。而对于他，我是固定的，我必须在某一处某一时等待他的来临，假如他人不来，必定打电话确认我在做什么跟什么人在一起，倘若我没有接到他的电话，将会面临无休止地盘问，即或过马路，我也要忙不迭地接他手机，生怕稍一延怠，又是一番质询。他可以有无数次延怠，而我却不能有片刻延怠，因为，我是他的情人，是被他购买的高档商品，他购买了我的身体、情感和我的全部时间，对我具有绝对支配权和使用权。

前几天，我陪他去广州出差。他约人在五星级酒店谈事，说好只谈一小时，没想到竟是漫长的五小时。我坐在离他不远处的地方，间隔彩色屏风，遥遥相望，看他正与客户侃侃而谈，我无所事事，只好不断地点各种小吃，桌上的海鲜米粉已是我第三次点的食物。吃得太撑，出去溜一圈，他还在谈。我远远地望着，不得靠近，哪怕远在异乡。

到处是光，无处不在的光；到处是玻璃，无处不在的玻璃；到处是影子，他的影子；而我在他的影子里无所事事地等待，难道我的一生就这样毫无价值地等待下去吗？

太阳一点点褪去余晖，我从正午等到傍晚，时间拖着铁链迟缓地行走，大理石桌面沁凉无比。他终于欠起身，与对方握手，回头跟助手叮嘱几句，一个人大步流星地向酒店门口走去，并不曾朝我看一眼。我用他的信用卡，匆匆付了账，走出酒店，拦车，他神不知鬼不觉地进入后座，说，今天谈得很成功！

这就是我的一天。我是什么？一个孤单的等候者，在黑寂的夜里——冰冷地等待。

然而，此刻的尤嘉霓满怀喜悦地等待，毕竟那是初始的等待，因其未来无限可能的愉悦，磨耗掉等待的焦虑。初始的，尽管摇曳不定，可激情擦着火，一点点燃亮，会熏迷心魂，暖洋洋地——放任自流在幸福的瞬间。

陈逸山的车，终于缓缓停下，意味深长地亮起一盏灯。

尤嘉霓迅捷跳上车，他的拥抱满含歉意："'南国有佳人，轻盈绿腰舞。'一个女孩跳了一曲只给我一人看的舞蹈。总说要走，可总是被人拖住，年底了，事多。"

尤嘉霓没有发作，她尚未逾越栅栏，更尚未掌控局面。

车疾驰，停在一池湖水旁。

尤嘉霓猫儿般，灵巧地跳到陈逸山的膝上，冰冷的鼻子蹭着他的脸，冰凉的，反而刺激他的性欲。陈逸山将尤嘉霓的手放在他的私处，隔着裤子，依然热乎乎，尤嘉霓搓揉着，他喊疼，尤嘉霓笑了起来。

“你笑什么呢？”

“我笑啊，刚才你还一本正经地做报告，现在却爬到我身上——”或许，使尤嘉霓兴奋的不是做爱的快感，而是胜利的欲望主宰的荣耀感。女人们总为自己征服高高在上的男人而自鸣得意，这是她们无与伦比的魅力所在。荣耀之光笼罩着眼前的这个男人，而她则借由反射的光芒，照亮自己——我在光晕里，因其反光而熠熠生辉。

尤嘉霓的欢快和满足，沁溢至骨髓，发出热烈的噼啪声响。她抑制不住地叫出声，陈逸山轻扣尤嘉霓的唇：“嘘，小点声，有车过来了。”一辆车悄无声息地开过来，停下，再也没有启动。

“跟我们一样啊。”尤嘉霓微微欠起身，暮色中湖水沉沉，两辆车默默地蜷伏着，载着秘密的故事，载着同样沉醉的人。

3

“尤嘉霓，我的第十二个情人。”

陈逸山送走尤嘉霓，开车回家。中心广场大屏幕正播放某韩星的广告，他回眸一瞅，非常地像一个人，对，像小妮子。

“小妮子”是陈逸山给尤嘉霓起的昵称。小妮子——未长大、雏形的，需要雕琢的。她的脸庞沐浴于金色光晕，毛茸茸的长睫毛，闪着珍珠光泽的面颊，明亮的青春前额，鲜润欲滴的双唇。他希望尤嘉霓就是“小妮子”，坐在他的膝上摇晃，简单、快乐地摇晃着。而他可以肆意亲吻她的面颊，他的唇附在她的双眸——清嫩的可以掐出水的双眸。

这是一种不道德的情感吗？

当亨伯特第一次在花园看见在草地嬉戏的洛丽塔时，他的目光如此贪婪地追逐着她，“突然，我的意识起了一种神秘的变化，我进入一个存在的平面，一切都在那儿无足轻重，除了注入的我身体内部酝酿成的欢乐。开头我内心深处根茎的美妙的扩张，变成了一阵充满热情的激动……”

“内心深处根茎的美妙的扩张——”

十六岁的陈逸山长久伫立在音乐老师的窗前，聆听美妙的手风琴声。美丽的音乐老师住在他家隔壁。她喜欢穿蓝色碎花连衣裙，走路时夹着乐谱，肢体上扬，像跳芭蕾。少年时的陈逸山，似乎更喜欢比他年长的女性，她们身上所散发的气息，馥郁的芬芳，在辽阔、深邃的空间，心醉神迷地萦绕、飘散。

雨开始下，一股一股，渗流进他的脖颈、胸膛、腹部……他浑身湿透，内心深处却感受着“根茎的美妙的扩张”。在如此凄迷的雨夜，唯有他和音乐老师，共享这美妙的琴声。有几分钟，手风琴声中断了，寂静变成无比遥远处的音乐，广袤的天地蕴含了骚动和狂热。雨越下越大，他夹击在冷热间，剧烈地，战栗。

上大学时，陈逸山迷醉于女同学跃动的身姿，起跑、腾跃，一个抛举的姿态。她们在运动，曲线在运动，向上、优美的抛物线。那一截绽露的紧实腰肢，诱引着意识变成湿漉漉的手，急促、灼热地穿行于流动的弧线间，胶粘住，蜂蜜般胶粘住光滑的肌肤。

这是两种不同的“内心深处根茎的美妙的扩张”：十六岁的陈逸山沉浸于彩色幻影中，什么也没有，没有面孔，没有身影，唯有想象力随乐声如瀑奔涌，涨满他的体内，他在音乐的潮汐间，快活而肆意地游弋着——那是遥想的美妙远景；二十二岁的陈逸山，痴迷于女同学跃动的身姿，意识浸润在肉欲温暖的急流中，他渴望触摸，四十度高烧的双手触摸滑嫩的肌肤——这是深切炙热的快感。

突然，有一天，四十三岁的陈逸山涌起对“小妮子”的渴念。这并非遥想的美妙远景，抑或深切炙热的快感，而是无限惆怅的丝丝眷恋。他将眷恋的目光投射到遥远的十四岁，青春尚未绽放，就有无限的希冀，美妙的憧憬。他凝视着尤嘉霓，二十四岁，拐个弯，瞬即进入成熟的季节，假如减去十岁……“小妮子”，他脱口而出，多么美好的形象——未长大、雏形的，需要雕琢的——在他丰厚的羽翼下，缓慢地，成长。

这真是一个有趣的现象，随着陈逸山年龄的增长，他的情人年龄反而越来越小。当他三十二岁第一次外遇时，情人的年龄和他相仿；第二个比他小六岁……一个比一个年轻。有一天，情人的年龄竟比他小十九岁，小得几乎可以做他的女儿，而他还如此贪婪，希望她再减去十岁，罩进十四岁“小妮子”的面具。

陈逸山仔细地刷牙，镜子里的容颜有点陌生，昔日清晰的轮廓拉出毛边，眼睑微微浮肿，侧光打过来，眼角细纹尖锐地突兀，他下意识地低下头。理想、现实的两个影像交错叠印，偶尔强光一闪，清朗的轮廓，明亮的眼神，已依稀不得辨认。

他开始想念尤嘉霓，想念她青春的肉体，紧实而富有弹性，柔韧度非常好，他可以尝试各种动作，每一次尝试，都是未知疆域的开拓，他将她的腿拉升到极限，低声问，有问题吗？他听见她轻松地笑着，他想，多么好，青春的美妙的柔韧性。

青春的美妙的柔韧性。体内某个器官又有了勃发的欲望。

他溜到天台，给尤嘉霓打手机：“你在做什么呢？”

尤嘉霓微微喘气：“我在练瑜伽呢。”

“柔软体操？还没练够？”

她在那边哑哑地笑起来，似有小手在撩拨那个伺机行动的器官。

“感觉舒服吗？”

“非常——”

“非常是什么意思？”

“超越一切嘛！”

“你以前所有的伴侣？”

“讨厌——”

“是超越一切吗？你那些年轻的伴侣？”他又问。

“我没有呀，真的没有，只有你！”对方并不明了，慌慌张张地表白。

她误解了他的意思，他根本不会在意她曾有多少性伴侣，他在意的是，他的力度，他的活力，是否亦如青春的男孩子，蓬勃而旺盛，这是生命力充沛盎然的象征。

4

第二天，陈逸山早早醒来，他抬起身，意外发觉枕边熟睡的妻子有一种与众不同的美，准确地说，不是美，而是贤贞，他在任何一张女人的脸上都看不到的贤贞表情。他不由得有点内疚，我为什么要背叛她呢？他撒了无数的谎言，她都不容置疑地相信，她从来没有背叛过他，而他却背叛她无数次。

妻子和他同龄，但陈逸山认为她天生就是姐姐式的女人，她的姿态总是问讯的姿态，不柔弱，不性感，不撩拨，她的线条无比清晰，甚而有点坚硬地呈现在他面前，清晰地抹去一切暧昧的痕迹。

是的，她不暧昧。一切的情欲都是披着暧昧的薄纱，抖颤颤却兴致盎然地起伏、喘息。青春男孩对成熟女子的仰慕，中年男人对青春少女的觊觎，朦胧的，隐晦的，投入到清新黑暗和灿烂光明的永恒交替之中，短暂的沉醉。

难道是因为痴迷于暧昧的感觉，他才无休止地开始一次又一次的“游猎”吗？

那年，陈逸山三十二岁。一个高大、丰满的女人闯进他的世界，她是少年文化宫的美术老师，业余时间喜欢写点诗歌、散文。陈逸山曾在副刊上刊用过她两篇小文章，于是，她成了文艺处的常客，每次去，她必带大包小包零食，热闹闹地撒在每个人办公桌上，末了，又额外掏出一包牛肉干之类的塞进陈逸山的抽屉。一次，某先锋派诗人在西岸咖啡馆举办诗歌朗诵会，女人热情地邀陈逸山同去。当诗人朗诵结束后，陈逸山一回眸，女人已面色潮红，热泪盈眶。回来的路上，两人推着自行车慢慢地走，不自觉地停下，坐在公园石凳上。女人讲起自己失败的婚姻，散发着异香的熟暖身子悄悄地蜷缩进陈逸山的怀抱，陈逸山周身酥痒，细汗密密渗流。他不确定他的手是该抚摸这饥渴的身子，还是这样高举着无所作为。女人却是不管不顾地往他怀里热烈地钻，恨不能钻进他的腹壁、他的内脏。当陈逸山意识到女人的眼泪和鼻涕已胶粘住他的肠子时，终于站起，艰难地说，不要让人看到。女人抽咽道，我等你，明天一定要来我家！

去还是不去？父亲曾对他说过，有的女人靠近一步就是定时炸弹，哪怕她有倾国倾城之色。他不确定这个女人是不是定时炸弹，只任由另一个声音鼓噪，为什么要自我压抑呢？欲望只有释放出来才不会形成暗疾，暗疾是可怕的，会令你精神便秘。他思忖着，身子已迫不及待地移出，不再折回。

陈逸山行走的路线稍稍有些偏离，绕过公园，有几位老先生挥剑练太极，风就在脚下，忽忽而过。他骑着自行车，将车停靠在附近小卖部，习惯性地朝四下看看，卖烧饼的正低头炕烧饼，几个孩子在踢足球，足球溜溜地蹭到脚边，陈逸山犹疑一下，绕开了，他不想给任何人留下他出现在此地的印象。步行一百米，终于到了楼道口，陈逸山余光一瞥，女人的那辆宝蓝色自行车恬静地栖息着，心微微一动。

陈逸山谨慎地上楼，一个人正从楼道走出，他即刻闪避开，楼道复又空静，他蹑手蹑脚地爬上三楼，按响门铃。一双手拽住他，肥硕的双乳，沐浴的清香，令人眩晕的床垫，那一刻，他尚未预知，他将跌入一个又一个漩涡，吐着五彩泡沫、诡谲的，闪着迷人笑靥的漩涡，不可遏止地，沉下去，一直沉下去……

陈逸山渐渐喜欢上这种“游猎”：动态的，四处漂移，缺乏连贯性地“追猎”。他习惯性地将外遇定义为“游猎”，猎人追逐着猎物，解除猎物的魔力，欢愉之后，心满意足地回到小木屋。他从不带猎物回家，追猎和被追猎永远滑行在轨道外，不会出现在固定的程序、固定的生活、固定的节奏里，它带给他的只是“游移的悦”。还记得陈逸山在去苏南的路上，正沉浸于“游移的悦”中吗？车在行进，场景在移动，从办公间游离出，小小的流动的空间；短暂地脱离视线，脱离众人牵绕的视线，旅行者的心态；年轻女孩清脆的笑声，窗外流动的风景，时断时续的轻曼音乐，柔粉色的调子。短短几个小时，思维处于减速中，懒洋洋地休憩于冬日晒暖的草垛上。

这是一种“甜蜜的休息”。

多么有趣的定义！他不是追猎爱情，而是缺氧的人需要吸氧，缺钙的人需要补钙，像他这样一个每天睡眠不超过五小时的人，一个无时无刻不在疯狂旋转的思想机器，真的需要“甜蜜的休息”。

他似乎寻找到一切合乎情理的解释。

如今，陈逸山正念叨着“小妮子”，生活的曲线毫无例外地向下滑，他恐惧衰老，渴望年轻情偶鲜嫩的嘴唇，吻触并刺激日益麻木的感知神经，诱逼着生命再努力做一次怒放。

陈逸山深情地望着妻子熟睡的面孔，我依然爱她，她已成为我血肉中的血肉，细胞中的细胞。我会为她铸造一道安全的屏障。

小小的不安很快化解，陈逸山精神抖擞地来到厨房，他仔细地将鸡蛋摊在煎锅里，油滋滋滚沸着，他的情绪，快乐地吱吱叫着，一个气泡，一个气泡，争先恐后地叫着。

5

陈逸山，尤嘉霓第一个真正意义上的情人。

他是她上司的上司，他比她年长十九岁，他已婚，有一个儿子。

情人的称呼，在21世纪初的中国，已经泛滥，如流行音乐，满大街的高声吟唱，从街头唱到巷尾，人们的耳膜生了茧，旋律隐遁于嘈杂街市，不再激起丝毫共鸣。

情人们不再偷偷摸摸，躲藏在阴潮地，他们在阳光下，蜥蜴般随心所欲地窜进主妇家中，惹得主妇们挽起袖子，执起苍蝇拍，尖锐地叫着，凶猛地追着。旁观者依旧笑着、唱着、议论着，最多有好事者指着奋力追打蜥蜴的主妇说，瞧瞧，她多夸张啊！

尤嘉霓从没想过道德的问题，她为何要和其他女人分享同一个男人？而且还是比她年长十九岁的男人？她反觉有点得意，这么优秀的成熟男人，坠入她巧妙、芬芳的迷人之网。

这无疑是她的“猎艳之旅”盛开的第一朵奇葩。

“猎艳”是主动、触角向外，具有进攻性。尤嘉霓主动地诱引“机遇天使”的折回，她抚摸着它的翅膀，低声呼唤，快点啊，带我飞到有流云、鲜花、蝴蝶的梦幻谷——

闪着奇妙光芒的梦幻谷？它无比遥远，又近在眼前，只需揿动电视按钮或到电影院，“梦幻谷”即刻呈现：偶然的一天，某邻家女孩，在街巷拐角处，一不留神，撞上改变她命运的绅士。她由绅士引领着，飞驰于各家高级时装店，神奇的镜子频繁转换，粉红、黛绿、靛蓝、嫣紫，女孩既兴奋又怯懦，镜里的形象令人着迷，简直就是落入凡间的仙女。女孩很快住进宫殿式的别墅。清晨，她惺忪地揉着眼睛，撩开紫色沙幔，穿制服的仆人恭敬地向她请早安。长长的餐桌，精致的早点，窗外是开满玫瑰和百合的花园，而她的“白马王子”正含情脉脉地看她喝完最后一口牛奶。这镶着金边的早晨，让尤嘉霓和她的女同学无比憧憬，她们不约而同地发出这样的感慨，阶层的飞跃，命运的改变，在结交一个关键的男人之后，奇妙地瞬间完成。

陈逸山是改变她命运的那个关键的人吗？尤嘉霓莫名地兴奋起来，她甩着包，蹬蹬上楼，如此铿锵，似乎整个世界都要睁开眼看看她的神奇变化。她哼着小曲走进房间，拧亮灯，觉得神奇的光束照亮曾黯淡的一切。她该做点什么，让快乐满屋子挥洒。化妆台上，一瓶瓶香水乖巧地排列，她挑拣出其中最贵的Joy香水，闭上眼，喷洒着，馥郁的玫瑰浓香四处流漫。

嗅觉真是无所不能的魔法师，它揿动了想象力的按钮，一个美妙的世界，露水般清新地瞬间映射出：她闻到糅合香水和咖啡的气息，听见自己走在巴黎蒙田大道细碎的脚步声，Dior白色小宫殿，Prada欧式小庭院，Loewe透明水晶架，Chanel优雅的橱窗女郎……她轻拂Chanel绢丝山茶花的波浪花瓣，细微的窸窣声；Bottega Veneta钻链流光溢彩，粼粼闪烁；她软洋洋地凹着腰，店员细致地为她试穿Prada水晶透明高跟鞋，她站起，花摇柳颤，笑靥浮光般掠过巴洛克雕花水晶盘……色彩、声响、气息，从无比遥远处远拓荡来，空寂寂的小屋转瞬有了笑语香气。

尤嘉霓快乐地旋转起来，双臂环绕，似乎拥抱着充满音乐、画面的神秘魔盒，粉色睡裙鼓胀起，如春天的蓓蕾一朵朵随风绽放。

可惜，没有潜意识的窥视镜，这多么令人遗憾。人们不能窥视到潜意识，否则，潜意识亦如显微镜下的微生物，以我们从未见过的绚丽景象灿烂着。两人温柔旖旎后的一个小时，背道而驰的时光箭镞载着两颗完全不同的心，飞驰到往昔、未来不同的时间坐标：陈逸山的目光投射到遥远的十四岁“小妮子”的身上，借由这青春的光芒，灼亮日渐黯淡的容颜；而尤嘉霓掠过陈逸山的面容，看到未来的生活在他身后，滚着金色绉纱无限迤逦铺展。

想象力的水花肆意溅落，却从不溅落在她（他）的面孔上，彼此的影像是干涸的，尽管，那张脸在一小时前还近在眼前，灼烫的手正从她（他）的肌肤滑过……

恰巧，那一刻，陈逸山的电话打过来。他问尤嘉霓，在干吗？她骗他，练瑜伽呢，尤嘉霓心不在焉地回应着，她正浸泡在梦想温暖的漩涡里，一只脚还没来得及抽拔。

这个真实的声音，正询问她的肉体是否感觉舒服，是否，在他进入后，感觉超越一切的舒服。对于此刻的她，他或随便的“他”，进入她的肉体，肉体会发出不同的呻吟吗？肉体对介入的那个东西没有辨别、没有感知，肉体只能敏锐地触感桑蚕丝、雪纺绸摩挲的微妙差异，每道褶边是否熨帖，肌肤在窄小空间，是否愉悦地呼吸。

肉体在漂移，它尚未寻找到让自己欢叫的华丽栖居。

那边有片刻停顿，尤嘉霓叫起来：“我没有呀，真的没有，只有你！”她不能让他失望，她必须抓住他对她的渴念，牢牢地抓住！

6

陈逸山唤她“小妮子”。

某种声音，某种情境会激发另一个伪装的自我。尤嘉霓在“小妮子”的亲昵呼唤中，似乎真的缩进十四岁“小妮子”的躯壳。她坐在他的膝头，搂着他的脖子，表现出夸张的孩子气，幽黑眸子画满问号，嘴唇嘬成好看的O型，这多少有点矫饰，可陈逸山浑然不觉，他正愉悦摇荡于她的卖弄风情和天真无邪间：她的肉身诱人而芬芳，她的语言则像个未长大的孩子——女人？女孩？她犹若舞者，在键盘上应时应景地舞蹈，135 女人，246 女孩，交错敲击，有了欢悦的变奏。

尤嘉霓同样快活地唤陈逸山“老爸”，“老爸”是无所不能的，他的世界广阔、深邃，他给了现实中的父亲所不能给予的一切，同时，他还有着哥哥的笑容，情人的体魄，如此完美的结合体正是女人最渴望拥有的理想男人。尤嘉霓带着炙热的欲望投入到陈逸山的怀抱，尽管，她对这个成熟男人全无了解，然而，他所诱引她的恰恰是未知，所有的未知弥散在自我臆造的想象空间，热烈地砸碎生活的镜面。

有一天，尤嘉霓悄悄上车，没坐前排。陈逸山本是疲乏的状态，一回头，意外发现“清纯的学生妹”坐在后面：蓝色斜条纹衬衣，赭红色蝴蝶结，红色格子百褶裙，酷似尤嘉霓的眉眼流溢着抑制不住的得意。她不再是尤嘉霓，而是刚刚上完课的女中学生，一个喜欢跷课，喜欢撒谎，喜欢交男友的叛逆少女——我在扮演一个角色，第一次被角色的新奇所振奋，肉体在角色里唧唧喳喳欢喜雀跃，仿佛奇迹般将时间拽回去！

新鲜的诱饵，唤醒了陈逸山。他跨越过来，敏捷、轻快，一径从中年跨越到青年。他性趣盎然，激发他的不是尤嘉霓本人，而是服饰符号所潜蕴的信息，雪白针织袜，耐克球鞋，红色百褶裙，蓝色蝴蝶夹，一切元素都散发着十四岁“小妮子”的气息，而这气息恰与成熟丰润的身体，奇迹般糅合。纯真与风骚，双重角色，重构一个令人销魂的形象。尤嘉霓感受着他的力度，扎好的发辫凌乱了，可爱的蝴蝶夹掉进座椅下，亢奋间，他们全然忘却它的存在。直到有一次，陈逸山的司机洗车时，捡拾到这漂亮的蓝色蝴蝶夹，嘴角漾起一抹奇异的微笑。

他们进入“角色的隐喻”时期，玩起了“暧昧术”：意象激发了幻想，角色刺激了性欲。角色反差越大，它们所碰撞的光芒就越神奇。不一定是她吸引他，恰恰是她所扮演的角色吸引了他。虚幻的迷醉。

他们越来越沉湎于捉摸不定的角色游戏中。尤嘉霓从不固守自己的风格，或许，她本无风格可固守，那些包裹尤嘉霓肉体的服装越是新奇，这肉体就越令陈逸山亢奋：黑色蕾丝连衣裙搭配红色腰带，让陈逸山联想到《西西里的美丽传说》中的莫妮卡·贝鲁奇；冰白色丝质蓬蓬裙搭配针织钩花系带鞋，芭蕾女伶的扮相；妃红连衣裙配樱桃红高跟鞋，颇有几许玛丽莲·梦露的风韵。尤嘉霓沉潜于幻想角色的自我迷恋中，愉悦地从一种形象漫游到另一种形象，拆散自我，改变自我，惊愕的自我着迷。

我在猜测，你在构思，明天你将以什么形象出现？是曼妙的芭蕾女伶、摩登的巴黎女孩，抑或艳冶的夜色女郎？

有趣的捉迷藏的游戏。

服装重塑了自我，激发了联想，建立一种梦幻似的快乐：她可以是妖娆的荡妇，也可以是穿着 E-Land 被标记的女中学生，而尤嘉霓的真实面容则隐藏于众多符号后面，消隐了。那个穿着睡裙，未施妆容的形象从未出现在陈逸山的记忆画面里。

在“角色的隐喻”时期，真实的面容被掠过，偏离，迷失。

她是谁？她是年轻、妩媚、动感的；他是谁？他是成熟、睿智、静态的；可以有无数个她（他）替代，只是，此时此地，他们相遇了。

7

陈逸山称尤嘉霓为“封面女郎”。

他喜欢给每个情人起绰号，被起了绰号的情人，等于贴上他思想的标签，有着全然不同的意义。她们如同玻璃匣里的蝴蝶标本，在记忆的博物馆美丽地陈列着，时间、地点、特色，被标记，每个标签都留有他的印痕，清晰、无法抹拭的，印痕。陈逸山还喜欢在日记里记录下和每个情人交往的零星片段，内容极为隐晦，外人阅读则不知所云，唯有他自己被一些关键词语触及，唤醒那时那刻的回忆，“她”或“她”又复活了。她们从不以完整的写实形象出现，而是以一股气味，一种眼神，一个奇怪的动作，在记忆凹槽里嵌下鲜明的模块。

如“1997 年 9 月 15 日，慵懒的猫，叮当作响”。“慵懒的猫”是一位文学女青年的绰号，她不漂亮，却有一双令人着迷的沉思的眼睛。“慵懒的猫”喜欢穿蜡染印花曳地长裙，即或做爱亦固执不肯褪去。每一次，陈逸山都被层层叠叠的曳地长裙所牵绊，手脚施展不得。9 月 15 日，她和陈逸山约会，臂腕上戴着十几串银制手镯，说是西藏旅游时买的。窄小的车厢，叮当之声混合腹部肠鸣，清脆、细弱地，回响。

正如文人游历山水，喜好写游记，名为抒襟怀古，实则是借山水之名使己流芳百世。

陈逸山明为记录她们，实则是记录他自己：她们曾显现、闪烁、璀璨过，在他生命的视野范围里；而他生命的流质也曾在她们体内炙热地，流淌过，他将借由她们青春肉体的光芒，折射出自己的青年、中年，直至——老年。

尤嘉霓被贴上“封面女郎”的标签，她无疑是漂亮、摩登的，是闪亮的焦点。然而，每当陈逸山闭上眼睛，她的五官却很模糊，好比打开一本时装杂志，不断翻转的画面，被春夏秋冬四季的时尚之风，轻飘飘地，拂掠。空白的美丽。

她的面孔是流行的面孔，她的服饰是流行的服饰，她的表情是流行的表情，她的思想也是流行的思想。她具有流行的特质，可随时建树，亦可随时颠覆，这或许就是流行的盲区。

“封面女郎”的绰号令尤嘉霓欣喜雀跃。她拿着最新一期的时尚杂志：“她美，还是我美？”陈逸山看也没看：“你美！”“为什么？”“她再美，我也触摸不到，你不一样，我不仅可以闻到、摸到，还可以——”陈逸山搂紧了尤嘉霓。

最近，陈逸山隔三差五地送给尤嘉霓商场购物卡，这些卡大多是广告客户为牟取广告优惠政策送给他的礼物。尤嘉霓频频换装，心神愉悦。她躺在陈逸山怀里，突然想到一句话，我愿在你的灵魂种植上我的梦想。这句富有诗意的话让她大为吃惊，她发现自己也有写诗的天赋。尤嘉霓兴奋地坐起，恨不能大声朗读出来，幽黑的眸子闪着亮光，臀部摩擦着陈逸山的双膝，热烫烫地，摩擦。

“封面女郎”越来越自信，她确信自己引领了时尚。的确，尤嘉霓早已开始尝试混搭风格。初冬，她外穿白色羊绒大衣，内里则裹着一袭嫩夏的粉红丝裙。陈逸山不解，尤嘉霓得意地说：“这叫

Mix-Match，混搭，年代被混合，材质被混合，季节被混合，什么春夏秋冬，什么棉麻丝毛，只要你想，没有什么不能同时穿上身，现在大家都患上了‘时装季节紊乱症’。”

陈逸山并不喜欢所有的风格，比如他排斥钉着金属钉的马甲，宽松的牛仔裤、阔脚裤、灯笼裤、工装裤。他也讨厌中性的芥末黄或泥土色，这让他联想到盐碱地，坚硬的颗粒，裸露的石头。它们在磨削掉女性天然的柔美。

有一天，尤嘉霓穿着金属质感亮片晚装，一身闪亮地出现在陈逸山面前，她甩开一头卷曲长发，她的头发染成红色，驳杂栗色、酒红色、金色，五颜六色，在阳光下，令人错乱地，抖荡。陈逸山皱起了眉头：“脱掉它！”

“为什么？”

“这是今夏最流行的风格，头发的色彩也是。”

“流行有时就像肯德基、麦当劳，容易使人腻味。”

最初，尤嘉霓是演员，陈逸山是观众。随剧情之演绎，观众意识到演员虽则靓丽，剧情却越来越单调、乏味，如肥皂剧，没完没了地续演。于是，观众对演员发出嘘声，再也按捺不住表演的欲望，干脆走到幕后，充当起导演。自此，演员不再成为演绎剧情的灵魂人物，而转变成烘托剧情的道具。

8

服饰在性爱中究竟占有多大的比重？

对于尤嘉霓年轻的男朋友们而言，服饰在性爱中，是遮蔽，是障碍，是束缚，它包裹住美妙的胴体，多余得惹人生厌。他们更喜欢女人赤裸裸地晃在眼前，任由他们随心所欲地触摸、抚弄。

陈逸山则认为服饰创造了足够的色情区域，给予视觉无穷无尽的愉悦。

［延伸出的诱惑触觉］

艳冶的绣花鞋；陈逸山从云南带回一双绣花鞋，玫红鞋面绣有桃花、兰花、五彩蝴蝶，鞋尖处镶缀粉晶碎珠，凉沁沁地，滑过掌心。他轻触绣花鞋，绸缎如水，泠泠流遍全身。视觉聚焦于被装饰过的双脚，双脚灵巧而富有挑逗意味地触摸着性器官，性欲袅袅波荡，渐渐洸遍身体的每一肌理，充盈且愉悦。

［禁止就是诱引］

尤嘉霓穿上马甲束衣，象牙白蕾丝，宫廷刺绣，缎带交叉擎绑直上肋间，繁密的扣袢似一把锁锁住身体。《乱世佳人》里的郝斯嘉曾抗拒这种马甲束衣的束缚，尤嘉霓却用无数个扣袢将身体紧紧裹敷。陈逸山被繁复的缠裹弄得心神不宁，他想，这就是禁忌的魅力，你越控制，就越渴望得到！

［悬疑隐匿］

黑色蕾丝透网面纱；身体是赤裸的，唯面孔罩上黑色透网面纱，被罩进面纱的脸，因分离，在飘忽不定的氛围里悬疑隐匿，幻变成另一张面孔，神秘而艳色迷离。

陈逸山把玩着穿上玫红绣花鞋的玉足，抚摸着裹敷马甲束衣的娇躯，亲吻着罩进黑色面纱里的面孔，新奇的组合激发了性趣，是谁在蠕动呢？她，抑或她所扮演的角色？幽暗冥蒙间，骚动造成的痕迹渐渐变宽，美妙情欲正咝咝窜流。他喜欢这种分离，游离了情感本身，奇妙的透视远景。她可以是任意一张面孔，任意一个身躯，陌生且迷人，于光影流转的漩涡里漂浮、沉潜。

潮暖的气息缓缓漫溢。

这是三组充分体现陈逸山风格的创意小品。

与尤嘉霓不同的是，陈逸山不再受制于对服饰本身的迷恋，而是拆解它，重组它，按照自己的意愿、想象，重建情境，让服饰变成自我情绪或欲望的另一种语言。他对尤嘉霓说："你不一定要将所有的流行穿在身上，你要用自己的思想去选择、拼接再组合，不是衣服穿你，而是你穿衣服，要让流行成为手中的玩物。"

绣花鞋、马甲束衣、透网面纱，都与完美搭配、流行趋势毫无关联，它们只是孤立地，在身体的某一部位，勾绘出变幻奇妙的意念，精心建构出意象的生活瞬间。

陈逸山将其定义为"创意性趣"。

十六岁的陈逸山，二十二岁的陈逸山，无法想象，若干年后，激发性趣竟会如此艰难。那时的性趣，到处漂浮，像来势汹汹的感冒病菌，一接触，即可传染。如今，性趣不再随意奔流，也不再沸腾热烫，它如娇贵的植物，对生存的土壤、温差、湿度，如此挑剔，稍有不适，就顽强地抑制住生长的速度。

肉体之乐趣，正在丧失，他的性趣需要营造，需要情境，更需要创意。

陈逸山无意间看到一档有趣的电视谈话节目。

主持人A讲，以前他是性趣盎然，如今见了美女，竟毫无感觉，他不由感叹人生了无生趣，自嘲是否已衰老。另一位嘉宾B调侃，四十岁的男人正是生猛异常，何谈衰老？

嘉宾B继续聊道，他曾到欧洲某天体小镇旅游，那里每个人都赤身裸体在街上行走，大家都习以为常，毫无性冲动。可是，有一次，他在巴黎遇见一蒙面纱的伊斯兰少女，他立刻被女孩清冷的双眸所吸引，涌起撩开面纱的冲动。为什么呢？性事之所以让人生成欲望，源于它是人类显性活动最隐蔽的部分，是秘密情境的生产物，性需要被遮蔽，被遮蔽的性，才有其诱惑。如今，性被彻底撕下面纱，毫无遮掩地裸露，性货膨胀，网络、杂志、影碟、现实生活，到处都是性刺激，洪水泛滥的性刺激，视觉神经被频繁刺激，久视必有疲劳感。传媒不断满足人们的性幻想，并助长色情的泛滥，人们完全淹没在性图像和性文字的乐园中，再也体验不到充盈的性快感。正如罗兰·巴特所言，哪里都有性存在，唯性事中没有！

主持人A调侃，以前的性爱是饥荒年代的红烧肉，偶尔吃一次，回味无穷；如今的性爱是自助餐，多而无味，已经餍足。唉，性冲动欲望未实现时痛苦，欲望实现也空乏无聊，只有刚刚实现那一小会儿最甜蜜。

创意终有枯竭之时。陈逸山不再提出任何新的思路，疲于角色转换的尤嘉霓，忽而有一天，烦恼地想，明天，我将以什么样的形象出现在他面前？所有的流行，所有的风格都试过，流行又再次回归，穿时装的模特老了，可是，曾裹敷她们青春肉体的时装，将再次卷土重来。

尤嘉霓赌气似的穿上陈逸山反感的芥末黄衬衫，她烦躁到甚而想要刺激他的神经。奇怪的是，他连瞅也没瞅一眼，迅捷剥除掉它，被弃掷一旁的衬衫，皱巴巴地，如风干的橘子皮。时装剧终于落幕了，没有掌声、尖利的哨声，只是百无聊赖、悄无声息地落幕。车窗外灯光闪灭，鸣笛声呼啸而至，两人平静地做爱，似乎从不曾有时装剧热闹地上演过。

幸福碧空里的小黑点

1

究竟是谁诱引了谁？

男女性爱之余，常会纠缠些看似毫无意义的话，比如谁先对谁动情，或谁先勾引谁，两人并不在意结果，而是将往昔的情感再反刍一遍，这几乎成了性事正餐后的第一道甜品。陈逸山的手滑过尤嘉霓细腻的后背，赞她的肌肤像肉色果冻。他们戏谑的语言，如滚珠顺着肉体的曲线上下滑动，凉沁沁地，刺激着神经末梢。

陈逸山：那一天，你真的很诱人！

尤嘉霓：那一天？

陈逸山：是的，出乎意料的诱人！

尤嘉霓：出乎意料？

陈逸山：是啊，假如你幻想某种形象，当形象真正出场，感觉不过尔尔，甚至会失望。你是个意外，好比行走在穷乡僻壤，猝不及防间，突地发现一株桃花开得灼灼然，你说欣喜不欣喜？

尤嘉霓：你真的从未幻想过我？

幻想的缺失。在陈逸山的世界里，她听不到糖果般甜腻的声音，也听不到悱恻动容的表白，她不过是平白无故地，跳进他的生活，他们之间仅仅只是巧合。可越是这样，她就越想征服他，征服他的肉体，还有他的灵魂。

陈逸山：幻想是需要激情的，这就是为什么年轻人总是富于幻想，因为激情是幻想的燃料。幻想、激情这些东西，是有限的，像沙漏里的细沙，每时每刻都在渗流，到了我这个年龄，已所剩无几。

尤嘉霓：你有那么老吗？老到连幻想我的激情都没有了吗？不过，那天，你拎起我的鞋子时，你的笑好暧昧啊，我当时在想，也许你早就对我处心积虑、蠢蠢欲动了呢！

陈逸山：哈哈，你知道当时我在想什么吗？我想，这真是个有心机的小女孩，说有心机，是会设计桥段，说你小，不单指年龄，而是玩得明眼人一眼望穿的拙劣伎俩。

尤嘉霓：但，你还不是乖乖上钩啊？哼，哼——（得意的笑）

陈逸山：伎俩水平的高低并不重要，关键是，这诱人的肉啊，不吃白不吃，送货上门新鲜粉嫩的肉啊！

他的手指，在她柔软的乳房上轻弹着。那是他们最亲密的时候，男人和女人的亲密是逆时针的，彼此并不相熟，恨不能时时胶粘，一旦真正熟悉，反而懒得得连手都不愿牵。他们在一起不过几个月，新鲜的感情正在蒸笼屉上，嗞嗞冒油，香溢扑鼻。

尤嘉霓：送货上门？呸，是你先勾引我，是你抓住我的手，酒气熏天地说让我等你，是你在灌木丛中，动手动脚，撩起我的裙摆，然后也是你——拽着我的手，拖到你房间！

陈逸山：我承认，是我行动在先，可又是谁在不断地燃放诱惑的火花？你的肌肤，你的姿态，你的表情，都在勾引我，是你处处在引诱我。明明是你诱惑在先，我行动在后，如果我不行动，你会以为这个男人是性冷淡或是性错位？

尤嘉霓：可你后来为什么又那样？好过分唉，我那么缺乏魅力吗？你让我到你房间，脱了我的衣服，然后，却把我扔在一边，难道是想告诉我，我玩好了，剩下的，你自娱自乐吧，是吗？

陈逸山：前半场说明，你的诱惑力够强，我的意志力还不够；后半场意志力突然醒了，它在想，这个女孩为什么要跟你在一起，她有什么目的？会不会拿着沾有你精液的裤子，去纪检告你？或是借此索要什么？克林顿被莱温斯基弄得精疲力竭，我可不希望为一件小小绯闻弄得后院起火。

尤嘉霓：你不相信我？

陈逸山：不是不相信你，而是不太相信女人，你不觉得，漂亮的女人大都是“危险易燃品”吗？

扑朔迷离的探戈。

陈逸山：好了，新闻发布会到此结束！对了，假如那天是宋总呢？你没发现，他看你的眼都直了。

尤嘉霓：他呀，肥佬，太肥了——对哦，那一天，如果是辛悦呢，如果是她跳到你的床上，你会照单全收吗？她也很清纯可人呀。

陈逸山：生活中有无数可能性，但最终只有一个结果，谁叫是你跟我对上呢！

此时此刻，他们在性爱上是和谐的，所有不悦在进入的一刻消融，器官之间握手言欢，达成谅解。

2

“你真有那么 High 吗？”

在无数次呻吟后，有一次，陈逸山突然带着戏谑的笑，质疑道。

“有些女人喜欢假装性高潮，”他顿下，“正如有些男人喜欢假装有思想。”

“当然，这会假吗？”

这会假吗？起伏的呻吟，身体微微的痉挛，细密的汗渗流，面颊灿红若桃花。

尤嘉霓起身去沐浴，她真有那么 High 吗？张开的毛孔，迫不及待地吮吸细密的水珠。

有一次，一帮人去唱歌，某演艺公司的经纪人对几个女孩说，知道吗？还是你们女人最好公关，不需要花钱，不需要低声下气，像孙子般苦苦哀求，只要——说了你们也别介意，只要在那种事上充分愉悦对方，装出很迷醉的状态，准保万事皆成！

性事上的自我迷醉。诱人的场景：他将折服于你陶醉的表情，痉挛的柔软身躯，微微张开的鲜润双唇，迷离的泛漾水光的眼睛。

假装性高潮？他窥破了吗？她竭尽全力做好每一个动作，像体操运动员，在开赛前，对评委咧嘴微笑，一挺胸一提臀，然后标准地完成每一套动作。尤嘉霓时刻等待陈逸山的喝彩和掌声，他是她的教练，更是她的裁判。

陈逸山的手顺延她的脊背摸下去：“你完全可以松弛、自然，不需要去表演。”他总是从高处俯瞰她，她被透视，被俯瞰，她没有秘密可隐藏。

“我没有表演，没有！难道我的身体如死蛇般僵硬、凉滑，你才觉得那是真实？！”她语速加快，声音急促且尖细。

“哦——”陈逸山不置可否地笑了。他触摸过很多裸体，温热、冰滑、炙烫的，每一裸体，水鱼般，滑过。他见过真正陶醉的面孔，听过真正喜悦的呻吟，轻微的悸动。

“我只是开开玩笑，我希望这种状态下，我们都很自然。你想，所有的衣服都剥除了，还需要伪装吗？思想、语言、行为，都要彻底地脱去伪装。你可以叫，也可以不叫，每个女人在性爱上有完全不一样的表情。我希望，在此刻看到的是独一无二的你，独一无二的表情，独一无二的姿态，你不必为迎合我那么刻意！”

她的姿态，还是表情，泄露了秘密？难道是在陶醉性服从中表现出过分的夸张？她沉默了。

陈逸山又问尤嘉霓：“你第一次跟男人做爱是什么感觉？快乐吗？”

性爱的快感？她坐在校园的椅子上，夜色里，男朋友撩起她的裙摆，那一刻，她快乐吗？风嗖嗖吹，细细密密，软软漾漾，一溜儿地往身体里钻，旋即，膨胀、灼烫，扩充的奇妙感。不远处传来喧哗声，一个篮球砸过来，她慌忙站起，忍住坠坠的疼。

没有任何感觉，空白，就跟这堵墙一样，空白。

仓促的肉欲。她从未设想或预期，它似乎只是一个突发事件，在某时某刻，不期然地发生，憧憬、浪漫、诗意、激情，消遁于记忆的甬道，那不过是仓促的肉欲。

很奇怪，人们往往在最美好的时刻，什么奇妙的感觉也没有。

或许，正如陈逸山所说，她太年轻，尚无法体悟其间的妙处。其实，女人的性快感应该是在三十五岁至四十五岁之间，女性会有自我探索的意识，不再迎合任何人，她们懂得调动内心的欲求，纯粹地，不附着任何杂质，整个身体沐浴于肉欲的欢乐激流，那是一种美妙的享受。

这一夜，尤嘉霓梦见她躺在床上，一位医生模样的男人俯下身：

“你从来没有 High 过，你从来都假装享受性快乐，你一直都在表现出你很快乐！”

“是的，我从来没有快乐过，我无法兴奋，我似乎比平时还冷静，我在看对方运动，他的表情清晰地划过我的脑海，如钢笔尖锐地划过雪白信签，无比锐利！”

“你的欲望抑制大脑皮层的活跃细胞，你没事有事都在思考，你的姿势是不是够美，你的肌肤处于紧绷状态，你从未全身心地松弛，脱去最后的伪装，即或做爱，你也带着欲望进入程序，进入性爱的癫狂中。”

“在性爱的过程中，当别人卸去伪装，而我戴着观察家的眼镜去观察对方，我就掌控局势，我不会沉迷，而对方会沉迷。这也是一种博弈，性爱的博弈！”

“不，是你不敢放纵自己，你怕自己陷入迷局，不可自拔，这是怯懦的表现。从一开始，你就怕自己沉迷于这场无所归依的情感。”

那是梦中她和一个心理医生的谈话，可是，尤嘉霓觉得是她的自言自语。

3

多年前，陈逸山看玛丽莲·梦露主演的《七年之痒》，曾被这样一个细节所吸引，梦露打开钢琴盖，热情洋溢地弹奏起来，她快活而用力，浑圆双臂的肉随音乐节奏微微抖动。

多么可爱，多么有活力，真实的肉的颤动！

陈逸山发现尤嘉霓的手臂又细了一圈："你为什么要减肥？男人往往喜欢女人丰润点，女人却喜欢瘦出自己尖锐的锁骨，这方面，女人好像总在跟男人唱反调。"

尤嘉霓最近正在减肥，她拒绝吃肉，晚上只吃一点白煮鸡脯和青菜，不加油不加盐。同时，她又拼命在胸部涂上刺激胸腺发达的精油，命运在一加一减中发生奇妙的化学反应。

"女人唱反调，是女人集体地唱反调，你想，其他女人都喊，瘦、瘦、再瘦一点，人人都如赵飞燕般纤细轻盈，谁又愿意输给别的女人？"

"那男人的感受呢，女人终究还是要吸引男人的目光？难不成现代女性是自赏自乐？"

"男人不就是喜欢女人胸大吗？在女人自己的竞赛单元里，女人竞赛着谁比谁更瘦，在取悦男人的竞赛单元，女人又竞赛着谁比谁胸大，一加一减，完美女人就这么诞生了！"

电视里正反复播放某塑身内衣广告，一个个女人颠摇摇走来，盏杯般的细腰，胸夸张地高耸着。

“你看，这才叫摩登形体呢，迷人的锁骨，纤细的四肢，D 罩杯的胸，像芭比娃娃，21 世纪最流行的 Style。”顿一下，她又补充道：“我一定要变成她们那号款型，我绝不能输给别的女人！”尤嘉霓刻意闪动着眼睫毛，她粘贴了假睫毛，刷了睫毛油，浓密密地覆盖了一层，似一把小扇子。

尤嘉霓不愿输给“别的女人”！

到处都是“别的女人”，T 台上、杂志封面、电视广告，或颦或笑，或痴或狂。变！变！变！脸再标致点、胸再丰挺点、腰身再玲珑点……她们偷猎虚拟世界的影像，擦拭现实世界的痕迹，制造一个个神奇的示范，“唤醒”尤嘉霓对完美的“我”存在的渴望。

完美的“我”在哪里呢？完美的自己存在于幻觉中，存在于“别的女人”中。“我”在想象的幻觉中，在神奇操纵者的暗示下，自我创造，自我赋值，渴求最小边缘差异——我渴望成为完美的“我”的幻影！

尤嘉霓似被施了催眠术，进入控制下的麻醉！

4

面孔是自己的吗？

它在自己手掌的摩挲下，感受着它的饱满、细嫩、柔软。然而，面孔又不是自己的，它反射着无数镜面，摄录、成像，拼接成崭新的面孔。

往昔，女人通过化妆和服饰使自己与另一个榜样式的女人趋同，然而，真实的轮廓和五官无法消失，这是有限度的异化真实。一旦整形和微整风行，面孔的改变将变得轻而易举，玻尿酸可以丰颞、隆鼻，瘦脸针让下巴变得更加尖细，柔软的肌肤填满硅胶，还可丰胸、垫臀。添加、删除、修改，随心所欲地复制某明星某部位的特征，人工合成的相似面孔在流水线上被批量生产：我要金泰熙的下巴，宋慧乔的眼睛，韩佳人的鼻子……我要变成她，抹杀掉我和她的差异痕迹。

用他者最漂亮的眼睛废弃自己的眼睛，用他者最性感的嘴唇废弃自己的嘴唇，只有彻底消灭自己才能成为他者。在一个个范例的实现中，一切自然的美、魅力、感性都消失了，消失在数值化、功能化、虚假化的纯粹表象之中。

消灭自我，面孔的革命！

5

尤嘉霓将自己陈列在各种目光中，被或艳羡或嫉妒的目光所淹没。

我要成为芭比娃娃，活在他人注视的目光下！

尤嘉霓正朝着远离他的方向奔跑，他喜欢十四岁的“小妮子”，那是未曾雕琢、天然的，可是，她越来越罩上人工的僵硬外套，她和选美舞台上的女孩融为一体，犹若从流水线上下来的工艺品。

“有一次做选美大赛的评委，所有的选手都惊人的相似，巴掌脸、齐刘海、胸部高耸，说话都像卷着舌头似的。那天，我都快睡着了。别人说，陈总，这么多美女都吊不起你的兴趣？我说，我看了一百个就像看一个，你想重复看一百个一样的美女，你还不厌倦吗？”

“你想说什么，是对我厌倦了，还是不再喜欢我了？”

“这和喜欢不喜欢没有关系。”

“不，有关系，如果你喜欢我，你会爱我的一切，无论我有什么改变。”眼泪黏粘在假睫毛上，厚厚重重的假睫毛，令人烦恼地忽闪着。

尤嘉霓误以为芭比娃娃足以吊起性的味蕾，而陈逸山则很不以为然，为什么一定要放弃自然的曲线、生动的表情，一个个模仿僵硬、虚假的芭比娃娃，模仿芭比娃娃的超大眼睛和夸张变异的三围？这是病态的审美，整个社会就在病态的审美中变形。

两人的视线同时被网上某日本嫩模的写真所吸引，她全身赤裸，四肢纤细，唯E罩杯的巨乳，被黑色丝网勒住，深凹地勒住。在陈逸山眼中，被黑色丝网勒住的巨乳没有美感，更不性感，它不能激发触摸的欲望，那不过是恐惧的锥形肉瘤。尤嘉霓根本看不到肉瘤的畸形，她认为，童颜巨乳是时尚的标准范本。早在1999年，尤嘉霓任剧务时，就被雪乳澎湃的女演员惹得眼热，毅然决定隆胸。当她躺在手术台上，麻醉剂尚未奏效的一瞬，有一刻的恐惧，然而，由B至D罩杯的狂喜迅即冲刷掉这轻微的恐惧。晃荡的半球体，V字领下忽隐忽现的波动，这虚假双乳成了她诱惑对方的致命武器，她并不知晓，致命的武器在一个敏感男人的手心是僵硬的。初始，陈逸山也曾被她的双乳所迷惑，可揉捏时，总有异样感，一问，才知尤嘉霓隆过胸。他本能地回避，常常，当尤嘉霓紧贴他时，他下意识地后仰，担心有一天乳房因挤压而爆裂。陈逸山暗想，哪怕乳房不大，但它至少有着真实的血管和腺体，如今，却是一个半透明磨砂硅胶假体，在薄薄肌肤下，冰冷地隔离着他们之间最亲昵的交流，异物介入的生涩感磨削掉一切自然流淌的情感。

我在触摸你的鼻子，还是在触摸高泰克斯材质？我在触摸你的胸，还是在触摸这柔软的硅胶假体？我在触摸你的肌肤，还是在触摸玻尿酸……血肉之躯被“高泰克斯＋硅胶＋玻尿酸”所取代，那他触摸的是鲜活的肉身，还是冰冷的高科技材质？如果有一天，身体的每个零件都可以用高科技材质替换，那么，我们与机器人做爱的时日还远吗？

6

关于美，陈逸山和尤嘉霓有着不同的认知。

尤嘉霓认为：一、美存在于别人的评判中，存在于时尚制定的统一标本模式里；二、美是按照尺度和数据测量，比如下巴多长，鼻梁多高，双乳间距多大，腿有多长，等等;三、美是再加工制成品，是可以在手术室里，由冰冷的器械及各种高科技材质共同完成。

而陈逸山则有迥然不同的见解:一、美只有在差异中才能产生。每个人的脸是偶然和独特的线条的组合，美具有独特性的特质，是无可复制的，被复制的美是模拟美学，是媚俗；二、整形既是对缺陷的弥补，同时也是对美的戕杀，它将美的无可复制变成美的无限复制性，使美的独特性和自我性彻底丧失；三、美是无法由数据测量的，技术的介入扭曲真实的美感，美最终将消失在技术性的虚假面具下。

陈逸山看着尤嘉霓，留着齐刘海，戴着紫色美瞳，翻翘着浓长睫毛，突然觉得她像充气娃娃。如今，真实的女人越来越接近充气娃娃，僵硬的微笑，塑胶般的面容，刻意凸显的性特征，随心所欲摆出的亵玩姿态；而充气娃娃也越来越接近真实的女人，不仅树脂材质的触感与真人肌肤无异，还能模拟真人的呼吸、心跳及性器官。她们彼此超越真伪。

他情不自禁地对尤嘉霓说，让你的诱惑保持在鲜活中!

这是对真实状态的一种呼唤——对抗媚俗，对抗潮流，对抗人工制造，对抗一切虚假作态！

“不，我要成为芭比娃娃。”尤嘉霓根本听不见他的声音，她被时尚界童颜巨乳的声浪所蛊惑，她要走在尖端，Top，无限向上的Top，她甚至要牺牲掉情人欣赏的目光！

7

尤嘉霓又新垫了下巴，她的下巴尖锐地戳到陈逸山的肩膀，他仔细端详一番："太过尖细了。"

"不好吗？尖尖的锥子脸，这可是时尚的面孔。"她的锥子脸，打上时尚的烙印，好比一件衣服贴上香奈儿、阿玛尼的标签，即刻身价不菲。

"锥子脸就一定好看吗？镜头是凸的，锥子脸或许更上镜，但在平面的现实世界，尖尖的锥子脸缺乏圆润柔和的线条，并不具有美感。"

"可这是时尚。"

"在美和时尚之间，你选择哪个呢？"

"时尚，肯定是时尚。因为，时尚意味着标准、榜样，时尚认为美的就是美的，认为丑的就是丑的。我不能背离时尚而行，我不愿意被边缘！"

"被边缘？有点意思，我一直不明白女人为何宁肯损坏自己的胃，也要换来病态的纤体，原来是这个道理，怕被边缘？"

娱乐圈提供了一种范本，人人都按照这种范本生活，似乎，只有这样，才算确定自己的身份，自己的身份是在无限模仿和拷贝中，得以完成。

在统一的模式命令下，众人生怕错过任何一个流行节拍，Out即是身份的退场、游戏的出局。

8

“被边缘就那么可怕吗？”这话不是在问尤嘉霓，而是在问他自己。

陈逸山有勇气特立独行吗？

记得一个朋友在饭桌上，开玩笑说集团某子报被公认为“二奶报”，他自己倒是一惊，他的报纸竟贴上“二奶报”的标签。

他重新审视这张报纸，到处充斥艳情、奸杀、耸人听闻的标题：“糜烂有时也很艺术”；“情人是放在男人床上的肉体”；“官太太寻找狐狸精”……然而，他不能撕下这个标签，如果撕下，他的报纸将面临被边缘，可怕地，令人心惊胆寒地被边缘！即或它贴着如此不堪的标签，可依然在市场中占据着制高点，发行量和广告业绩确属集团几份报纸中的翘楚。在庞大的市场份额和广告份额面前，那么一点羞耻心算得了什么？

这几年，报业集团实行数字化管理，每年要求各子报的广告收入以 20% 至 30% 的比例递增，所有的领导都声嘶力竭地喊着，我不关注过程，我只看结果！数字！指标！在以发行量、收视率、广告额增长率等为主的数字评价体系面前，新闻精神是多么不堪一击，匍匐着，苟延着，这就是市场的神奇魔力。

为了高效发展，我们抹杀了过程，过程显得如此微不足道，轻飘脆弱，它们被结果巨塔式的身影彻底覆盖。然而，过程真的无关紧要、微不足道吗？没人预知，这些“过程”，沉入泥浆，有一天，将汇聚、喷涌，阻碍“结果”大步流星的步伐！

9

每个人都怕被边缘，被边缘意味着身份的退场、游戏的出局。男人通过思想和行为的一致趋同进入成功人士行列，女人要按照时尚界制定的范本，对自己的赘肉斤斤计较，人人都活在他人认知的观点中，真正的自我则消失在众人相同的追求中。

尤嘉霓对陈逸山说，报社有人议论他为官之道过于中庸。

他说，中庸很好啊。至清无鱼，至察无友，至盈则亏，至情不寿，中庸是君子之道，有什么不好？

他对谁都这么讲，冠冕堂皇："雄壮大观离不开一个适当的过渡，越是伟大的业绩越不是一蹴而就的，总是要经过一个关键环节才能变现。"他躲在这句话的背后，不能动，也不愿动，恢宏创建被各种人际关系和利益关系所钳制，维持现状总比重新建设容易得多。很多有建树的方案，只在脑际划过便搁置，它们被各种关系的枝蔓所牵绊，无所依托地飘拂着。

有所建树，即意味着有所摧毁，而被摧毁的，是否会产生联动反应呢？他何尝不想按照自己的真实想法行事，可是，每一次人事调整、机构改革，都会引发一轮又一轮的暴风雨，形成强烈的反冲击波，没准儿会猛烈地将他驱逐出自己的政治领地，这是令人恐惧的。

你没有勇气特立独行！

你的特立独行，将令你的身份自行退场！

陈逸山举着“燃烧越快，毁灭越快”的旗帜，行走在步调一致的统一阵列里，他的事业，当然是经营好自己的阵营，如辛勤的蜘蛛，牢牢地织网，编织越来越庞大的关系网，强大的无比坚硬的关系网络。

10

美妙的隐语。

尤嘉霓注定不是他的红颜知己，她从来不知道他在说什么，他像个哑语播音员，所有听力正常的观众看着莫名其妙的手势，不明所以。

交流从来没有汇集、喧腾，它们四处飞溅，各奔东西。

她的聪明是浮泛的，如咖啡上漂浮的一层奶昔，浅浅的，却迫不及待地漫溢。

思想对她有用吗？思想不过是装饰品，别在华丽外衣上的一枚闪亮胸针。

或许，他并不在乎她的思想，他不过贪恋她青春的美色。

然而，美色终有一天会褪色，褪了又褪，恰如一幅消隐的水彩画。

当肉体的新鲜潮水般消退，思想将如曝露的鹅卵石清晰可见。

她说的不是他想听的，他说的也不是她愿听的。

11

假如尤嘉霓二十四岁，陈逸山二十四岁，他们还会相互吸引吗？

假设总是飘忽不定，但假设能剥离事物虚浮的外表，让真实之瓤，借助假设之光，莹然通透。

二十四岁的陈逸山，人大新闻系毕业，正拎着简单的行李，匆匆奔往报社大楼，那还是灰色的老报社大楼，刷了红漆的实木地板褪色斑驳，踩上去咯吱咯吱响。他身形单薄，面容清癯，头发有些蓬乱。陈逸山被分到文艺处，坐在一个刚刚退休的老编辑的座位上，玻璃板蒙上一层厚厚的灰，下面压着用毛笔誊写的一首元曲《双调·蟾宫曲》："想人生七十犹稀。百岁光阴，先过了三十。七十年间，十岁顽童，十载尪羸，五十岁除分昼黑，刚分得一半儿白日。风雨相催，兔走乌飞。仔细沉吟，都不如快活了便宜。"

他后来得知，这位老编辑，兢兢业业做了一辈子编辑，临退休前两周，才匆匆评上副编审职称。那一刻，陈逸山是否为这带点悲剧色彩的职业生涯所触动？职业生涯如此短暂，刚想起跑，裁判的哨声已吹响，终点到了。他用力擦着玻璃板，日光灯打在玻璃板上，一格一格，闪着光亮的台阶，三十岁上处级，四十岁上厅级，一格一格在反光中闪烁。

二十四岁的陈逸山，正处于事业的攀援阶段，此时的他好比职业登山者，唯一关注的只有攀援的海拔数字。目标遮蔽了一切，即或诱人的尤嘉霓出现在他眼前，他最多只会看一眼，那不过是流动的风景，他根本不可能为此而停留。

二十七岁，陈逸山的母亲催促他完婚，他每天都是文艺处最后一个离开办公室，根本没有时间谈恋爱。理论处的同事帮陈逸山介绍了一个女孩，是出版社的编辑，跟他同龄，个子很高。匆匆一见，陈逸山婉言回绝，他说，海拔太高了。巧的是，第二次另一同事，介绍的还是她。这似乎是推拒不掉的缘分。他们在公园长长的回廊里转悠，薄透的光从葡萄藤架筛滤而下，他用余光瞄着那个女孩，光晕勾勒出她柔和的侧影，一根发丝，飘落在她的鼻尖上——渗出细密汗珠的鼻尖。陈逸山忍不住想为她拂去发丝，他伸出手，犹豫片刻，终又缩回。一个小男孩追逐着足球，喧哗着跑进，静止的画面飘动了……陈逸山的婚姻迅速滑进夏日的午后，昏倦迷离，泡杯茶，懒洋洋地翻开一本书，从第一页到最后一页，不曾用心读每句话每个字，仅是闲散地翻阅，冲淡午后的困倦。

二十七岁的陈逸山选择了这个平淡的女人，她不漂亮，不骚动，不会踮着脚尖，伸长脖颈，随时以百米冲刺的速度，跑向喧闹的世界，追逐太阳下跳动的无数光晕。她永远安静地固守一隅，血液不动声色地渗流进家园的土壤，她是家园忠诚的守护者。

尤嘉霓会注意到二十四岁的陈逸山吗？二十四岁的她正被陶萃丝的故事所激昂，她的目光千篇一律地聚焦在成功人士的身上，她借用陶萃丝的眼睛，看到金色的海岸线，整个大海因其反光，熠熠生辉。

二十四岁的陈逸山不过是报社无数个年轻的单身男人之一，住在筒子楼，一日三餐在食堂吃饭，每月工资基本花费精光，在电梯口、食堂、开水间，随便一个地方，你都会看见这样的年轻男子，他们匆匆而过，脸上写满心事和倦色，或许昨晚刚刚加过夜班，或许辛苦采访的稿件又被毙掉，每天、每天，穿梭进又穿梭出，谁会记得谁的容颜呢？

他立足左边，她立足右边，景象如彩色抽拉画，在弧形轨道上，快速移动，中间横亘一大段空白，年龄、阅历、思想、行为，需凭想象填补。

他吮吸着她的青春，她吮吸着他的成功，他们各取所需。但，他们永远无法真正交汇，因为，这是注定会分流的 U 形通道。

12

我们可以把爱细分为很多种:依恋的,深情的,浓情蜜意的……还有对宠物的爱,那是抚弄的,游戏的,趣味盎然的。

陈逸山在跟后来成为他妻子的女人走在葡萄藤架下,筛滤的光线柔和宁静,他用余光看着她,这是无法拒绝的情感。两次的偶然,一次的必然。

然后,一个个女人闯进来,就像那个丢了足球的小男孩一样,瞬间打破平静,旋即又离开。金色的颗粒浮扬于空中,一张张年轻面孔,如跳动的光晕,淘气地在他的肩上、脸上、眼里,明灭、闪烁,然而,她们只是光晕,正午时分,亮闪迷人,待太阳西沉,瞬即消匿。

陈逸山闭上眼,生活的画面从绚烂到消隐,在长长的葡萄藤架下,舒展着,延伸着,从生命的起始到尽头。黑寂的夜终于来临,他和妻子共坐于长椅上,彼此用气息感知对方的脚步声,感知面孔和身体的存在,感知思绪那不可触摸的转弯处,他们安静地度过一个又一个漫长的黑夜。

他是诚实的,他从不给一张张漂浮的面孔以期许——未来的期许。他绝不会说,嫁给我吧,我爱你到永远!“永远”这个词虚假得可笑。

然而,尤嘉霓知道自己仅是他生命里跳跃不定的光晕吗?她想成为他的小太阳，她以为自己的青春光芒将永远照亮他的面孔，她是他生命热量的储蓄库，灵感绵绵不绝的源泉。她从未想过，当太阳西沉，她和他是否仅凭气息就能感知彼此的面孔和身体，感知对方的脚步声，安静地度过黑寂的长夜？

对于二十四岁的尤嘉霓，看到的不过是眼前的景象，生命正像一个弹力十足鼓鼓的小彩球，诱引着她不断追逐、嬉戏，她还没有享受够追逐的乐趣。

“你只是我正午的光晕，跳动的随时会消匿的光晕。”

“我是你生命中的小太阳，永不坠落的小太阳。”

多么大的误读！

13

尤嘉霓终于要打破这个平衡，她像个任性的孩子，突然砸碎所有的玩具，你们知道吗？我长大了，我要安排自己的生活。

不和谐的切分音！

尤嘉霓执拗地撒娇：为什么不买套房子？我们不是在车上，就是在外地的酒店，为什么不买套房子呢？

“为什么要买？是你住，还是我住？即或有需要，我们可以到我朋友的那幢别墅。”

“那毕竟是别人的，我希望拥有我们两个人的房子，不受任何干扰，我可以在房间里等你，烧饭、做菜，像个真正的家庭主妇等待下班的男主人。”她像个小猫，蹭到他的膝上。

“像个真正的家庭主妇？”陈逸山的眉头皱起来，“你什么时候喜欢像一个真正的家庭主妇？”

“难道你不觉得很温馨吗？”尤嘉霓详细勾描温馨的每一场景、每一细节，餐桌的一角应放置一陶钵黄玫瑰花瓣，卧室要有软而大的坐垫、藤圆筒凳、缀满亮箔珠绣的垂帘……她的眼神正在变成他妻子的眼神，陈逸山本能地回避。他无论如何想象不出，尤嘉霓系着围裙，拿着锅铲的形象，她应该是车垫上的软体动物，床上的体操运动员，蹭在他膝上的一只敏捷迷人的小猫。

她的特质：动物的，顽皮的，撩拨人的；她生存在他的游戏空间里，在他激情的非轨道的空间扮演着她性感的情偶角色。她为什么一定要滑到轨道内呢？为什么要抹去暧昧的色彩，拥有不属于她的特质：安静、沉闷、恒定的？任何角色都有其固定的栖居，A只能是A，B只能是B，如果A想成为B，那么他所追求的精确世界，将会出现混乱，他必须打消掉她的想法！

“买一套房子利用率是很低的，你会长期住在那里吗？我是不可能去住的，难道就我们两人约会时用一下吗？性价比太低了。”陈逸山从不给情人购置房产，他知道，她们越安逸就越离不开他，他将无法自如地游猎，“游移的悦”一旦消失，即是新的制约。

“也算投资啊！现在随便哪个人不有个十套八套？我上次碰见一个客户，你知道她说什么？这个世界，什么靠得住？只有钢筋水泥筑造的房子才让人有片刻安全感。踩踩坚实的地砖，觉得至少还有一些实实在在的东西攥在手里。”

近来，尤嘉霓的欲求越来越多，每一欲求都似要撕开秘密的封口，迫不及待地将他们的关系曝光。前几天，她出乎意料地要求陈逸山将她从广告部调到新闻部，他委婉地拒绝了。他从不宠溺尤嘉霓，他是有原则的，我画好界限，你别过界——他不喜欢被女人控制，被女人的情绪和欲望所控制。

“其实，我是在设计我们两人的未来！”

“我们两人的未来？”

对于尤嘉霓，未来是要黏附现实的物质，钢筋水泥筑造的未来才牢固，才能踩上去，笃笃定定。这不是给芭比娃娃盖宫殿，在梦幻空间里，巴掌大一点即可，这个真实的芭比娃娃，要扯出万丈金色纱幔，搭建现实版的粉色宫殿。她可怜楚楚地仰起脸，满是希冀，满是乞求，令人无法拒绝的柔软。

陈逸山能拒绝吗？这样的女孩，他见多了，他熟悉她们的语调、表情和藏匿于柔软中的小小心机。难道，他还不了解尤嘉霓？我们对一个人的认知，如同绘画的透视法，分远、中、近景：（远景）第一次，当他拎着鞋子，尤嘉霓拽住他的手时，他认为，这女孩真是个调情高手，风情而妖媚；（中景）当尤嘉霓主动到办公室找他，她抬起面庞，写满思念的双眸，令他有一刹那的心动。那一刻，陈逸山又想，这或许是个可爱的，被思念所围猎的小女孩；之后，尤嘉霓渐渐走近，成了他生活的近景，他读到了她的心机、她的欲望、她的虚荣、她的佯装，可是，她思念的眼神，似乎在那一刻定格，思念如蓝色海潮淹没了他。

如今，她却高举“我在设计我们两人的未来”的牌子，挡在中间，潮润的思念瞬间干涸，他无比锐利地看见她的欲望如箭镞嗖嗖射来，东一箭西一箭，毫无章法地乱射一气。

“我们两人的未来？难道一定要买房子才有未来吗？”陈逸山的目光投向她，她的冰冷双眸似在表白——我喜欢你，是因为你能改变我的生活！

14

“爱一个人需要回报吗？”

陈逸山的问题令尤嘉霓猝不及防。爱一个人当然需要回报！这难道有错吗？

尤嘉霓反问道：“爱一个人就不奢求回报吗？”她的潜台词是，女人也是一种投资，你在我身上花的钱越多，说明你对我越认真。

“是的，爱情是不奢求任何回报的，你在爱的过程中，沉潜、泅泳，享受其间，内心充盈而愉悦，因为它本身即包含着召唤和回答，是一种自我满足。”

“享受其间，自我满足？”尤嘉霓倒吸一口冷气，现实的风丝丝缕缕吹进梦想的世界，幻影被风吹走，街道冷清，什么也没有，连一片落叶都没有。

“我希望我们之间有一份很纯粹的感情，你是对我这个人感兴趣，而不是因为我是你的领导，更不是因为我可能给予你什么！”

“你究竟是什么意思？难道你怀疑我的情感有杂质？原来你从没相信过我，也从没爱过我！如果你相信我，你爱我，就不会说出这样的话，情人之间相互给予本是天经地义的事情，你爱一个人，当然希望对方幸福，会竭尽所能给予你所能给予的，难道一牵扯物质就是玷污了感情吗！”极度的失望鞭抽着她的身体，尤嘉霓下意识地推开陈逸山。

“你还是理解错了，我是希望你能快乐地爱，充分享受爱的愉悦过程，如果你总有各种各样的欲求，一旦欲求不能满足，必定痛苦，更会破坏爱的快感。情人之间相互给予的确是天经地义的事，但这建立在对方心甘情愿给予的基础之上。记住，不是你要，而是我心甘情愿地给予！听过这个故事吗？有人问德川家康：‘杜鹃不啼，若要它啼，有什么办法？’德川家康回答：‘等待它啼！’”

他真是狡猾，每到关键时刻，他都能滑过她尖锐的锋芒——每到关键时刻。

15

等待它啼？

什么意思？难道任由青春凋零，如白头宫女无期限地等待？青春当然不能在等待中悄然度过，青春是喧嚣、绚烂的，是无数男人殷勤的笑脸，热热闹闹地挤满青春的每个旮旯。

“等待”这个词对尤嘉霓而言，越来越陌生，在迷恋速度的喧嚣时代，它怯懦而羞涩，于遥远的召唤中，渐至衰隐，遁入无形。

速度是21世纪的关键词。美国学者哈维认为现代人们生活在一个对速度之快、之美的迷恋与沉醉之中：电脑提速，宽带提速，下载工具提速，产品上市提速，结婚离婚提速，速配，闪婚……

人人都渴望在第一时间得到自己渴望的东西，渴望捷径，渴望超乎常规的飞跃，在谁比谁跑得更远更快的疯狂竞赛中，再也没有迂回曲折的一席之地。

让我们的目光再次回到那个有趣的广告牌：“你想亲吻我的嘴唇吗？你想抚摸我的胸部吗？你想进入我的身体吗？请即刻点击‘你拍我卖’！”这是肉体交易的即时行为，一键揿下，电子光速一闪，肉体与金钱的交易瞬间完成。

尤嘉霓已经彻底丧失耐性，她藏匿进黑色透网面纱里的面孔，她被马甲束衣裹敷的身躯，都迫不及待地渴求挣脱，她陪他玩弄调情的游戏实在太久了！

尤嘉霓必须重新调整策略。

那么——她不要房，不要车，她要嫁给他，在黑暗蜷缩的爱需要阳光。她重新戴上思念的面具，再次前行："我爱你，我不奢求你给我任何东西，但是，爱的最完美的境界，是厮守终身，我要嫁给你！"

"结婚？"陈逸山不愿触碰这个底线，这个底线如同雷区，弄不好会粉身碎骨。他左顾右盼："你要享乐其间，为什么要毁坏这种感觉？所有的婚姻都是相似的，没有令人心醉的眩晕，没有无所羁绊的欢愉，而是凝固、刻板、乏味的，是如铆钉一样钉在板凳上，永世不得拔出。"

"关键，此时此刻我就在你身边，你应该相信此时，而不是遥想彼时，此时是可触摸的，彼时总在移动，我们难道一定要萦念着变幻的彼时，而忘却触摸此刻的实在？"

"我听不懂你在说什么——"

他无法阻挡她进攻的步伐，尤嘉霓的欲望如此强烈，她不愿意在划定的区域跳舞，她要越过边界线，破坏平衡，她说，我爱你，我不能允许你跟别的女人同睡一张床！

尤嘉霓挥舞着爱他的棒槌冲过来，即将冲到边界线上！

坠落之后没有安全网

“在这场逐猎中，你不能多愁善感，不能回顾观望，战栗或踯躅不前都是危险的。正如王佳芝，情感于一灯荧然中闪现，反误了卿卿性命。”陶萃丝告诫所有想成为她这样的女人，猎人不能对猎物投注情感，否则，扣动扳机的那一刻，瞬间的犹疑会让猎物溜跑，甚至会反扑，咬你一口！她回望一眼镜头，一个有力却告诫的手势，定格。尤嘉霓惊恐地发现，她并未完全榨干情感之汁，情感之流正暗潮涌动，不可控制地，涌动。

这是非常可怕的！

“我很想你。”

这句话在脱口前有着很迂回的过程，在每个思量的暗道里，连日的相思、等待、焦灼都结满湿漉漉的藤蔓。当“我很想你”这句话一脱口，于曲折的急转弯口，变成水淋淋蜷曲的呻吟：“你怎么总对我不理不睬啊。”而另一层意思，肉体被控制的时刻，又不愿思想被控制，谁都不愿输在对彼此思念的深度上。

尤嘉霓不希望被他看得明了，那是闪烁的诱惑，不确定的探索、捕捉，让很平淡的事情有了玩味、品咂的韵味。挡住思念的遮羞处，生怕一不小心的暴露踩碎娇弱的神经，她不能让他看出自己爱他到不行，但她又希望他能看到自己爱他到不行：

只能流露一点点感情——

这样纠结着，尤嘉霓的态度时明时暗，如坏了钨丝的灯泡，神经质地闪、灭，没有确定的时间，也没有确定的原因，这也是一种较量，至少不能让他人赤裸裸地看见思念在哪里。她要遗忘掉这沉重的无处不在的思念，一个声音窃窃道，放松点，这只是玩呢。

对方则轻飘飘地说，我很想你。或仅是应景时的俏皮话，看着她缱绻的双眼，潮润的双唇，有了快乐的喧吐，直接理解为“我想要你”。

当两人肢体纠缠时，他们发出了不同的声音：一个是令人快乐的，一个是令人生烦的；一个是深刻的，一个是肤浅的。可是，陈逸山喜欢那个快乐肤浅的声音，他低语，说点让人愉快的话，你想我吗？尤嘉霓在他身下，喃喃道，我想你。这声音在喧嚣的做爱中是如此脆弱、细小，像雨点啪嗒打在车窗上，轻轻弹击的一声。

双层透视镜

如果用眼睛和意识两副镜片，叠加成“透视镜”：一副镜片用来观看现实的景物，另一副镜片则窥视人们的潜意识，于是，景象会交叠、扭曲至变形。此刻，你看到的将不再是现实中的景象，而是主观世界臆想中的景象——尤嘉霓架起“双层透视镜”，看到完全不同的景象：

景象一：他对她的眷恋，他对她的迷醉，在透视镜中散射柔和的光晕，他的手在她肌肤上有了音乐的节奏，哆来咪，咪发嗦，每一次触摸，都充满深情地——我爱你，我爱你——

景象二：当对未来的不确定和恐惧蠢动于意识中，手的触摸却是这样冰冷和例行公事，我倦了，我倦了——

“你很少说你爱我——”

“一定要说吗？再美妙的感受在脱口的一瞬间都会变质，如果，不想让它变质，就永远不要将它说出来。”

“不，是你厌倦了，你没有感觉了，你不再有激情了，你想有新的尝试。”

“那是你的想象，我和以前一样，你的想象力总是让一切索然无味！”

“你在骗我，你现在很少吻我，你的舌头呢，以前，你喜欢将舌头一直抵住我的舌根，我连气都没法喘——”

“是吗？那现在就来一下，这不是很容易吗？”

物质与肉体的交流

打开一条甬道。

身体吸附了会议上的烟味，晚上酒宴的酒精，一场笑里藏刀的权力之争，太多沉甸甸的气息，挤榨掉新鲜，原生的气息，算计、流言、阴谋就压迫在一个蜷曲的渴望的肉体上，变成物质与肉体的交流，或仅是一场垃圾的大倾泻，一旦甬道突然堵塞，垃圾只会在体内不断膨胀、阻滞至便秘。而曾骄傲竖立的物体，却如此萎靡不振。

在车内浮动的光影中，尤嘉霓几次试图温柔地对待，可是手的触摸如此凝滞、冰凉。他生硬地，推掉她的手："你的耐心不够，算了，今天，就这样。"

他拉好裤链，手握住方向盘，他们行走的方向被他掌控，可她是那么不愿意被掌控。她叫道："我已经很有耐心了，难道我做错了什么？！"尤嘉霓委屈地望着他，难道我的身体丧失诱惑的引力？曾经吸引他闪亮的磷光彻底黯淡？抑或他刚经历一场精疲力竭的肉体狂跑？

永不停歇的肉体狂跑？

陈逸山从未承认过，可猜测如凄厉的冷风呼啸穿行，击破腹壁，如病菌栖落身体的隐秘部位，腐烂、发霉。尤嘉霓捂住猜测的痛，无可名状，无所来由像单相思，在骨髓里流窜，到处疼，却不知痛在何处，如何止痛。猜疑就像一场慢性炎症，某个器官张开发炎的伤口，黑色的大鸟在啄食，慢慢啄食。

此刻，尤嘉霓坐在车里，她在问他昨晚跟谁在一起，她喋喋不休地追问，在暗的车厢，并未察觉他的面孔一直沉浸于灰色阴影，更没留意到他的手势——右手扬起，轻推了一下坐在膝上的她："我真的很累，千万不要提刁钻的问题让我思考。"

这是一种拒绝的声音。

陈逸山从未倾心聆听潜伏其下水淋淋蜷曲的呻吟，他讨厌这样的呻吟，野草般疯长的呻吟，遮蔽视线，阻碍前行，一旦呻吟兀自聒噪，他将毫不犹豫地选择放弃。

陈逸山拒绝了尤嘉霓，不，他拒绝过很多女人。但他又抑制不住地渴求新鲜蓬勃的情感，一旦炙热的情感，汩汩沸腾，又生怕灼烫了手，匆匆而退——激情的自我阉割。

永不停歇的肉体狂跑，是一种贪欲，还是一种恐慌？抑或为了保护自己，保护自己的灵魂，不会深陷漩涡，被漩涡席卷，一直沉下去，沉下去——不再喘息？

戴着假面舞蹈

在假面舞会上，如果一方戴上面具，即意味着掌握主动权，可以冷静地观察对方的一举一动，而对方浑然不觉，依然与之欢愉嬉戏，这是极有趣的游戏。倘若双方都戴上假面具，身体的姿态可以撒谎，唯有闪动于狭小扇形缝隙间的眼神是关键的信号，你在猜测，他（她）也在猜测，猜测面具后是激情的燃烧或是激情的熄灭。多年后，尤嘉霓认为他们之间都戴上了面具，为自己的冷漠、倦怠和愤怒。或许，陈逸山从来就习惯戴着假面舞蹈，脚底如抹了油，快速滑动，舞步没有停歇，旋律依然令人迷醉。而尤嘉霓渐渐习惯，被他带领着渐渐滑入疯狂的诱惑中去。

性爱的疤痕

暗夜的一盏神灯，将思想旮旯的阴影瞬间照亮，如此刺目，似烟蒂在柔软心房上灼烧，燃烧的烟头灼出乌紫的创口，结了痂，包裹住新嫩的肉。

关于他和他的妻子、他的情人的臆想，剥夺了尤嘉霓的全部快乐。

尤嘉霓不知道她有多少情敌，都是些影影绰绰的影像，藏匿进陈逸山宽大的布衫里。她听得到甜腻的笑声，一浪高过一浪，刺破夜的寂静。那在暗夜唧唧喳喳的偷欢，那一张张乍隐乍现的面孔，那一翕一张的鲜亮红唇，被强光打亮——你在墙上看到了什么？狂想，狂想！是那些裸体吗？

无数假想的女人瞬即饱满、高大，有了清晰的轮廓。她们欢唱着，手拉手，形成一个个圆圈，围着她，跳起舞来，水墨似的长发飞扬起，啪地，漂掠，如水袖，缠裹住她的颈项——她尖叫起来！

她恨不能剪掉——影像、声音，还有臆想——毫不留情地，剪掉！

爱的重量的称量

有趣的珠宝广告：一个女人摆弄着颈项间的耀眼钻链，男人痴情地凝望着她，难道你把所有的爱都给了它？女人娇嗔一笑，哦，不，我会留百分之三十的爱给你。男人遗憾地说，女人啊——

谁都无法找到一个合适的天平来称量恋人间的言语、行为，孰轻孰重，这——注定是无法称量的。

尤嘉霓：我付出了青春、时间和真情。

陈逸山：难道只有你付出时间和真情？

尤嘉霓：你损失什么？你只是在增加，增加性交的伴侣、增加快乐的时间。而我则是在损失，青春在晦暗的甬道如水流逝，容颜在岁月的刨刀下不再光鲜，爱情的味道越来越冲淡，属于自己的家依然飘摇不定，我看到的只有损失……

陈逸山：你可以选择离开，我从来不奢求天长地久，你有来的权利，也有走的权利……

尤嘉霓：那我所有的投入岂不是空掷？我不—甘—心！

陈逸山：你是在跟我谈生意吗？你太现实了！或许，我们之间的感情根本就是错误，我错误地喜欢你！

尤嘉霓：我现实吗？真希望我是彻底的现实，彻底的清醒，彻底的无知无觉，如果真是这样，我也不会那么痛苦了，只可惜，我还残留那么点可恶的感觉！是的，为了这可怜又可恶的感觉，我傻傻地等待，无限期地等待——可是，我能等来什么，是春花秋月还是暴风骤雨？我一无所知……

陈逸山：你到底想要什么？

尤嘉霓：我……我想要一份阳光下的感情！如果感情也分晨昏，你只给了我黄昏的感情，其余时间，你是隐身的，我只能在昏暗的车厢与你约会，常常感觉自己是在跟一个灰色的影子做爱。

她有多久没在强光下看到他？他们在无数个夜色中见面，黑夜的裙边抖落，他们缠裹在裙边里，玩起了捉迷藏，一切都在光影的躲躲藏藏中有了迷惑，她沉迷于黑暗里的调情，太久。

偶尔的一次，陈逸山陪她到商场买衣服，他缓慢地跟在后头。将一个人搁置新的环境，这人也有了新的形象。他看上去不高大，也不够帅，只是一个普普通通的中年男人，在商场强烈的白炽灯下，一点点泛白，影像模糊了。

陈逸山：黄昏的感情？很有意思，这有什么不好呢？感情保鲜的秘诀就是要保持足够的独立空间，如果你一天二十四小时看到我，也许早已厌倦，早就离开我了。

尤嘉霓：可我不愿意！我是什么，你的私酿吗？安静地藏进酒窖，有一天，兴致来了，让所有的亲朋好友一起品尝，再放回去，永不见天日？我想见天日，酒窖又阴又潮，我怕我要发霉！

陈逸山：你太夸张了，你依然鲜嫩，而且生机勃勃。更何况这一切不都是你想要的吗？阳光下的感情，难道你还不够多吗？你是成年人，当初，你进入我的房间，就应该预知结局，我没有强迫过你，从来就没有！

尤嘉霓：当然，当然，你怎么会强迫我？是我主动投怀送抱，渴求领导的荫庇——

陈逸山：不要用这种语气说话！如果你还是这种态度，我们就没有交流的必要了——（沉默片刻）

陈逸山：进不去的世界才是最美的。当你真正进入我的世界，真的拥有一份有契约的感情，你会觉得索然无味，会不满足，会改变主意，可那时我老了，难道还要推翻一切，重新来过吗？到那时，我就很悲哀了。

我们是因为快乐才在一起，快乐的前提是自由，我走出房间是希望来到草地上，自由地晒太阳，而不是走进另一个房间，甚至更小的房间，被限制，被禁锢。谁都不能破坏谁的生活模式，这是我们彼此的约定，是你先破坏了约定——是你在变化，是你要打破这种平衡，我从来就没有改变，你的变化让我感到可怕！

尤嘉霓：约定？约定就要一成不变吗？是的，我在改变，人会长大，思想也会跟着变化，难道要我永远蜷伏在你的阴影下生活？当你快乐时我快乐，当你疲累时我疲累，当你喘气时我才能喘气？难道我只是你的一根吸管，吸收你的所有喜怒哀乐？而我的所有感受呢，你关心过吗？你以为我是木头娃娃，或是机器人，一键揿下，即可删除掉任何不快乐的记录？

陈逸山：如果你真是机器人就好了，我们也不会有这么多毫无意义的争吵——我还是那句老话，你可以选择离开，你有充分的自由，我会记住你，怀念你，但我能承受一切！

尤嘉霓：当然，当然，你有那么多性伴侣，分分离离，新旧交替，不是你最惬意的事吗？是啊，我也要好好向你学习，开始肉体旅行，疯狂的快乐的肉体旅行……你不气愤、吃醋吗？（干涩的笑）

陈逸山：这只是你自己的选择……我真的没有时间和精力去气愤、吃醋，那只是小孩子玩的把戏，你不是小孩子了，你要学会遵循快乐的游戏规则，难道让我像个小男生苦缠你不放，为你寻死觅活，你认为这就是你要的爱，暖烘烘的有足够分量的爱？

尤嘉霓：暖烘烘的爱？我甚至从你身上找不到爱的感觉！

陈逸山：或许我已过了敢爱敢恨的年龄，习惯与每个人都保持一种距离，不过这未尝不是件好事，月盈月亏都有不同的美，我对你的感情至少不会让你窒息、疲劳，你是自由的，我也是——听过非洲豪猪的故事吗？它们身上的刺硬而尖，当它们靠近时，尖利的刺即会戳痛彼此，于是不得不分开，但寒冷又使它们聚在一起，这样反复多次，最终豪猪们找到它们之间的最佳距离——在最轻的疼痛下获得最大限度的温暖。这是自然界的和谐法则，两性相处之道亦是如此。

尤嘉霓：在最轻的疼痛下获得最大限度的温暖？你究竟想告诉我什么？你不爱我，还是不愿意爱我？难道爱一个人对你来讲是那么奢侈的事吗？

陈逸山：是的，很奢侈，所以——要学会有“节制的醉”！

他不能让尤嘉霓沉潜其中，丝再软也是柔软的束绊，会箍紧自己——我不能让你太爱我！

他们在逃跑，奔往不同的镜面，一个是凸面的，一个是凹面的，她在逃离她对他爱的臆想，他试图逃离她对他爱的枷锁。他们穿过时间而逃跑，渐渐步履轻飘而倦怠，影子被压扁，成了道林纸上的凹面浮印。

谁是多余的人？

我为什么对他如此粗暴？内心纠结的矛盾，让我对他本能地抗拒，语言的齿轮飞速地旋转，磨削掉相思、眷恋、缱绻，一切情感的柔软！

“难道她没有一丝觉察吗？你每天跟她生活在一起，她就没有觉察到什么？

“为什么要让她察觉到呢？她察觉到了对你有意义吗？你知道，我在家的时间很少——”

“当然，当然，你总有理由！可为什么就我一人做痛苦的清醒者，而她却是幸福的梦中人？我也要让她知道我的存在，和我一样每时每刻都惦记着另一个女人的存在，每一天都活在另一个女人注视的目光中，惦记着你吸附另一个女人身体的气息，睡在她身边，我要让她在这股气息中窒息！”

“够了！你很恶毒！”

“恶毒？我不过是把真相告诉她，让她生活在真实世界，这有什么错？谎言终究是要被戳穿的，怎么样，现在我就给她打电话，告诉她每天我们所做的一切，每一句甜言蜜语，每一次缠绵悱恻，每一情境每一细节都不遗漏，哦，对了，干脆拍摄下来，放给她看，这不更有现场感？我要让她自行崩溃，嫉妒、痛苦、歇斯底里，直至主动放弃你，对，主动放弃你！”

“如果，你一定要这么做，那随便你，但是，我可以很明确地告诉你，你打电话告诉她的那一刻，我们的关系也到此为止！”

“哈哈——”尤嘉霓神经质地笑起来，额角爆出纤细的青筋，蜈蚣般爬行，“是的！是的！看吧，她终归比我更重要，她在你天平一端的分量总比我重，这不公平！你那么怜惜她，生怕她受到伤害，我呢？难道，你认为我是无敌铁金刚，可以随意扔掷、摔砸、踩踏！”

“她是无辜的！”

“她是无辜的？难道我有罪吗？我认识你，认识一个有妇之夫，就是有罪的？”

“不，你给我带来很多美好的回忆——”

“回忆？难道你要终结一切？我们没有未来，只有回忆？”

“你觉得这样相处还有意义吗？只有猜忌、争吵，一切美好的都被摧毁。我希望我们天长地久，但你这么痛苦，我不愿意再延续你的痛苦，这是你逼我做的决定！”

尤嘉霓撕裂地喊道：“你可以离开我，为什么就不能离开她呢？！”

一直藏进暗动的浮影里，她看得到自己，她懂得克制，不争、不怒、不抢，她需要他，可她也是鲜活的肉身，由着那感情如激流喷涌，击破脆弱的壁垒，冲得五脏六腑都出来，绞着血，有了抑制住的嘶吼。

他爱我，还是爱她？

这个问题，尤嘉霓反反复复地问了很多遍，他说，这不是爱不爱的问题。

其实，他爱自己更多一点。

她的未来景象如彩色抽拉画，在弧形轨道上，快速移动。她的成长速度将超乎他的想象，不可控地，加速。他则会减速，无限减速，有一天，习惯性地停在某一点，不再滑行。未来的加速和减速，必然出现的矛盾。

而他的妻子是凝固的画面。她就在那里，一如既往，平静地看着他，在移动的人生轨道上，这是凝固、安详的，只为他一人悬挂的画面。

莫测的未来？安全的未来？他绝不会为莫测的未来，葬送已知的未来。

焦灼就像毒药

被遗弃的感觉，对他的恨，在散落的日子里慢慢累积，堆成沙丘，尤嘉霓深埋于沙丘，摊开四肢，思念的沙粒如暴雨般兜头灌注，硌进肌肤。感情变成了沙砾，一颗颗嵌进她的肌肤，每一次拥抱都被硌得生疼生疼。

从尤嘉霓一上车，微妙的阴云，莫测地漂浮。她一定要见面，他总有太多的事情和理由，拖延见面的时间。相见不再悸动，而是惯性使然。他们正从诱惑的眩晕滑入情感的衰减中。

手机不合时宜地响起，他看下，没接。

“你为什么不接？”

“我不想接，影响情绪。”

（手机再响，又不接。）

“你不敢接吗？你接啊，你说话啊——”

（手机关掉。）

“你为什么关掉？你有什么秘密，一定要关掉？”

“一定是有女的跟你联系——”

“你的想象力太丰富了！”

“我的想象力是被你逼出的，你太神秘，你的神秘给了我无限想象的空间！”

“那你现在打开啊——你接了，证明我错了——”（拼命想开手机，胳膊被他紧紧钳住。）

“你想离开我！”

“是你在逼我远离你！”

“放开我，放开我，我要下去，让我下去！”（她在喊叫，试图挣脱他箍紧双臂的手。）

车缓缓停下。他丢下她，自己开车走了。

一旦被抛至荒野，她不过是受伤的小鹿，无法奔跑，兀自在悲鸣哀号中慢慢死去。

她是半真半假地进入，结果却不可控制地陷进去，只因爱得太真，被踢出了局。她忽然明白，感情这东西真不得，要学会低下头，双手环抱，钻进坚实的硬壳。

她不是他的对手，从来就不是。她不过是他的小玩偶，在他的水晶八音盒里跳舞，当他厌倦了单调的音乐，关闭盒子时，她必须停止舞蹈，停止旋转，在小小的匣子里，在无限的黑暗中，等待再一次的开启。

车又一点点倒回，他打开车门，上来吧！你闹够了没有？

尤嘉霓不再哭闹，她对他的爱已被碾碎，像一路被车轮碾碎的油菜花，曾灿然盛放的，如今变成黑色的烂泥。

渴望进入，但不能全情投入；渴望拥有，但又不能真正拥有；迷狂的消失，该回到哪儿呢？总在灼灼燃烧的欲望里奋不顾身前行，不知为什么，亦不知终点在哪里。

谁会为了激情去埋葬自己？

必须使之麻木的一颗心灵。

没有回忆的温暖地

不安的意识在睡梦中深植，不确定的手轻晃着浅浅的梦境，蜿蜒地，有了狰狞的裂缝。明晃晃的灯光下，尤嘉霓上身赤裸地坐在他腿上。那是间很大的阶梯教室，空荡荡的，只有他们两人。忽然，进来很多学生，他们都指着他俩，捂住嘴窃笑，那是个被窥破的梦。作为梦的主角，他推倒了她，然后做了个奇怪的手势，抹杀掉的手势，似乎要在记忆深处擦掉她，彻底地，擦掉。

有一天，尤嘉霓突然想到这个梦，问他，如果有人知道我们的事情，你会怎样？

“你为什么要让别人知道呢？”

“如果有人知道呢？”

“这当然不是好事，你难道希望我们的事上头条？！当初你决定了，就应该想好，你不是小孩，你有自己的判断，没有任何人强迫你，到现在我还是一句话，如果，你想结束我们之间的关系，我会尊重你的选择！”薄的唇紧闭，不再言语。

他脸上的表情，冷凝的表情如同开会时遇到棘手的难题，这是尤嘉霓无法逾越的界限。她在想，如果别人知道了，他是否会像梦中那样快捷地推倒她，然后做个抹杀的手势，彻底地将她从记忆中擦拭掉？

事情终于在某一天早晨爆发。尤嘉霓正在喝牛奶，电话铃声响起，她去接，清晰的挂断声。随后，又有莫名其妙的电话打在她手机上，同样，一接即挂断；几天后，一个声音终于响起，你是尤嘉霓吗？她惴惴然，难道……？陈逸山一定知道内情，一定的。

“究竟怎么样，他们要搞什么？”

“我怎么知道？我又不是神仙，你不要管那么多，有这种电话不要接！”

“你为什么不告诉我？你什么事都不告诉我！”

“知道太多对你不好，知道得越少越安全，该怎么做我心里有数！”

“有可能是政敌，是谁呢？”在无数次沉默后的一天，陈逸山叼起烟，徐徐吐出一句话。他转移账户并换了手机号码，他跟尤嘉霓约定，直到事情水落石出，至少有几个月不要见面，陈逸山担心有人请私家侦探在跟踪他。

担忧、惧怕，撕开了一个口子，剧烈地疼痛。她在战栗，满怀疑虑、焦躁不安、如疾风中无序旋转的蒲公英，失魂落魄，没着没落。尤嘉霓渴望他捏捏她的手，没事，有我呢——可是，他冷漠地甩掉她的手。

别烦我——这是拒绝的讯息。

情爱追求平衡，谁来拯救两性关系？

性的平衡：就像填格子游戏，你填多少，我也要填多少。肉体的博弈。

尤嘉霓被外派到《新都报》上海办事处任副主任。两人冷战后的意外结局。他抛给她一个诱饵，远离他的诱饵。

最后一次的约会地点，老城墙下。

他们刚认识的时候，某一天，两人开车到老城墙下，尤嘉霓突然提议，干吗总是开车兜风，我们可以骑车兜风啊。陈逸山租了辆自行车，他很久没有骑自行车了，咿呀骑到街心公园已是满头大汗。对于陈逸山，歪歪扭扭地骑着自行车，载着年轻女孩，未尝不是小小的趣事。世界在乏味的程序中，也需要一点变奏，哪怕脱下正装，穿对襟小褂骑在牛背上，吹一曲横笛。

他们沿着绵延的城墙边，慢悠悠地骑，间或尤嘉霓会掉下来，他说，你把牢点。那是他们开始的几幕，从陌生到熟悉，从尚未企及的彼岸到渴慕企及的此岸，这样的温度正正好，激情的诞生。

此刻，他们站在老城墙下，感情于长期囚禁中，萎蔫、生锈、飘坠。新鲜的悸动溜走了，蹑手蹑脚地溜走，生怕惊扰他们，可他们同时都感觉到了，这漂去了新鲜感的情爱！

那用什么来填补呢？当陈逸山和她在一起的时候，他什么也没有给她，而当他们分开后，他给了她想要的，他想说明什么呢？我爱你，只能给你情感；当我不爱你的时候，我将给你代偿品，二者不可兼得。

“你一定要在情感中糅杂功利？在功利中杂糅情感？两者糅合在一起什么味道也没有，我从来不喜欢混搭、改良、嫁接。一定要将西洋打击乐融合进中国古典音乐？一定要将悬疑、惊悚、动作、情色各种元素调兑进一部影视作品中？我在纽约地铁站，看到很多涂鸦，有人认为那很经典、很个人，但我认为，那不过是艺术餍足的产物，什么都想表达，结果就变成线条和图案的缠绕，你可以说它是艺术，也可以说它是垃圾。艺术最终将因混血而消亡。

“消费多样化，选择多样化，会破坏人的味蕾，好比自助餐，什么都品尝，可什么都品尝不到，只会得厌食症。这是人类在无穷多选择后贪婪的选择，在短瞬的时光里，什么都想感受，什么都想体悟，最终只会导致界限的模糊、欲望的贪婪、思想的混乱。

“我在给各个报纸的总编开会时说，你们想抓住所有年龄层的受众，总以为东方不亮西方亮，可最终，你们什么层面的受众都抓不到！你们必须细化，小众定位，而不是大一统，你要了解你的定位群体，要对他们做群像描摹，不能让每张报纸，从头翻到尾，80% 都一样，内容一样，风格一样，版式一样。女人害怕撞衫，媒体却喜欢趋同，这是个很奇怪的现象。

“我不喜欢复杂的女孩，或许，我自己太复杂，人总是喜欢寻找自己的反面，复杂的喜欢简单，风流的喜欢纯情，虚假的喜欢真诚，聪明的喜欢拙朴，这是一种补偿心理。记得几年前，我对你说，不要假装很 High，人工和自然永远有无法抹杀的界限，让人性自然点、真实点，透明要透明得剔透，深刻也要深刻得犀利。你不要飘摇不定，你尽可能追求你想要的，没必要委屈自己，时时演戏是很辛苦的。

“我们每天要喝水，因为它的纯净，纯净的才能持久。我们需要纯粹的艺术，纯粹的男人，纯粹的女人，纯粹的情感！

“你和我都患了精神的贫血症，是情感功能障碍者。我曾渴望你唤醒这萎缩的功能，没想到，你比我更早地丧失，或许，我们成长的时代不一样！”

陈逸山沉浸于个人独白中，他需要的不过是听众，一个即将被他遗忘的女人，依然有着恋慕的眼神，仰望着他。

陈逸山放下尤嘉霓，车缓缓地开走了。他们真的就结束了？过往的浓烈在时光之网中被滤净、淘空，无论爱或恨。

风吹过来，清冷冷地，尤嘉霓的裙子灌满了风，无情无绪的风，无情无绪地窜行，她的五脏六腑，于风的鸣响里，充气球般，轻轻地，飞扬。

旁观者与主角

1

妒羡是个有双重情绪的词汇，嫉妒是有憎恨的情绪，羡慕则有心仪并追随的意味。

当网上爆出某影星勾引已婚富翁之类的新闻，通常配有一篇“拜金小三如何成功上位”的文章。因为，小编们深知旁观者诋毁也罢，蔑视也罢，最终还是忍不住羡慕她们轻易拥有的金钱、名声或身家数亿的老公。于是，某影星就读的商学院开始火爆，妒羡者又发现一个新的猎艳阵地，不在酒吧、高尔夫俱乐部、高级会所，而是在商学院。

旁观者的心理很奇特，某人破坏规则，获得本不属于他（她）的财富、名气，指责、拍砖者四起，可是，对方拥有的确实惹人心动，某种奇特的心理从犄角旮旯里迤逦延伸，痒酥酥地诱引行为趋近。

当舆论对“小三”现象大肆抨击，生活中的“小三”反而越来越多；当人们谈及各行各业的潜规则时，潜规则越来越肆无忌惮地猖獗；当众人大骂炫富女，越来越多的炫富女用名牌武装全身，招摇得恨不能将名牌 Logo 织进肌肤。人们或许不是为了批评，而是炫耀、传授甚至诱导；旁观者也并不总想成为旁观者，他（她）也渴求登上舞台，成为主角，即或被“人肉”、被“拍砖”。

很长一段时间，尤嘉霓都是报社的话题女王，最火爆的话题是有人窥破她和某子报总编秦总的私情。故事听上去很真实，某人忘记拿稿件，折回办公室，扭开门锁，意外发现办公室里除了秦总还有尤嘉霓，尤嘉霓见状迅即转过身，但眼尖的窥视者还是发现她手里紧攥着的银色丝袜。紧攥着丝袜这个细节将故事勾勒得分外生动、饱满，文人的想象力永远是不可小觑的，在窃窃私语的传播中，故事逸散出隔夜的潮腥气息，越演越烈，最后成型的版本变成尤嘉霓光裸着坐在某领导的大腿上，该事件中的重要物证——银色丝袜，不是被她紧攥着，而是被她快乐地甩荡着。故事随着该领导的调任，无所顾忌地传播，“丝袜”也成了尤嘉霓的绰号。不久尤嘉霓调到上海办事处，我猜测，是这则故事的散播让陈逸山终止了与尤嘉霓的交往。

直到这个阶段，旁观者对尤嘉霓的态度多少带点亵玩、娱乐的意味。随后，旁观者的情绪开始出现变化，一切源于她超乎寻常的发展轨迹：2004 年尤嘉霓被调到上海办事处任副主任，2006 年辞职，回宜都开了家广告公司，以地产广告为主。第二年，集团开广告年会，尤嘉霓的公司被评为年度十佳广告公司；关于尤嘉霓的情感绯闻也从未间断，先传她是某商场老总的情人，她拥有该商场的无限额储值卡，后又有人说她是某政界人士的情人，公司的发展得益于他的暗箱操控……2008 年尤嘉霓赫然出现在市十大新锐青年企业家之列，报社同仁不禁啧啧道，瞧瞧，她总能轻易地获得一切，出卖了笑声获得他们的爱慕，出卖了肉体获得财富和名气！

这个世界真的很有趣，当以成功为唯一衡量标准时，一切都发生奇妙的转换。尤嘉霓成了某种范本，跟风、追随者众。那几年报社的年轻女性风行嫁大款，一名女记者两年内离了三次婚，每次离婚的缘由皆因对方资产离预期有差距。后来，她在采访中认识近六旬的某上市公司总裁，终如愿以偿；另有一位美编，跳槽到其他报社，很快传出她成了该报社副总的情人，并在其资助下开了间服装公司。这就是“妒羡的涟漪效应”。

当然，还有一类妒羡者则为止水般的生活境遇黯然，凭什么她有了这一切，又不是真刀实枪打拼来的？摧残的欲望旋即点燃、升腾。这类人是攻击者、谩骂者、人肉者、水军者，甚至直接闯入被妒羡者的生活，跟踪、骚扰及至破坏。他们冲锋陷阵，并非出于正义或道德，而是憎恨，我就是看你不顺眼，因为你总是拥有我无法拥有的！即或从未谋面，相隔遥遥，但某一神经被激惹、被刺激，妒羡即会生成毁灭之火——羡慕嫉妒恨，情绪的最终爆燃点是恨、是扼杀、是毁灭，而不是爱、欣赏或怜惜。

主角：炫耀并摧残着；旁观者：妒羡并攻击着。

2

2007 年，广告部的同事请我参加一个饭局，一桌人除了她我谁都不认识。我正后悔不该参加这种莫名其妙的饭局时，一个粗嘎的声音突然响起："尤嘉霓，你们都认识吧？"所有的人都抬起头看说话的女人。她身量矮小，尖锥脸，吊梢眼，黄酱面，服饰异乎寻常地粉嫩，反衬得面色格外暗沉。

同事低语道，她叫吉虹，集团某子报广告部的业务员。吉虹扫了大家一眼，接着说："那个女人啊——可是广告界的大红人！"

"美女老总，当然听说过！怎么你有她的故事？"

"故事？只怕说出来你面红心跳浮想联翩晚上要闹失眠喽，老许，你都这把年龄了，身子骨还经得住折腾吗？……算了，算了，不讲了，免得有人到处乱说，好像我吉虹多么喜欢搬弄是非似的，像我这种心直口快的人，最易被暗箭射中，伤不起，伤不起啊！"

"讲啊，别吊胃口了，讲啊……"他人的隐私，痒酥酥地撩拨。

"诸位，记住了，限制传播范围，限制传播范围，一出这个门，概不许外传。怎么样，都没问题吧，那请开讲吧！"被唤做老许的中年男人发话道。

"知道她公司业务为啥那么好吗？"吉虹目光诡异地巡视周遭一圈，待目光齐嗖嗖地射过来，猛一击桌，"啧啧，有绝招啊！"

"什么妙招？"叽叽喳喳探寻的目光。

"接客呗，只要有单子，打个电话，她就踮溜溜过去，活脱脱一个高级三陪，就这么坐在客户大腿上，让人家一顿乱摸！”吉虹模仿着，两手在胸前乱抓一气，惹得众人笑作一团。

“真这样？谁给她单子，就跟谁睡？”

“呸！不这样，凯瑞天城的单子怎么被她抢了过去？你知道她给客户的价格是多少，比别家报价还高，可为啥要给她？附送肉体呗，你想，美女老总的卖肉价怎么着也要比外面三陪的卖肉价高喽！”

“真的假的？”

“我骗你不成，有人证物证！”

“物证？”叽叽喳喳的目光更为嘈繁，如小雀在争抢谷粮。

“知道不？上次吃饭的时候，有个姓丁的客户说他跟尤嘉霓刚刚那个呢，还说她功夫比外面小姐好。别看她一张尖尖的小脸，身子倒很丰满，双乳滚圆滚圆，上面还有两颗红痘印。”

“两颗红痘印？令人向往啊！”一个男人的声音。

一屋子的爆笑。吉虹高爽地笑起来：“老许，就老许，怎么样，你做侦察兵，说你手上有单子，打个电话叫她来，她保管屁颠屁颠地提供性服务，也顺便见证一下我说的红痘印，看我说的对不对？要眼见为实，眼见为实啊！”

我发出了轻咳声，有谁的银色筷子叮当掉地，没人注意。众人正处于高涨的亢奋状态，男人蠢蠢欲动，女人面色潮红，想象中的交媾，在每个人的脑海，呼啦啦热烈地闪现。

“哈哈，老了，老了，消受不起啊。咦，怎么样，这妙招你咋不学学？没准儿你的广告订单滚雪球般越滚越多！”老许调侃起吉虹。

吉虹尴尬地笑笑：“我们赚钱是凭脑袋靠智商啊！”顿一顿，又不服气道：“不就是敢脱吗？老娘还不屑脱呢！”声调忽一拔高：“上次开广告年会见到她，她还傲滋滋的，呸，傲什么，装个‘白富美’

高贵样，说白了，不就是个高级暗娼吗？暗娼可比明码标价的三陪更狠毒，打着谈情说爱的幌子，却不晓得拆散多少家庭，制造多少悲剧，毁灭多少人的人生啊！这种社会渣滓必须消灭，彻底消灭——干净！”她恨恨地啐口唾沫，用脚狠狠碾几下，似乎，尤嘉霓就在她脚下，赤裸着任她蹂躏。

这是个目光的视域，到处都是目光，好奇的、贪婪的、嫉妒的、掠夺的目光；这同样也是个唾液的世界，四处喷溅的唾液，传播着念珠菌的霉菌，感染、红肿至溃烂。

3

回家后，我将饭局上的所闻所见输入电脑。自从上次苏南之行后，我开始萌生写尤嘉霓和陈逸山情感故事的想法，断断续续地写，历经多年，尚未结束。尤嘉霓会有怎样的结局？这始终是个谜。

晚上，尤嘉霓竟出现在我的梦里，她一袭白衣，满脸不悦。

她说："你是不是打算写我，但你了解我吗？你只写了你看到的我，你听到的我，可你从没有走进我的内心！"

"你的内心？我一直以为你是空心人。"

尤嘉霓的嘴角漾起一丝嘲讽的笑："你们写作的人总是那么自以为是，活在自我臆想的世界，写着无病呻吟的文字，制造某种幻象，欺骗懵懂无知的孩子。但那不是现实！"

我忍不住对尤嘉霓说："你比我想象中有思想得多。"

"思想？人活着都会有想法，只是有的人想多了就成了思想家。"她顿一下，"写作的人不应该对自己笔下的人物有主观判断，你潜意识里是讨厌我的，既然讨厌我，你怎么写活我？你应该试图理解我——"

"我讨厌喜欢表演的人。"

"表演？谁不在表演？政治家、艺人，人人都在表演，连乞丐都要通过唱歌吸引更多的围观者，换来更多的乞讨费，这个时代你不表演谁会关注你？表演不过是一种生存手段。"

“你那么喜欢被人关注？”

“Of course！”她的眉毛一挑，又恢复到我熟悉的尤嘉霓的表情，“被关注才有机会，机会稍纵即逝，你总缩进默默无闻之地，机会只会像流星一样划过。”

“你，很有想法。”

“是你把我想得太简单了，你应该知道我有多优雅，就应该知道我是多么努力地优雅地生存着。这个世界，每个人都比你想象得更努力更艰辛地生存着。”

“可是，我还是觉得，你为何那么快进入陈逸山的房间，迫不及待地跳到他床上，这多少有点，怎么说呢，无耻！”

“无耻？”尤嘉霓的声音尖利起来，“为什么总有那么多声音教唆该如何如何，反过来又摆出道学家的嘴脸去批评、去指责？难道你没有想到，你觉得我无耻，可这世上无耻的人多了去，谁不在贩卖啊，到处都是出卖肉体、出卖灵魂的事情，难道就我一个，再说，某一瞬间，我真觉得有那种冲动。”

“冲动？我以为，你只是简单的肉体交易。难道，你对陈逸山有情感？或是，你欣赏他？”

“哼，作家不是要写尽人性的复杂吗？每个人在做一决定时会有无数个想法聚合在一起，每个行动背后都不是一个简单的理由。”

“那么，你跳到其他男人的床上，也有冲动，也有情感，不仅仅是为了一个广告订单吗？”我急切地问。

“你认为呢？！”尤嘉霓转过身，没有再说一句话。

3

第三部

我们处在不测之事的年代；我们换个比例尺，就从善过渡到恶；我们换个光亮度，就从崇高过渡到平凡；我们在不知晓中，就从生过渡到死。

——［法］让·鲍德里亚

虚假的欢乐萌芽

1

“In”、“酷”、“拉风”、“蔻”是 21 世纪初的时尚用语，关于服饰、妆容或是生活方式。

“In，你够 In 吗？”女主持人调侃身边的男主持人。男主持人笑道：“Of course，我不‘In’谁‘硬’呢？”

女主持人继续调侃：“路易，你能告诉我什么叫 In 吗？”男主持人道：“其实让我说啊，就是男人中间的那个东西，我们说‘In’即‘硬’，诸位美女，你们认为呢？你们是要‘In’还是要‘硬’？”

“要‘硬’！”台下的女记者们狂舞双臂，肆意欢叫。

旋即，几个男模赤裸上身走上舞台，主持人邀请女记者与男模进行游戏互动。每人手持一管唇彩，在男模坚实、平坦的腹肌上画心、唇、花，随心所欲，鲜润的唇彩，一点一滴，滴至——最“硬”的部位。

画！画！往下画！

女记者们尖锐地叫起，似乎全然忘却这是一场游戏。一位女记者，突地，轻吻画在男模腹部的红唇，顺着腹肌向下吻，吻……小小的猥亵的意图，全场喧腾。

Elena2005 春夏彩妆新品发布会现场。

冷餐会上，国际名流、时尚编辑、潮流达人翩然而至。女人们颔首轻言，笑语盈盈，她们彼此牵挽着，相互嫉妒的女人的手，冰凉地轻触；若遇见略微熟悉的男人，她们则粉面轻贴，朱唇微启，Honey，好久不见了。迷蒙芳香间，几名男子引人侧目，他们裹长裙，抹唇蜜，涂睫毛膏，模仿女人的私语，散发着过度泛滥的雌性激素；着黑色制服的侍者托举各款饮品，木偶般机械穿梭；各种声音，酒杯碰撞间清脆的响声，华丽晚装摩挲的沙沙声，混合着喉间的轻咳，安静的细微骚动。

三五摄影记者穿梭其间，他们不仅捕捉精彩活动，也聚焦参加活动的时尚人士。一位摄影记者朝尤嘉霓走来，她迅即挺直腰身，脸微侧，妩媚一笑。可是——他竟擦身而过，高举相机，定格在了另一女子。尤嘉霓僵硬地笑着，立柱菱形镜面变形地映射出她的形象，粉紫蕾丝滚边细肩带上衣，短俏白色伞裙，一个人在房间试穿时还美滋滋地转了几圈，可在衣香鬓影间，她不再是焦点，到处都是漂亮的女人，华丽的服装，炫目的元素。

一切对她都是新鲜的，新鲜的闪着过于锐利的光芒。她犹若进入全然陌生的领域，闻嗅着不熟悉的气息，这股儿不熟悉的气息带有某种侵略性，让她手足无措，甚而感到压抑。她想到报社同仁说上海高楼太多予人压抑感，如今，她明白所谓压抑感并非高大建筑遮蔽云天所致，而是当你面对蜂拥而至的绚丽图景，当一切都遥不可及时，自尊心似被塞进压缩盒，扁扁不得舒展。

尤嘉霓神情有些落寞，目光还是不由自主地随镜头转移而转移——镜头下的女子身材高挑，一袭纱丽式裹裙，明黄与靛蓝油彩旋绕。长发高高绾束，橘色印花包头巾在前额拗了一个花苞，深凹美目绘以金属眼线，粗浓眉妆镶贴水晶亮片，长长的金色流苏耳坠迷乱人眼。侧身、扭转、挺胸、低颌，右手极有分寸地轻掐腰间，她的每一个动作都似久经训练，有着毫厘间的完美。她是谁呢？模特，抑或明星？

发布会结束后有个小型舞会。

旋转，无限旋转的激光灯下，烟雾袅袅弥散，景象微微迷醉。一位女歌手在台上慵懒地哼唱蓝调爵士，一双眼似闭非闭，厚重的蓝色眼影，颧骨处闪着金粉，丰润双唇涂有红蓝相间唇彩，像美国国旗。

音乐转瞬强劲，缓缓舞动的人们似触动电流，一节一节，交错、快速地扭动。舞动人群中，尤嘉霓又看到那位高挑女子，一外国男子正耸肩撅臀与之对舞，女子笑着，佯推他，男子复又趋前。女子旋即转身，包头巾松脱了，她干脆一甩长发，跳起热辣性感的肚皮舞，抖腹甩胯扭腰，身体随音乐节奏一浪浪波涌。

音乐戛然而止，主持人激情洋溢地喊道，Now，我们将搜寻本场最时尚的女性，10、9、8……1，Ok，诸位来宾看大屏幕，今天最 In 的风尚大奖，将颁给哪位幸运而美丽的女士呢？

摄像镜头不断搜寻，大屏幕的画面最终定格在一年轻女子的面孔上，主持人欢呼道：“恭喜茱莉化妆品中国华东区总代理林美琪小姐获得本届风尚大奖！”

尤嘉霓定睛一看，她不就是刚才拍照的高挑女子吗?

2

时尚圈总有几个明星人物，林美琪是其中之一。

林美琪英文名 Fiona，三十五岁，台湾出生，中学时举家移居香港，气质兼有台湾女人的柔糯和香港女人的干练，非常地迷人。尤嘉霓几乎每场品牌发布会都能遇见林美琪，第三次见到她，尤嘉霓终于忍不住，碎步趋前，递上名片，赞道，你好美啊。林美琪咧嘴一笑，漾出两个深酒窝，亲爱的，你也很美啊。

一个月后，茉莉化妆品在花园酒店举办一场媒体及 VIP 客户年度答谢会，尤嘉霓亦在应邀之列，林美琪代理的虽属一线品牌，但广告预算相较于其他国际大牌仅为零头。然而，聪明的林美琪交际斡旋本领极强，通过私下打点时尚圈的媒体人士，加之象征性地付点软文费，使该品牌资讯在各媒体美颜专栏频频露脸。尤嘉霓和报社美容版编辑关系不错，赠送两个版面的活动宣传，并亲自将报样送给林美琪。二人由此相熟。

茉莉化妆品每月都有小型 VIP 会员联谊会，尤嘉霓每逢联谊会必去捧场。会员多半是有钱有闲的全职太太，她们张口 Haute-Couture（高级定制成衣），闭口 Couturiers（高级度身订造设计师），更津津乐道于四大时装周上的秀场服装，还时不时炫耀观展时看见某某国际大明星，前排看客又有哪些陌生名媛出场。

林美琪则是操着一口地道的纽约腔调的英语，将种种难念的大牌名称念得极为精准，Diane Von Furstenberg，Salvatore Ferragamo，Vivienne Westwood……别人谈廓形，她则大谈现代主义、后现代主义、解构主义、构筑主义、古典主义、新古典主义。她喜欢 Martin Margiela 的设计，皱巴巴的材质，不对称裁剪，随意堆砌的各种颠覆性手段，视觉上的断裂重组感……别人若谈当季潮流，林美琪则话锋一转，蹦出 Vintage Clothes（古董衫）一词，她说母亲还存留 60 年代 Pucci 设计的印花衬衫及 Chanel 套装裙，过去的老物件散发着无与伦比的魅力，它们不仅仅是经典的回顾，还是一扇扇回望过去的窗口，重现当时的人、事和情景。肤浅的时尚潮流似乎瞬间有了内涵。

林美琪沉醉于自我营造的时尚语境中，赢得潮流教主的超然地位。而尤嘉霓每每聚会后却升涌无可名状的挫败感，她不仅被一连串英文名称搅得头晕，还常犯时尚界认为 Low 到无法直视的错误。有一次，尤嘉霓看到一模特戴着款 Chanel 太阳镜，玳瑁镜框像两尾鱼挂在脸上，甚觉有趣："咦，Chanel 今年走复古 Style 了。"模特缓缓摘下墨镜，像看外星人一样盯了她一会儿，遂一字一句道："是莎—奈—奥（法语发音），No 查—乃—儿（美式英语发音）。"尤嘉霓大窘，事后她知道有些品牌不能按照英语发音，只能发法音，比如 Jean-Paul Gaultier（让·保罗·高缇耶）、Yves saint laurent（伊夫·圣罗兰）、Balenciaga（巴黎世家）……

咖啡桌上的话题随时尚风向标流转更迭，印花大热，马裤风行，海军兰大行其道，西西里包头巾、绣花长筒靴、蕾丝刺绣披肩轻滑过女人唇间，It Bag 转瞬成了话题新宠。It Bag？ It，指的是 Inevitable——不可避免，不可抗拒的包包，意指明星出镜率最高，媒体关注度最高，等候名单最长，也是翻版最多的一款包。“It Bag”又被好莱坞媒体喻为“Arm Candy”——腋下蜜糖，明星和社交名媛们或拎或挎“It Bag”，亮相于镁光灯下，自觉胶粘住无数艳羡目光，内心似吃了糖果，好不甜腻腻。

太太们各有心仪的 It Bag：Mulberry Gisele，Fendi Baguette；Chanel 2.55，Tod’s D Bag；Loewe Amazona……当然还有明星新宠爱马仕铂金包（Hermes Birkin）。她们藏着心机暗暗叫劲，看谁最先拥有这款神级奢品。

尤嘉霓不过是看客的角色，她们的热议与她无关，她看着玫瑰花瓣在杯里无精打采地漂浮，耳畔刮过 Lulu 夸张的笑声：“Lv 和 Prada 限量版的上柜时间东京与香港同步，你们认为我是去东京还是去香港？”

Lulu 没有买 LV，也没有买 PRADA，而是拎着 Hermes Birkin Bag 出现在年度庆典活动上。她手臂轻扬，蜡像般凝定不动，一款红色爱马仕鳄鱼包，犹若蜜糖沾粘住无数艳羡的目光：“乖乖，预定名单长得吓人，我在 Waiting List 等了足足两年……你们说巧不巧，到货的日子正赶上我跟老公的结婚纪念日。”尤嘉霓听说 Lulu 的老公是上市公司总裁，比她年长三十岁。一年轻女孩摸着皮面道：“好像是天然鳄鱼皮。”Lulu 不屑道：“好像是？就是！一款手袋据说要十只鳄鱼的皮，要不怎么花我六十万，算一算，再加点钱可以买套小公寓了。不过，话又说回来，贵是有点贵，但拎着与贝嫂同款的包包，连呼吸的感觉都不一样。不是有句名言吗？倘若没有一款 It Bag，如同裸体上街般窘迫！”

女人们同时噤声。一款价值六十万的手袋将自己与他人的身份进行区隔：我消费并拥有，你却无法拥有，尊崇感由此生成。尤嘉霓不由将手袋藏掖身后，手袋还是几年前咬牙买的Gucci，包面磨旧了还有几道划痕。这段时间，报社同仁都很迷恋LV，凡出国必买一款他家的手袋，她也打算入手一款LV，但在拥有铂金包的Lulu面前，她拎的也不过是买菜的包。

众人羡慕唏嘘间，唯林美琪神情淡然，悠然品茗蓝山咖啡。尤嘉霓暗赞其高明，当你越表现出艳羡某人，她越气焰嚣张，倘若不闻不问，她反倒自觉无趣。林美琪拎的手袋是款棕色羊皮编织包，35厘米的高度通体找不到一个Logo，尤嘉霓遂问："什么品牌？""BV Cabat。我喜欢它的工艺，虽然BV的包面上没有一个Logo，可行家一眼就能识别。私密、订制、低调的玩物才是真正的奢侈品。"尤嘉霓不由感慨，林美琪的贵气确是一丝一缕渗透到骨髓里。

拥有明星最爱Hermes Birkin对尤嘉霓简直是异想天开，当然，她更不可能花几万买一款通体无Logo的BV，林美琪是时尚女王，有含金匙大小姐的自信与自在，她不需要被证明，可是，她不行，她需要身份的认同，那么，买款LV Speedy吧，尤嘉霓纠结着买LV Speedy 25还是LV Speedy 30时，林美琪揶揄她："你为什么要让Logo爬满身？"

一阵迷惘，尤嘉霓失去了方向，她茫然四顾，忽觉自己面目模糊。她迫切而慌乱地在人们的眼眸里寻找自己，我是谁呢？

林美琪形容一个人，喜欢说"她（他）很Versace，若装逼演贵族，惊艳全场非Versace不可"，或说"她（他）很Loewe"，意指有真正的贵族范；林美琪评论Lulu时，语气则是三分调侃，七分不屑："Lulu喜欢穿Dolce&Gabbana（杜嘉班纳），其实Gucci更适合她；

Dolce&Gabbana 野性靡丽，Gucci 摩登时尚，两者都有几丝调情的味儿，但有着本质的区别，“Dolce&Gabbana”的调情更具女权色彩，是我要，我享受，男人若背叛她们，她们将毫不犹豫踩过男人不听话的心尖。“Gucci”的调情则有极强的依附性，调情只是手段，她们迷离挑逗的眼睛永远是瞄准男人的钱夹。”

尤嘉霓从来不好意思问林美琪，我很……？Lulu 是有乡下人进城那种浮浅的张扬，但她有坚实的经济基础垫着，她有什么？苍白的面容，无力的手势，世界似乎将她遗弃般，轻飘飘地无所依存。她心神恍惚地穿行在人流中，一个个男人女人潮水般向她涌来：

她是谁？开 BMW，戴 Gucci，穿 Dior，拎 Chanel，涂 La prairie 面霜……

他是谁？开 Bentley，戴 Cartier，穿 Zegna，用 Montblanc 签名……

真我被面具遮蔽，身体被符号所骚扰。人们不再关注自己或他人是什么，而只关注自己和他（她）拥有了什么。我之所以是我，是在别人看待我的目光中，是我消费的名牌 Logo 映射在别人眼眸里的形象，Logo 的个性代表自己的个性，面孔不过是样品的号码。如果不是各种名牌 Logo 组合我的身份，我将一无所有！

3

尤嘉霓渴望出人头地，每时每刻都在汲取养料。她将欧美各大时装品牌打印成册，放进手袋，时时背诵，时时温习。品牌手册的内容非常翔实：品牌由来及风格、设计师的品位、当季潮流趋势、明星单品、经典搭配……在她的品牌手册里，随处可见这样的文字：意大利 Blumarine（蓝色情人），轻熟女约会专属连衣裙。喜欢用肉粉、浅紫、香槟色凸显女性娇媚的色调，塑造出完美的恋爱中女人形象；约会金融风云精英男 Cacharel（卡夏尔）：甜蜜的巴黎少女味，小诱惑，小卖萌，让自己像玲兰一样隐约幽香、楚楚迷人，透出自然的清新……

当然，要训练行家的鉴赏力，需用手摸，用眼看，用身体去感受。尤嘉霓频频流连于南京西路几家高档商场，时日一长，她也摸索出逛名品店的窍门，如果你走到一楼的配饰店，店员基本是直接问你需要什么？你若轻车熟路地走上二楼，用手指漫不经心地滑过一排排大衣及皮草，店员往往迎上前问，想喝什么？茶还是咖啡？后来尤嘉霓看一篇博文介绍，大牌服装的服务时间是四十五分钟，配饰的服务时间只有三分钟。

然而，这种训练却是痛苦的。高昂的价格令她咂舌，尤嘉霓年薪不过几万，若要花几万甚或十几万购置一套行头，简直是异想天开。明天又有新品发布会，尤嘉霓不免陷入烦恼中，刚买的几套服装已亮相好几次，倘若买新款，银行卡里的钱已所剩无几……她一个商场一个商场漫无目的地晃悠，不知不觉走到恒隆广场 Chanel 门口，犹疑着，该不该走上二楼，装模作样一番，然后试过所有衣服在店员不屑的目光中悄无声息地闪人？

一粉嫩如春的小女孩蹬蹬上了二楼，身旁的男人少说也有五十岁。尤嘉霓从头到脚打量一番女孩，包是 Lady Dior，鞋子鳄鱼皮面，圆头设计，露出点点脚尖，镶有金字塔形的古铜鞋跟，缀以金属链圈，是 Gucci2005 限量版新款。女孩身穿的波尔多酒红色抹胸皮裙呢？她不确定是什么品牌。尤嘉霓忽而对小女孩有了兴趣，尾随其后上了二楼。店员全然无视尤嘉霓的存在，直奔女孩身边热情地为她推荐新款。女孩每试穿一件，男人都说好，女孩转身就对店员说，包了。买了第四件，男人才说，买这么多衣服，穿得了吗？女孩娇纵道，你今天吃了三餐，难道明天就不吃吗？这个回答让男人不置可否，他摊开双手笑着，似乎很享受女孩的任性。店员又取出一款镇店名包，你要不要拎一拎？好几个 VIP 客人都在预定呢。女孩或拎或挎，左顾右盼，眼神甜腻腻地黏着老男人，买啵，限量版哦？

尤嘉霓忽然看到两年前的自己，她也是这种眼神，可怜楚楚又欲罢不能。那天，陈逸山陪她逛恒隆，她一眼相中 Chanel 的黑白拼色粗花呢套装，上身一试，腰身掐得刚刚好。侧转时，尤嘉霓似乎发现一个新的自我——我的身体甜蜜地拥抱了我，我不由狂热地爱上她。尤嘉霓看看服装标价，不确定陈逸山是否会买，她冲陈逸山乖巧地一笑，伸出可爱的小舌头，那我脱了啊——她缓慢地脱，脱了一半，停下，望着陈逸山，一个胳膊还在衣袖里，迟迟不肯抽出。店员附和道，都舍不得脱呀。陈逸山抱着双肘，思忖片刻道，好，开票吧。她的眼窝立刻溅出了笑花。晚上，陈逸山说她的肢体前所未有的柔软，柔软得有化了的感觉。尤嘉霓问，化了的感觉是什么感觉？她缠了半天，陈逸山说只可意会不可言传。

女孩斜挎新买的包一颠一颠地走出，半个身子依傍着男人，长长的卷发若有若无地撩拨他的面颊。尤嘉霓在旁侧看着，觉得女孩的每一个动作都在激溅她嫉妒的火花，女孩难道以为能永远依傍这个男人？他们不过刚刚开始，刚刚开始的那么一段甜蜜期，以后会怎样，谁知道呢？女孩已走远，尤嘉霓还驻留门口，刚刚修剪好的法式指甲在冰冷橱窗尖锐地划拉，嘎吱，嘎吱地，响……

4

回到公寓，尤嘉霓试探着给陈逸山发短信：今天，我独自逛恒隆广场，突然想到你曾给我买过 Chanel 套装，那是我的最爱。隔半小时，陈逸山才回复：很好。正在练字，有空给你写几个字。尤嘉霓反复看着短信，不知说什么好。她早从同事那儿获悉，陈逸山的书法颇有神韵，不少附庸风雅的客户意欲购买却不得。

后来，再发短信，陈逸山隔很久才简短地回一句：在开会。正如死亡、衰老是个“渐进”的过程，男女关系由亲密至疏离也是个“渐进”过程，时间拉得越长，离别的伤痛自会浅淡很多，更何况这爱意又有多少是自我暗示、自我渲染的呢？

古城墙下陈逸山说什么？说她在情感中糅杂了功利，无论她半真半假，总有真的裹在里面。可他自己呢？那天陈逸山望她的眼神，似乎是弹掉落在肩头的一根发丝，如此漫不经心。他漫不经心地终结一段情感，然后再给自己的行为披上华丽思想的外衣，哪怕是冷漠和不忠。

尤嘉霓对陈逸山的恨一点点升涌。情人对情人的恨会演变成什么？第一种是背叛。尤嘉霓在跟陈逸山激烈争吵后，曾随心所欲地和报社的另一领导发生一段关系，这是源于背叛的心理，我以自我身体的背叛实现我的报复。背叛本是为了获取平衡，但问题是，身体完成了背叛的主题，情感并未随之背叛，情感往往是滞后的，这又出现一个有趣的现象，当报复的快感消失后，她反而陷入对陈逸山情感的负疚之中，而这负疚感又随着与该领导的私情泄露变成对陈逸山不安的揣测。他知道此事吗？陈逸山从未提及，如果他知道，应该不会把她安排到上海办事处，可是，如若他不知道，为何她到了上海，每每给他打电话发短信，他的态度又是如此冷淡？这始终是个谜。

第二种就是报复。某电视台女主持人将官员写给她的结婚保证书晒在网上，还附上一封写给官员的信，信的结尾写道："你给了我繁花似锦的一切，突然，有一天，你对我说这不过是一场美梦，现在梦醒了，你让我如何在一无所有的现实世界里生存？情感和物质同时失去，两手空空，当然要悲号，不仅悲号，还要让全世界的人听到自己的声音，在不断的倾诉中暂时减轻摔砸的痛感！"

尤嘉霓看到这则新闻，不禁自问，我会这样吗？不，我最多小小地讹对方一下，诱使他们为自己提供更便利的条件，我不喜欢一路走到黑，生命有很多转换、调和，为什么要搭进自己的一切？鱼死网破终究是一场没有赢家的对垒。

再说，即或她想报复，她又有什么证据呢？女主持人存留两人交往的照片、信件、短信。尤嘉霓却悲哀地发现她对陈逸山一无所知。陈逸山行事极为谨密，他曾对她说过，有一次，他跟一德国朋友谈印刷设备进口事宜，期间，有一些细节，德国人写在便签纸上，会谈结束后，德国人将便笺纸撕掉，很仔细地，一点点撕掉。他很好奇，这些内容很凌乱，无签名，无金额，别人看到也不过是些毫无价值的内容。德国人说，这是习惯，任何东西也可能是机密，也可能不是机密，但是，撕毁它，是让它永远不能成为机密的最好办法。此事令陈逸山印象深刻，所以，他行事不留痕迹，在影像里，在文字里，在录音里，证据要永远消匿于现实中。

他从不给她写片言只语，短信也极为简约，即或最热烈的时候，也仅发三个字：想，很想。尤嘉霓和陈逸山也没有一张合影照。她常抱怨，为什么我们俩不拍张合影？陈逸山点点她的心，记在这里，存好了，比什么都重要。

这个人存在吗？他曾在她的枕边，他的肌肤黏着她的肌肤，他的呼吸就在她的耳畔，可那只是他和她共处的一个隔离空间，他的其他空间呢，对她则是大段空白。尤嘉霓想闯进去，他却拉上了黑色大幕，她永远在大幕外徘徊，哪怕偷窥也不行！

5

每月月底，尤嘉霓都要回报社进行财务结算。在宜都返回上海的火车上，她看到一则有趣的新闻报道。

某医生因涉嫌换妻游戏被拘捕，名噪一时。人们都将关注点聚焦在事件表面的情色和荒唐，很少有人注意到这位医生在被刑拘后，曾与记者展开过一段有趣的对话：

“你们总是把这事想得多么淫秽，而我对于这事就像看一朵花静静开放般平静。”

“这么平静？难道你不是在寻求性刺激？”

“性刺激？我没那么浮浅，我不是沉迷于无意义混乱的交媾，而是沉迷于观察并研究——陷入泥沼的灵魂如何在一次次陌生肉体的游猎中，轻松而愉悦地飞扬。”他列举N多案例，一个失恋后试图跳楼的女孩，通过交换性伴侣，开始忘却往昔的痛楚……

“我是在做有关‘性移情’的研究——会有更多这样的案例，我本来可以拯救更多因失恋而自毁的生命，可是——”

医生说他将在狱中继续自己的研究，并计划写书，书名也想好了，叫《性移情——遗忘之花》。这位医生为性移情箍上浪漫的花边，他富有诗意地写道：“这种性爱没有任何危险、任何伤害、任何烦恼，这是遗忘之爱，逃避之爱，无忧之爱——在一次次陌生肉体的羁旅中，情感的忧愁和悲伤随着肉体的漂移而漂移，你将越来越遗忘掉原初的痛苦，一切都将沉坠于遗忘之河！”

“性移情——遗忘之花”？尤嘉霓对这个标题很感兴趣，不由遐想，思念的痛苦难道真的可以通过身体的转移而消解，哪怕是一个全然陌生的身体？

性移情？我们还是尝试深入剖析一下这个概念。

性移情：性的背叛始于情的背叛之前。在性移情中，忘却是一个主题。某种情感的记忆令她（他）痛苦，她（他）试图借由另一陌生肉体，短暂栖息，吮吸新鲜的汁液，希求伤口神奇般自我愈合，以此缓解并释放自我的痛苦。

背叛是第二个主题，以身体的背叛转移情感的痛苦。她（他）在另一个新的身体上，臆想将被背叛的耻辱、伤痛转嫁并发泄，达到伤痛的平衡：你爱她，那我爱他，尽管他不能完全替代你，但至少可以做你的代偿品。

我爱的是你，但他（她）的某一部分，引起我的兴趣，我渴求新的身体新的激情刺激疲倦的身体，这属于性移情的第三种主题——追寻新鲜的诱惑感；诱惑无处不在。不同的特质或许就是一种诱惑，年轻相对年老，活泼相对沉静，时尚相对古典……美不美不是关键，而是诱惑的差异性，激惹身体不自觉地开始新的探险。

片刻的欢愉是短暂的。身体带着仇恨、伤心、饥渴，开始了流浪之旅，试图于一次次陌生肉体的羁旅中，自我流浪，自我放逐，自我沉潜，追求遗忘之爱，逃避之爱，无忧之爱——这不过是假设性的理想结局。

然而，现实的情境又如何呢？

一切或将取决于新的身体，未知的不确定的身体是否消融掉怨恨、嫉妒和悲伤，否则，必将形成更新的伤痛，伤疤叠合伤疤，直至——冰冷地板结。

6

林美琪开了间东南亚餐厅，橘黄壁灯，淡红地砖，雕花铁栏，宣纸灯笼，藤木桌椅，紫纱垂曼，空气中弥漫着香茅草的清香。

尤嘉霓沿着铁梯迤逦而上，林美琪在二楼靠窗座朝她挥挥手，嗨，Linda。林美琪微欠身，黑色棕榈纹褶裥水波荡漾，胸前挂有层叠的红珊瑚珠链，头发高束成朝天髻，筛滤的光射在她脸上，柔和、精明于光晕明暗间巧妙变幻。尤嘉霓也精心打扮一番，玛瑙绿花苞裙勾勒出曼妙身形，葡萄紫卷发梳成芭蕾舞女低盘的发髻，发辫斜垂，可爱而乖巧。

尤嘉霓刚欲启口，一位中年男子走来，斜依在林美琪身边，低语着，状甚亲昵。他是谁？尤嘉霓心生好奇，又不便多问，在时尚圈待久了，她早已深谙一个准则，你要学会鉴别他们穿什么品牌的服装，但无须了解他们是谁，身一转，内心不应现一丝儿波澜。

倒是林美琪很大方，主动介绍：“Ben，我的男朋友。Linda，媒体朋友。”古董电话机嘟嘟响起，服务生唤走中年男子。“Ben 也是这家餐厅的合伙人。他负责餐厅的装潢设计，Ben 的母亲是马来人，父亲是上海人，整个风格有点混搭，怪怪的。刚才他人在这儿我还不敢批评呢。”林美琪做了个鬼脸，“你呢，有男朋友吗？”

尤嘉霓低下头，嘘嘘喝茶，热气熏迷双眼。她不确定该怎么说，支吾道：“刚结束一段感情，我正想开始一段新感情——”

林美琪声音高扬：“Why？你为什么要从一种感情再陷进另一

种感情呢？那是漩涡啊！每一段感情都是一样的，先有激情，激情的热度有的在五十度，有的在七十度，但无一例外，一定会降至零度，这是不可更迭的规律。所以，你开始一段感情，结果和上一段感情不会有太大差别，不过是换一张脸，一个身体，然后，你还是要面临情感的冷却和乏味，难道这不是漩涡吗？”

林美琪顿一下：“所以，聪明的女人要学会分解情感，每个都爱一点，但也不全爱，这样可随时从一段情感中抽脱，即或再浓烈的情感，因均分亦会被稀释。好比压力分解原理，重心不落在一个固定点，而分散在不同点面，承受的压力面自会小很多，其实这也是一种自我保护。”

“那你和 Ben 呢？”

“他嘛，我的 One Fifth。”

五分之一？尤嘉霓有些疑惑，她同时有五个男朋友吗？抑或他是她交往过的五个男朋友之一？好奇心跳到了舌尖，轻轻一滑，脱口道：“同时？”

“周一、周二、周三、周四、周五，一天一个，哈哈，没那么夸张，大家都很忙，不是那么容易凑到一起的，疏密有致，张弛有节，我们的节奏。”

尤嘉霓既惊讶又艳羡。同时拥有五个情人，林美琪究竟怎样调控？时间、地点、节奏，都应精密设计，否则即会穿帮。这有点像情景剧，女主人公出现在一栋公寓里的不同房间，7：00 她在 401 房间，8：00 她在 508 房间……12：00 她在 713 房间，不同房间有不同男人等待她的来临，女主人公从一个拥抱投入另一个拥抱，角色转换游刃有余，进入、抽离，只在倏忽间。

“再说，”林美琪得意地眨眨眼，“喏，这间餐厅是我和 Ben 合开的，我和一个新加坡男友合伙做服装进出口贸易，另一个香港男友做医疗器械生意……资源需要整合，单打独斗是很辛苦的。”

密不透风的世界似被撕开一线罅隙，尤嘉霓忽而顿悟，为何一定执著于一对一的忠诚？一对一注定是将自我投掷进去，当投掷没有回报，必然是失落、是痛苦。她和陈逸山本就无相互忠诚的土壤，她却步步紧逼，她要承诺、要结果，终因玩得太真反被踢出了局。

她无限仰慕地看着林美琪：“他们五个人知道彼此的存在吗？”

“知道不知道又有什么分别？性本来就是个 Open 的平台，知道 Open 是什么意思？是开放是敞开是长驱直入是无所边界，我们要构建性的高度自由的王国，没有羁绊、没有承诺、没有未来，一切皆按照自我意愿随心所欲地行事。”

“你会和他们中的一个结婚吗？”

林美琪耸耸肩:“结婚？我是‘不婚族’，我很享受这种状态——流动的，充满活力的，让身体的每个毛孔都散发出自由的气息。为什么一定要结婚呢？每个个体都是独立的，不要苛求婚姻作为一种形式保障自己的权益。女人追求婚姻是源于不自信，渴求一种安全感。但我觉得安全感会让女人变丑、变蠢，反而缺乏安全感的女人害怕失去男人的爱慕，往往更锐意进取，自我充实，自我完美。所以，我们圈里好几个未婚的女子，虽然年近五十，看上去不过三十多岁，在危机四伏的世界，她们一定要好好武装自己！”

尤嘉霓若有所思地走出餐厅，医生的性移情是借由一个陌生的肉体转移并消解情感的忧愁和悲伤，但在林美琪这儿，不过是小儿科，林美琪将“性移情”置放在彻底开放的平台，不属于你，也不属于他，而在一个完全开放的载体，任由各种陌生身体自由往来，这多少有点淫乱的意味，但是，在林美琪的范本里，尤嘉霓看到的是绝对的自由。自由这个词非常迷人，闪烁着奇幻的光芒，蛊惑着人们冲溃陈规陋习，解放自我——身心灵的自我解放。某灵修大师对弟子们呼唤，让被压抑的自我苏醒吧，激活并释放所有的能量，你将在你的自由王国高蹈轻扬！这淫乱因有了思想的包装，似乎透射出某种深刻的意味。

7

One Fifth？他是我的五分之一吗？

他——叶梓灿正高跷着二郎腿，对尤嘉霓似笑非笑，这是他们的第二次见面。

第一次见面是在豪华游艇的派对上。尤嘉霓跟随林美琪，擎着酒杯，袅袅走向每个男人或女人。行至甲板，一位年轻男子朝她们挥手，林美琪露出招牌式的微笑，对尤嘉霓低语道："他就是前段时间跟某女明星闹得沸沸扬扬的叶梓灿。"

叶梓灿穿红橙条纹相间的衬衫，系一个纽扣，裸出古铜色的肌肤。他晃摇着鸡尾酒，表情骄矜，言语简略，生怕多说一句会折耗精气。即或谈及愉悦处，也仅懒洋洋地发出一句 Yeah。身一转，林美琪不屑道："前晚还在酒吧疯癫得不成人样，什么时候又换了副腔调？"尤嘉霓更有些愤愤："他简直当我是空气，连个招呼都不打。"林美琪大笑："他当你是空气才是你福气！"

两周后，尤嘉霓在画廊意外遇见叶梓灿，他老远即张开双臂做拥抱状，尤嘉霓有些错愕，四下张望，他不会认错人吧？待走进，叶梓灿夸张地叫道："你，游艇上见过！"他们浮光掠影地看完画展，遂坐在画廊的咖啡吧休憩，尤嘉霓正对着一面装饰镜，她挺直身姿，腿微微斜侧，玫瑰紫印花丝质衬衫，香槟色裹臀鱼尾短裙，妆容透明的芭比粉红恰到好处地轻晕于两颊，娇嫩欲滴。

烟灰休闲装绷在叶梓灿身上，整个人显得紧促且有趣。尤嘉霓有点卖弄道："这款 Thom Browne 和你很搭。"叶梓灿哼哈两声："我对衣服是无所谓的，我喜欢车，阿斯顿·马丁 DB9、布加迪威航、迈巴赫 62……怎么样，兜风去？"

叶梓灿的突然提议让她猝不及防，他们刚认识，交谈时间不超过十分钟，她对他的了解仅限于林美琪介绍的星星点点，叶父早年从事餐饮连锁业，后多元发展，化妆品、地产、娱乐无一不涉及。他在集团公司属下的餐饮连锁公司挂个董事虚职。

尤嘉霓不确定地看着叶梓灿，他对自己有意吗？他的唇较一般男人更鲜润，他的眼里漾满了水，他和陈逸山完全不同，陈逸山是包裹着的，重重坚硬的壳包裹着，或许瓤是柔软的，但无人能触及那柔软的内核。而叶梓灿是浮浅、贪欲的，几乎所有的女人都能一眼看穿他，但还是乐此不疲地与之交往。她们或喜欢他的钱，或喜欢他的放荡不羁，她们有点像看宠溺的孩子撒娇般，已然习惯他的任性骄纵。是的，她早看穿了他，可还是没来由地喜悦，喜悦的缘由无关乎他这个人，而因他是俘获女明星的高段位猎手，这样的男人将目光投射到她身上，她不由觉得自己的魅力也散射出珍稀的光芒。

叶梓灿的座驾是辆崭新的红色兰博基尼，尤嘉霓眼前一亮，情不自禁地哟了一声，一阵风吹来，裙子虚飘飘地鼓胀起来。

车在行进，毫无方向感，他将载她驶向何方？她的目光探询地投向叶梓灿，他的心思藏进了墨镜，嘴角习惯性地漾起几分不屑，她对他一无所知，但她不需要了解他，也不需要被他了解，他们不过是偶然的际遇。她忽然想起一首歌的歌词：你不要问我走向何处，也不要问我为何离去，每个人都是偶然的相遇，偶然的碰撞，偶然的惊喜……今天我记得你的面容，明天将会遗忘，一切欢愉和思念只在此时此刻。她耸耸肩，肢体越来越放松。

前方排起长长的车龙，车停滞不前，叶梓灿心烦气躁，猛击方向盘："Fucking！ What a trouble in the jungle！"尤嘉霓不自在地挪动一下身体，安全带系得太紧，紧得让她有被禁锢的感觉。他是如此神经质，令人紧张，陷入不安宁的烦躁中。初始的愉悦，一点点被碾碎，恐慌、担忧，却有临战时的莫名兴奋，她在等待什么，与众不同的游戏吗？

尤嘉霓的身体猛一倾斜，原来前面一辆奥迪车左拐，留出一空档，叶梓灿迅捷打个右弯，车游龙般驶进一条巷道，他愉悦地吹起口哨："循规蹈矩只会白白耗费时间！"车终于缓缓停在古北新区，叶梓灿嬉笑道："怎么开着开着又回家了——"

厚实的橡木门一开，呲呲冷气砭入肌肤。掠眼而望，黑灰色调显得森冷怪诞，金属灯管与管状玻璃灯交错悬垂，菱形黑玻背景墙镶饰各种机械表盘模型，U 形黑皮沙发铺就人字形豹纹皮草，枫木茶几远看似被割裂，走进一瞅，原来中间镂空处镶拼薄荷兰玻璃。叶梓灿从红酒柜里取出一瓶葡萄酒，晃摇两下："尝尝，我在法国 burgundy 酒庄的私酿，不比什么拉菲差。"

他在法国有酒庄？尤嘉霓不由心动，紧绷的身体又舒活过来。这个男人符合高富帅的一切指标，但他对自己有意吗？管他呢，无论真情假意，叶梓灿至少是上流社会的索引图，可以引领她找到新的机遇、新的目标。尤嘉霓浅酌一口红酒，活泼的眼神四下张望，她发现吧台对面有一玻璃房，遂好奇道："那是什么？"

"淋浴房。"

“真是太奇怪了，第一次看到有人把淋浴间设计在客厅？”

叶梓灿的目光透出一丝儿狡黠：“此乃女士专用，我有自己的浴室。”

客厅的灯忽而灭了，唯淋浴房剔透通亮，拱形穹顶亮起蓝莹莹的射灯，音乐恰到好处地响起，超大花洒喷射出的水流融入灯光，幻变成蓝色水幕，随音乐节奏有韵律地波漾起伏。

叶梓灿洋洋得意道：“够酷毙吧？这可是全上海最有创意的淋浴房——I Forget……”叶梓灿又揿下遥控器，淋浴间地面设计独具匠心，U 形水槽碧水荡漾，地灯一照，蓝幽幽的水世界。“Perfect！灯光、水幕、音乐，完美的舞台。如果再有表演者，这不就是一种表演艺术吗？”

表演艺术？尤嘉霓脸一红，有多少女人在这里表演过淋浴？迷蒙的水汽，蓝色的光晕，美妙的胴体，他坐在黄金位上观看，犹若观看水族馆裸女表演，多么恬不知耻的诡计！

叶梓灿轻描淡写地冒出某一线女明星的名字：“她上个月也在这儿表演过——Just so so。”他挨近尤嘉霓，手指有意无意地在她后背上画圈：“你很热？ take a shower？绝对梦幻般的体验。”细密的汗珠层层渗出，丝质衫粘黏在肌肤上，尤嘉霓巧妙地闪避开，叶梓灿的手落空了。

“对自己的身材没自信？”叶梓灿嘴角微微上扬，戏谑的笑，如飞抛的箭镞，嗖嗖射向她，“OK，我绝不勉强，有人适应我们的游戏规则，有人不适应我们的游戏规则，不是每个人都能进入我们的圈子。”你们的圈子？尤嘉霓本能地绷紧身子，他在嘲讽我，鄙夷我，为什么我不能进入你们的圈子？因为我胆怯、自卑，还是不够 Open？林美琪说 Open 是敞开是长驱直入是无所边界，是可以说任何话，做任何事，感受任何情感，既然一切都在可允许范畴，那点羞耻心算什么呢？我不过是在跟他玩个游戏，对，一个有趣的邪恶的游戏，不是因为喜欢他，也不是因为对这个男人有冲动，纯粹是一种肉体的自我放纵，更准确地说，是想体验一下“性移情”，情感的痛苦真的可以通过身体的转移而消解，哪怕是一个全然陌生的身体？尤嘉霓猛地喝干葡萄酒，晃晃摇摇站起：“You don't make fun of me!”她的英语竟比平日说得更溜，更标准。

当丝袜褪却，脚心触碰大理石的一瞬，冰冷沁入骨髓，身体微微一晃——尤嘉霓不自禁地打了个激灵，她在做什么？难道她要在一个仅见过两面的男人面前表演沐浴？她回转身，叶梓灿在笑，他的笑一点点扩大，一个无比扩大的嘲讽的漩涡。他在等待她放弃？不，这是一种较量，谁比谁更无耻，谁比谁更无底线，谁就是最后的赢家！

香槟色鱼尾短裙水似的滑溜，音乐愈来愈响，水声愈来愈大，是热烈的召唤、激情的召唤，还是令人心神不宁的毁灭的召唤？尤嘉霓一步一步向前，即将进入淋浴间的一瞬，她抛甩出胸罩，冲着梦幻式的水幕奔去。

淋蓬头的水花飞溅出，尤嘉霓仰起面孔，长发飞扬散去，双眼湿润迷离，幻变的光影，一晕一晕，在胸上跳舞。她知道叶梓灿什么都看得见，那就让他看得春心荡漾，我要诱惑他，但又不能被他所诱惑，这一切不过是“表面的嬉戏”！

8

表面的嬉戏多少有点你追我打的热闹，然而，叶梓灿的身子鱼儿般凉滑，凉滑得破坏了游戏本身的乐趣。尤嘉霓自以为她的表现足以令叶梓灿销魂，但他似乎毫无继续嬉戏的兴趣，整两月，叶梓灿没有一通电话。最初陈逸山也是这样，他多少是因为权力的考量，而叶梓灿呢，他有什么忌讳的，连个招呼也不打，拍拍手轻飘飘地玩消失。尤嘉霓恨得牙痒痒，觉得自己连妓女还不如，妓女还要付嫖资，她算什么，难道是他口中的一块口香糖，咀嚼咀嚼就毫不犹豫地吐掉，吐掉还怕沾脚，远远地闪开。表面的嬉戏转变成深度的耻辱，犹若吞噬了不洁之物，彻底冲刷掉之前的快感，强烈的声音会响起，我被亵玩了！

她咬牙拨通叶梓灿的手机，他哼哈两声，哦，我在忙啊。顿一下，慢条斯理道，过来 K 歌吧！去还是不去？尤嘉霓本想端端架子，可终是好奇心战胜了自尊，她耐下心化起妆，Max Factor 盈彩粉霜一层层涂抹上，匀净的白，但白的底子里多少透点干涩。蜘蛛般黑而长的假睫毛，淡红唇彩精巧地勾描出唇部，微闪的贝壳粉色。印花丝绸迷你裙上身，水绿与印度麝香红弥漫交融，香艳撩人。

穿过暗红幽深的长廊，尤嘉霓来到叶梓灿定的 KTV 包间。

轰隆隆乐声压榨她的心脏，几欲爆裂。尤嘉霓在湮晕模糊的人群中发现叶梓灿，他正搂着女孩左摇右晃地乱舞。尤嘉霓站立片刻，忽而有些后悔，她来干吗，自讨没趣吗？她转身欲离去，蓦地，胳膊被拽住，一扭头，叶梓灿正咧着嘴冲她笑，他的嘴真丑陋，错乱的光影像虫子爬进他的嘴里，吞进去，吐出来："急什么急？介绍个朋友给你认识。"此时，舞曲终了，一位长发女孩唱起英文歌，尤嘉霓被叶梓灿拖拽到沙发旁，沙发阔长，一男子躺在沙发上，叶梓灿拍拍他，那人懒洋洋地站起，尤嘉霓吃一惊，他极魁伟，身高足有一百九十公分。"Joe，美国来的，Linda，蜜糖一样的女孩。"Joe 上下打量一番："蜜糖一样的女孩？你吃过？"两人哈哈大笑。Joe 递给尤嘉霓一杯洋酒，她一口干了，Joe 搂住尤嘉霓，嘴唇肆意在她的面颊上滚滑："又甜又辣，My favourite。"尤嘉霓高扬酒杯，簇状的光线，透过玻璃，幻变成各种图像，绚丽得耀眼。她有点醉了，意识似乎又无比清醒，我是什么，他们手中的玩物吗？我不确定我的情感，似乎失去了控制，疯狂行驶在无人管制的高速公路上。我究竟要什么？是为了寻找爱，可这明明不是爱；是因为虚荣或为了名利吗？可我什么也没得到，还是，仅仅为了宣泄吗？

洋酒喝完喝啤酒，红的黄的混兑，头晕得厉害。尤嘉霓一侧目，她丰圆的臀部，在菱形镜面里，尖的，扁的，方的，错乱地晃荡。

Joe 说，他喜欢尤嘉霓细瓷一样的肌肤和柔曼的身体，尤嘉霓笑笑，这是西方男人对东方女孩惯例的赞美之词。Joe 其实并不是纯粹的美国人，他是香蕉人，五岁前一直生活在上海，只是他对上海已全无印象。Joe 好玩，每晚必有饭局，常约上尤嘉霓，唱歌跳舞，闹至天明。夜半，尤嘉霓身心疲倦地回到公寓，浑身散逸着酒味、烟味，甩脱掉高跟鞋，赤脚站在冰冷的大理石地面，一股凉意猛窜内心，他对自己是真心的吗？一次，夜半两点，电话铃响，尤嘉霓模糊地接听，是Joe的越洋电话。他说，睡不着，想起她，人就是这样，近在身边的人不想，想的却是远在天涯的人。那么浅淡的一句话，撩动尤嘉霓的心思，再也睡不着，干脆泡个玫瑰花浴，水波一荡一荡，玫瑰花瓣紧攥在手心，手一松，又飘落了。

隔段时间，Joe的电话越来越少，再打过去，他支吾着，隐隐传来女人的痴笑声，尤嘉霓旋即挂机。Joe走了，还有其他人呢，她无所谓地耸耸肩。今天我记得你的面容，明天将会遗忘，一切欢愉和思念只在此时此刻。难道不是吗？

自由性爱的初期是甜蜜、愉悦的，有小小的微醺。常常，在上海衡山路的酒吧，尤嘉霓的面容隐没于昏暗的光线，旁侧闪晃着不同男人的面孔，她的笑声，时不时尖脆地，响起。有时，也会在南京西路看见她，依傍着不同的男人，走在流光莹莹的枝影下，摇摇荡荡。

一位成都商人对尤嘉霓很是痴迷，他常开车到办事处接尤嘉霓吃饭，每次见面还喜欢捧着一大束黄玫瑰，天晓得他怎么知道她最爱黄玫瑰。尤嘉霓一直觉得他肥蠢，时日一长，倒觉得宽扁脸上挂着的笑是暖人心的。尤嘉霓过生日，他送了款粉橘色的爱马仕birkin30，惊喜雀跃全写在脸上。她摩挲着包面，虽不是Lulu拎的鳄鱼皮铂金包，只要有爱马仕方形小锁，她已心满意足。两人喝了酒，醉醺醺地来到酒店，商人将尤嘉霓抱起来，小心翼翼地放在梳妆台上。尤嘉霓穿了件长长的裙子，上上下下足有十几粒珍珠扣子，他忙碌地解扣，肥胖粗短的手一粒扣子一粒扣子地解。尤嘉霓忍不住想笑，低下头，触目那短短的板寸头已是半黑半白，她的笑卡在嘴边，半天漾不出来。

成都商人出手极大方，每遇品牌发布会，尤嘉霓总让他为自己置办行头，他们常从恒隆广场、中兴泰富、梅陇镇一路狂奔，直逛到腰酸腿肿。一天，两人走出商场，商人牵住尤嘉霓的手，定个时间跟我去香港吧，这边的税高。尤嘉霓对着暗夜里模糊的面孔说，嫌贵吗？商人说，只要你高兴再贵也买。那天，商人给尤嘉霓买了Chanel白色丝光薄纱裙，这是商人送给她的最后礼物。听说他又移情别恋另一个年轻的内衣模特。尤嘉霓习惯性地咬了下唇，既然追求最In的情感，就要有最In的姿态。

人散了，可衣服的光华依然耀目。

尤嘉霓身穿Chanel白色丝光薄纱裙出席品牌发布会，她轻托酒杯，袅袅走向每个男人或女人，熟悉或不熟悉的，相互摩挲着面颊，笑涡浅绽，Honey，好久没见了。

旋转、无限旋转的激光灯下，主持人激情洋溢地喊道，Now，我们将搜寻本场最时尚的女性，10、9、8……1，Ok，现场来宾请看大屏幕，今天哪位美丽的女士，能幸运荣获风尚大奖？

摄像镜头不断搜寻，最后，一束强光打在尤嘉霓的脸上——

“恭喜《新都报》的尤嘉霓小姐获得本届风尚大奖！”

尤嘉霓快活地尖叫起来，她从人群走向舞台中央，每一行进，仿佛溺水的人正奋力朝岸边游去。是的，被边缘如同溺水，无助、恐惧，强烈地渴盼被救援。而这亢奋的声音，恰如强劲有力的手，牢牢揪住她，将她从边缘的漩涡，猛地拽出！她跃出水面，畅快、愉悦地呼吸，惊喜地发现一艘游轮正驶向她，甲板上灯火璀璨，喧腾一片。人们在狂欢，香槟酒打开了，时刻准备着，为她狂欢。她喜欢光芒，喜欢人声，喜欢闪亮的元素，她需借此光芒温暖自己、照亮自己、燃烧自己!

尤嘉霓终于站到了舞台中央。一袭 Chanel 白色丝光薄纱裙，裙衫缀满白色镜面小珠片，呈现微妙渐变的色彩，领口袖口是乌干纱真丝滚边，一径闪着幽微、细致的光泽。

看看璀璨光芒中的你吧
就在这独特的华丽中
熠熠闪耀

9

2006年，尤嘉霓从报社辞职，离开上海，回到宜都，她和情人之一合开广告公司，主营地产广告。情人是小地产商，以开发青年公寓之类的项目为主，上海地产行业竞争太激烈，他转而向二线城市发展，宜都是第一个试点。同时，他以自身楼盘的广告为基础，再集合几个朋友的楼盘广告形成基本的业务盘面，以此整合不仅获得较高的媒体返点，还可立体纵向发展。当然，他需要一个操盘手，毋庸置疑，尤嘉霓是最佳人选。他们正赶上地产业的蓬勃时期，经营得顺风顺水，尤嘉霓很快购置位于城东的200平方米湖景住宅，还配备专车、男秘书，她无疑进入了人生的一个新阶段。尤嘉霓坐在阔大的办公桌前，旋转下老板椅，微揿自动卷帘的按键，城市最华彩的一面尽展眼前，是翠翠绵绵的山，是清清幽幽的水，一切一切，似乎都只为她而绽现。

欢欣之余，尤嘉霓想到了陈逸山。每个人的生命中，总有一两个人无法逾越，他（她）至关重要，是你的初恋，或是你的挚爱，甚或是你的魔障。尤嘉霓是否真爱陈逸山都不重要，关键是她无法忘却他，她轻易地忘却很多男友，可是，陈逸山却固执地扎下根来。他的一切特质都具有其他男人无法具备的超常之处，令她深深迷醉。还有一层原因，她的魅力最终没能征服他，这不甘也多少让记忆不易被擦拭。怨恨的情结往往比愉悦的情结持续时间更长久。

尤嘉霓拨通陈逸山的手机，他略略迟疑，说晚上要在报社值夜班，她可以直接到办公室找他。

报社大楼是新建的，到处都是亮晃晃的玻璃。尤嘉霓不时对着镜面打量自己，她的姿态是从容的，她的装扮是精致的，全身上下的名牌都在炫耀着她的成功。

推门而入，陈逸山朝她点点头。

“很久不见了。”几年前，尤嘉霓敲响他的门，他也是这么一句开场白。可是，同样的问候却有不同的回响。“很久了！”尤嘉霓在长大，十四岁、二十四岁、三十岁，她颀长的身影越拉越长，长得可以罩住陈逸山的影子。尤嘉霓语速颇快地聊起她的广告公司、新购的湖景别墅及甲级写字楼。她的表情露出几分骄矜，当初她哭着喊着让他买房，他冷漠地拒绝她，如今，她离开他，靠自己的能力扯出万丈金色纱幔，搭建出现实版的粉色宫殿——我站在你面前，光鲜靓丽地站在你面前，我要你正视现在的我！

陈逸山一言不发，桌上的台灯昏黄地打上去，晕出他眼角细密的皱纹。尤嘉霓突然顿住：“你在听我讲吗？”她的潜台词是，难道你一点儿也不关心我，思念我，难道过往的一切你都将它揉成纸团，丢进垃圾桶！她委屈着，肢体渐渐柔软。她想起他们的第一次，他的手指，流溢着酒的微醉，滑过她的肌肤…

此刻，她和他面对面。他们中间横亘着无数的男人、女人，无数的男人和女人，在他们的脸上和眼里留下漂浮的印记。清冷的风掠过，无声响亦无波澜。

陈逸山抱歉道：昨晚熬了一个通宵，有点累……你需要我为你做什么？

突然喑哑，炫耀的快感消失了……

尤嘉霓喜欢站在环形剧场，观众如潮，掌声雷动，有不间断的喝彩。而此刻，全场静寂，一群观众表情漠然，巨大的足音，空洞地响起。他不过是她生命里的旁观者，从不介入她的悲欢哀乐，不会为她的失败而叹息，更不会为她的成功而喝彩。

尤嘉霓僵硬地坐直，他们的交谈开始趋于公式化。尤嘉霓希望他介绍一下广告部新任主任，他立刻当面打电话一一交代。至于客户，陈逸山说，最近一直在忙报社的内务，没有亲抓广告，很少跟大企业来往。

这是一场无人观赏的独舞。

几年前，尤嘉霓曾跳了一曲只给他一人看的舞蹈，你凝视我，我凝视我，眉眼盈盈处，流莺几点，飞来又去，两处销魂；如今，没有凝视，凝视已在时间中化为岩石。

晚上，尤嘉霓约几个朋友到西餐厅吃饭，她心烦意乱，两手胡乱摆弄着刀叉，丁零咣当地响。朋友的一句笑话，惹得她爆发夸张的笑声。几个外国人频频回望，她耸耸肩，响亮地说声，Sorry。到处都是外界七零八落的声响：男人黏稠甜腻的俏皮话，女人唧唧喳喳的嫉妒声，旁观者交错迭出的艳羡声。声响足够轰鸣，足以屏蔽掉内心的任何声音。她必须快乐每一天，不反思、不回首、不眺望，让外界快乐的喧嚣声，密密渗流，充填得满满当当。

她将不再返回内心！

饭后，尤嘉霓独自到商场购物，她需要各种喧哗声填充内心的空虚，需要各种光亮遮蔽眼中的空茫，她还是那么在意他，在意他看她的眼光，可是，他根本不在意她，他遗忘了她，抹拭掉她，这太不公平！商场的营业员看着尤嘉霓浑身上下的名牌，满脸谄笑，为她忙前忙后。尤嘉霓慵懒地陷进沙发，傲慢地指点着营业员拎出一套又一套。她在镜前穿梭来穿梭去，想起她和他玩的服装游戏，她穿着蓝色格子裙坐在后面，他跨越过来——雀跃般跨越过来——真见鬼，为什么到处都是他的身影？每面镜子，四分之一、四分之三，漫天漫地，都是他冷漠的眼神，冰水一样漫流。

“我美吗？我有魅力吗？我是不是万人迷？”她晃到酒吧喝酒，不经意间裸出双肩，光溜溜的双肩，发丝飘垂，抚弄着肌肤。

“当然美，你当然是万人迷！”陌生的手自光溜的肩滑过，沾着酒的微醉。犹若，那一次，苏南之行——烁烁的烛光，葡萄酒水晶般流转，尤嘉霓的手指无意中，被捏了一下——不同寻常的浪漫印记——微妙的示意，他的眼神满是打碎了的烛光，一点点，跃动的诱惑。陈逸山俯下身，微漾的酒气：等我。几乎无语的——美妙的醉境。

尤嘉霓一仰脸，无数张陌生的面孔在转，在波光里旋转，一张张嘴翕动着，我等你！酒瓶高扬，晃荡一下。有什么东西碎了吗？她突然高喊：“呸！他是个性冷淡！”

10

然而，尤嘉霓的芬芳在别处肆意流漫，穿透男人，拥抱世界。

她对他们是新鲜的：耀眼的白，水润润的目光，令人着迷的曲线，她沐浴在贪婪的目光里，粘湿的手自她的面庞滑落。酒味四溢，溢进衣褶、肌肤，甚而骨髓都浸淫于酒的微醉。

几乎每晚都有应酬，地产商、国土局、规划局、喉舌媒体。尤嘉霓的酒量越练越好，一桌喝下来还气定神闲。当然，也有驾驭不了的局面。一次，狂欢尽兴时，某地产商高悬一瓶 XO 酒，叫嚷道，假如尤嘉霓有胆喝完这瓶酒，他公司的广告代理权就交给她！尤嘉霓伸长脖颈，热辣的酒强劲飚进，喉管似被炸裂，心脏几近蹦跳——四十度高温蹦跳出。

游戏通常在饭局结束后，唱歌、跳舞、打牌。酒至酣处，藏捏的个性渐渐松弛，滑脱出衣服的包装，有了赤裸的语言，有了被酒精扭曲的意识。一位平日极为持重的局长，在舞厅中央，突地抡起她，高高抛甩，瞬间的颤悸，她自高空坠落，那红彤彤的酒糟鼻，那肥肿变形的面孔，越来越近，丑陋、怪诞，令人想推拒！尤嘉霓下意识地闭上眼，遥远处的声音不失时机地响起，一张张高悬于人群之上的面孔，是她猎艳的目标。面孔的美丑，年轻或衰老，对她都不重要，而恰恰此时此刻，她需要这张面孔——令她的生命几何级数跳跃的面孔。她猛地跌进他的怀抱，局长附在尤嘉霓耳边，酒气缭绕地说，有的女人脱了衣服都没兴趣看，而你是穿了衣服就让人想脱的女人。尤嘉霓笑起来，尖脆的笑声，在璀璨流光里，被扯得支离破碎。

撩开裙裾有那么难吗？

尤嘉霓又上了多少地产商的床，多一个少一个又怎样？这种事有点像坏了阀的自来水龙头，开了，自会汩汩流淌，关也关不住的。一个杀人犯面对电视镜头：杀人，一个也是杀，两个也是杀，二十个还是杀。尤嘉霓面对心灵的镜头：做爱，一个也是做，两个也是做，二十个还是做。

一个梦反复重现。无数双手向上伸举，挥舞着，发出热烈的哗哗声。看不清面孔，只听见暧昧的声音：快点下来，快点下来！她赤身裸体，在千万双手中翻滚，身上烙有密匝匝的手印，暗黑而驳杂。这是一个散发腥臭味的令人作呕的梦。

尤嘉霓闻到了梦里散发的腥臭味，她想，这或许源自羞耻感的存在。在某饭局上，一位学者说，羞耻感是源于异质人群的，当所有人都穿衣服，有一人不穿衣服时，羞耻感顿生。假如所有人都不穿衣服，那么，羞耻感自然消泯。然后，学者意味深长地说，我们生活在秘密终结的时代，秘密终结意味着什么，边界正在消失，区隔被抹杀，真＝假，丑＝美，对＝错，明＝暗，在秘密终结的时代——

我们每个人实则都已脱光了衣服。

尤嘉霓躺在可升降的弧形美容床上，自由自在游动的热带鱼反衬着年轻按摩女面容的苍白。昏暗光线下，女孩的手指滞涩地在尤嘉霓的背部按压。女孩抱歉道，她已很久没有给女性做按摩了。她纤长漂亮的手在忙碌什么呢？女孩平静地讲，抚弄，反复抚弄，各种形状，各种色泽的东西，一天一个，不，一天两个，三个……最初一触摸就会呕吐，渐渐，我觉得它们不过是无生命的东西，摸它们，其实和摸这堵墙没什么分别。她稍稍停顿，我想我再也不会有快感了……

快感的丧失？

尤嘉霓和副台长出外办事，回程路上，他的手已经捉住她的乳房，她能拒绝吗？她被他放倒在后车垫，身体软软滑滑像泥鳅。台长最后说了一句：舒服，下次有机会再会啊。她愣了下，她不过机械地摆弄姿态，当他喊叫时，她的眼睛一直望着车窗外暗漆漆的夜。

一张张陌生的脸，浮现，又隐没。无论是十个，二十个，甚至是一百个男人进入过她的身体，她都没有震颤过、温暖过、激荡过——在一次次肉体的漂泊中，快感神经已被齐扎扎地剪断，肢体如蜥蜴般麻木爬行。

有权力的，有情感的，一层层套着，复杂的肌理，她不想细究，她要毫不犹豫地向前冲！

11

尤嘉霓不可控制地飞速滑进“公共情妇”的行列。

“公共情妇”的概念，不特属某一人，而是属于一群人，一群掌控着国家资源的官员的情妇们，她们的面容和身影隐藏于权势巨大的身影后，人们或只听到一两声娇喘、窃笑，看到一双纤纤玉手扯动着巨大身影，东摇西晃。局外人总是纳罕公共情妇们究竟是如何穿梭在无数肉体间，她们不仅取悦一个人，还能取悦一群人，不仅取悦，还能攫获她们渴望获得的资源，这样的媚功常令人惊叹又心生好奇。

某蜚声全国的公共情妇的照片公之于众，人们多少有点失望，她不美艳，甚而谈不上柔媚，就是这样一个女人令无数高官倾倒于她蝶舞的裙边。她开跨国公司，事业的疆域覆盖东南亚、美洲和欧洲。她巧妙嫁接一个又一个高官的权力，资本随着权力的几何级数递增，神奇般膨胀。即或她俘获的高官一个个被绳之以法，她依然金蝉脱壳，在大洋彼岸欣赏自己创造的传奇，悠然自得，令人愤懑不已。

尤嘉霓当然只是个小人物，一个随手一翻，即刻湮灭于时代画卷的小人物。她一直活在参照镜像的光芒中，被光迷眩、吞噬，也浑然无觉，就像生活在呓语中的人，即或呓语中的世界是扭曲、癫狂的，可中了邪的人，却认为一切再正常不过。

一切都在情不自禁中滑行，目标模糊了一切，抹拭了一切，当然更容不得思考的存在。思考是灵魂范畴里的东西，灵魂已干瘪、缩小，就菜籽粒那么大，随它在肉体内晃悠来、晃悠去。

“公共情妇”按另一种解释，也可理解为“公共占有的资源平台”。她们不特属某人，那是一种圈定的禁锢；而她们属于 A、B、C……和某类型人交情深厚，意味着进入特权的私密社交圈。一个女人披上“资源丰沛的外衣”，即可轻易攫获一切。

丰沛的资源令尤嘉霓感到自我价值的存在。

肉体的贩卖毕竟属于低级的非智商层面，而资源的整合则是属于高智商层面。资源整合，一个经济学范畴的词汇，现已延伸至社会的各个领域。政府官员、学者热衷谈资源整合，而尤嘉霓和无数的公共情妇同样热衷谈资源整合。在巧取豪夺的世界，总有人想要你已经得到的东西，你想要的东西又往往在别人手中。聪明人懂得利用信息的不对称，通过不断的利益勾兑交换，累积更大的筹码。比如，资源 A 是市规划局的某负责人，资源 B 是某承包商，而尤嘉霓作为中介人，交易的是新建市民广场的路灯业务。她一面满足资源 A 的贪欲，另一面抓狂向资源 B 开高价，资源一旦整合，即刻生成不菲的利润。

一生二，二生三，三生万物。她是人际交往中辛勤的小蜜蜂，只要有一根线索，即会胶粘上，她的甜言蜜语和柔韧软功，有若黏性的藤条，哧溜溜地窜上去，攀援住，牢牢不放，织就了一段锦绣前程！

12

这是一个表演的浮夸的“作秀时代”。

“作秀”这个词早已从娱乐界蔓延至社会的各个角落，并成为人们日常生存的一种普通手段。

作秀(Show),是展示,表演,哗众取宠。展示的不是真实的本我，而是经过包装、裱饰、伪装的自我；作秀的核心是角色扮演，进入设定的角色，以戏剧性的表演，完成自我炫耀的过程。

我的社交地位的奠定，以我作秀的水准而定。

一切骗人的把戏皆有其规律可循的成功套路。

首先必须贴上“身份的标签”。身份的标签亦随时代演绎流行多元化。多元化意味着社交层面的多重选择，以你为中心派生无数个圈，商圈、政圈、文化圈、慈善圈……多重选择，多种经营，多项利润。

小小的名片是身份标签的缩略图。尤嘉霓的名片是完美的多元化包装:一、商界:某广告公司董事长,某商会副秘书长等;二、政界:某某区政协委员；三、文化：某商学院 EMBA，某电视财经栏目策划人；四、慈善界：某慈善机构副理事长。财富和文化嫁接是一种品位，品位也是一种标签。

在身份的伪装下，人们可以浑然忘我，迫不及待地冲向舞台中央，随心所欲地作秀，或癫或痴，或疯或狂——我要直抵你的心窝，形成无法抹拭的记忆。

与众不同的出场是重头戏之一。尤嘉霓的出场总是选择宴席即将开始的那一刻，她的每一举动，每一笑声，都过于夸张，可在喧哗的酒席上，倒不显得唐突，她是这样使人愉悦，印象深刻且有趣。

面对一席陌生人，尤嘉霓从不犯怵，她花蝴蝶般飞遍全场频发名片，身体趋近，俯垂含情，幽黑的眸子总在深深浅浅地诉说衷情。她极会鉴貌辨色，当某过气男主持人热情地递上名片，尤嘉霓轻捏名片的一角，面上虽则笑吟吟，眼神早已活泼泼闪飞去，忙不迭地搜寻新的猎物。

若遇老朋友的聚会，尤嘉霓俨然酒宴的女主人。一入席，她左抛飞吻右送秋波，××哥，××总，好久不见了，想我啵？尾音咝咝颤颤，唤得对方酥麻透痒，销骨摄魂。整场酒宴，她时坐时起，玲珑的两条腿，忙不迭地穿梭于肥的、壮的、瘦的，各款男人的腿间，若被牵绊住，即贴附在某人耳边旖旎软语，聊至快意处，笑得花摇柳颤。待有人佯怒，抗议二人只沉迷小世界忘了周遭人事，尤嘉霓荡过来，大方与之勾颈绕臂喝起交杯酒，一杯，两杯……直哄得对方笑花乱溅。酒至微醺，晃晃悠悠，半个身子斜倚在那人腿上，踉跄站起，臀部被结结实实揉捏一把，她回眸一笑，余波潋滟，洒下星点春情。

宴席上倘有某某夫人在场，尤嘉霓立刻摆出一副端凝态。一口一个姐，甜腻得能拉出糖丝来。她乖巧地为夫人倒饮料，细心地为其擦拭溅在衣上的酒渍。整场宴席，她不与旁人多语，唯独对夫人俯首帖耳大肆拍马。夫人被哄得心花怒放，猛夸，那么多女的，就小尤看着顺眼。

小伎俩越玩越娴熟。什么时候小鸟依人，什么时候又显得神通广大，切换转合，收放自如。她轻易地俘获他们的心，她说的是他们想听的，做的也是他们想做的，她的意识似搜索引擎，搜索他们最深处的隐秘地。

表演继续激情上演。

这种表演追求戏剧的张力，是永不停止的自我赞美的独白。一面之交说成莫逆之交，一分成就说成十分成就，道听途说演变成亲身经历；措词要强烈，感情强烈的肯定语气，无限制地放大自我能量，并通过反复叙事的模式，点对点，磁性交流。

学会“拉大旗作虎皮”，借由他人的身价抬升自己。比如认识某政要人物或商界名流，言谈间闲淡淡地聊起某显赫人士透露的政治、经济及人事内情，哪怕一些纯粹的逸闻野事，闻听者立现虔诚状，而吹嘘者听闻赞美或奉承，应刻意流露出无所谓的骄矜。饭局上一小地产商正可怜巴巴地看着她，他的批文迟迟下不来，希望尤嘉霓帮他引荐某领导小聚一下。尤嘉霓声调过于尖脆：“你们看啊，我一个小女子也不容易，吃顿饭都不放过我，还要现场办公，这样烦神，会老的哦。”待众人目光聚焦到她身上，尤嘉霓高扬手机：“某某回话了，我念给你们听哦，现在外地，回来解决。怎么样，分分钟就搞定，你要请我吃饭哦。”现场验证的多是非常细琐的小事，可借着酒的熏烘，这小事也有了意味深长的含义。旁观者并不知晓端倪，只隐隐感觉她和他们关系不寻常，一个年轻漂亮的女人与很多显赫人物有私交，似在情理之中。

能量生成于不在场。

在对伪事件的描述中，讲故事是一种有效的方法。骨肉丰满，绘声绘色，通过一种真实模拟过程，直侵而入，栩栩生动，这是传销课必须教授的重要一节。尤嘉霓有几个现成的故事版本，比如她的外公是某军区司令员，酷爱下象棋，象棋均为特制，每枚象棋均如馒头般巨大；又比如京城某高官的夫人得了顽疾，而她介绍民间神医医好她的疾病，自此二人成了莫逆之交；还有如何运筹谋划帮一个实力平平的地产商竞标到新城区抢手的地皮……

很多故事不过热烈缠绕于尤嘉霓的舌间，但经由她不断强烈诉求的反复叙事，似乎镶嵌进她的肉体。她越来越神通广大，几乎没有不敢做的业务，先是百万项目，后是千万项目，最后不是上亿的项目根本看不入眼。很多项目不过是道听途说，她却巧妙地嫁接到自己身上，一会儿要开发海滨银滩项目，一会儿又要跟随市政府到北欧五国招商引资。她的谎言一串一串，常常漏洞百出，东补西补，补得连自己都忘记了。当有人质疑时，尤嘉霓富有挑逗性地笑起来，她的笑声撕破冷静的质疑，双乳在光滑丝质下欢快地抖动，激荡起肉欲的片刻遐思。

哪个是真哪个是假，人们对漂亮女人总是宽容的，哪怕她的谎言幼稚得可笑。

神奇的吹嘘具有一定的迷狂性，犹若毒品，越沉迷越会上瘾。尤嘉霓不可遏止地将自己推向塑造的角色巅峰，虚幻的光芒沐浴着她，自身则退隐进遥远的无法证实的故事领域，没有人计较真伪，真相不过是现实生活的一瞬间。

13

肉体亦有倦怠时。

更准确地说，肉体也面临市场新的挑战。

一天，尤嘉霓请两家广告公司总经理吃饭，其中一位女经理，个子小小，一双眼倒很狐媚。一顿饭她吃得心神不宁，不停地瞄手机，手机铃声一响，低低说两句，迅速起身，说有约会，匆匆离去。尤嘉霓头一伸，原来是某家电公司的副总在餐馆门口等候。

尤嘉霓嘴一抿，打火机点燃了，香烟凑过去，烁烁的火光，映出她莫测的表情。她竟然有点嫉妒，原来是这等关系，怪不得广告单子都由她家代理。真搞不懂，那个小个子女人，有什么好！

“她倒未必有多好，可她常设‘群芳宴’啊！每有饭局，都有四五个漂亮美眉作陪，真不晓得她的公司怎有那么多美女……”另一人啧啧称羡。

尤嘉霓不由想起，近日，连最爱慕她的一个局长，也常抱怨她形单影只，深藏于眼镜下的眼睛，色飘飘地闪着，多带几个你的姐妹来玩啊！

难道她的美丽褪色了？尤嘉霓急恍恍地在环形镜面里寻找自己，左、右、前、后，各个角度，各色的新鲜美女，亮闪闪地映射出，她倒抽一口凉气。

她的美色不是不可替代的，美色在泛滥，各式各样的美色，如自助餐随意挑选，只要有钱，什么新鲜美味不可以品尝？

她恐惧有一天，成为过期食品，被随意丢弃。

活在机遇中要灵活身段。

事也凑巧，一位名叫Nick的高个男孩走进尤嘉霓的办公室，希望和她共同组建模特经纪公司。他刚从一家颇有名气的模特经纪公司跳槽，从朋友处了解到尤嘉霓公司商演活动较多，于是毛遂自荐。他闪着一双雾蒙蒙的眼睛："与其让那些小的模特公司赚取利润，倒不如自己赚，再说这些小模特也是很优秀的公关人才啊！"

模特公司成立之日，尤嘉霓请模特们在水景餐厅吃饭。八九个模特围着尤嘉霓坐了一桌，十七、十九、二十……最大的也不过二十一岁，清嫩得可以掐出水来，手指下意识地摸了摸面颊，曾Q弹饱满的面颊松了吗?

不消片刻，尤嘉霓即厘清底细。都是些出道尚浅的小模特，有的在影楼做平模，也有的在电视购物做内衣模特，更多的则是游走于各类商演做车模、房模或展会模特。一外形酷似藤原纪香的女孩是其间的佼佼者，她曾在某选秀活动中获亚军，后拍过几个MTV，演过一些小角色，终是无藉藉名。

尤嘉霓弹弹烟灰："在中国什么最重要?人脉资源啊，你可以没有学历，没有才华，只要有过硬的人脉，你想成事那还不分分钟搞定?所以，与其说是帮公司做业务，不如说是为你们未来的事业铺垫人脉基础。就说小藤原纪香吧，长得这么漂亮，可为什么成为A角的是她们，而不是你?你东奔西走像无头苍蝇乱窜，看尽别人脸色只不过换个一闪而过的小角色，为什么呢?因为你没有认识可以改变你命运的关键人物，一个你生命中的导演，命运的推手，事业的顾问！一人一世界，有些人的世界不过方圆几公里，有些人的世界则是寰宇全球；有的人只认识家人、同事、上司，而有的人却认识名导、片商、投资商，你们想想，谁的赢面大呢？新鲜的面孔一茬茬野草般疯长，再折腾几个春秋，等青春一天天消褪了颜色，到那时，后悔了，别怪我没早点点拨你！”“不过——”尤嘉霓幽黑的眸子一转：“话又说回来，我只负责穿针引线，至于能走多远，造化全在个人！”

尤嘉霓的话虽风轻云淡，却掀起她们内心的狂澜。模特们开始痴想着种种奇缘，形象代言人、杂志封面女郎、影视剧女一号……她们一水溜儿地跟着尤嘉霓走出餐厅，清亮的笑声，惹得路人频频回望。尤嘉霓头一扬，包一甩，菱形玻璃镜映射出她的身影，一个又一个尤嘉霓从镜面走出，浩浩荡荡，如潮水般汹涌而至。

锁定、洗脑、培训、牵线、控制，尤嘉霓管理模特很有一套。家世有背景和太聪明的女孩她都不做考虑，她精心挑选的，都是些爱慕虚荣的女孩，仅凭甜言蜜语、蝇头小利即可轻易收拾服帖。

尤嘉霓常陪模特逛顶级名品店，奢华SPA会所，名车展览，豪华别墅……“知道吗？耳环多少钱？包多少钱？衣服多少钱？如果想买，这个单子拿下来，除了提成，我送给你……想拥有SPA店至尊卡吗？想开保时捷跑车吗？想住进这样的豪宅吗？那得看你们‘钓鱼’的本领了……”

尤嘉霓邀请模特们到城东的湖景别墅做客，上下两层楼，约十平方米的房间专门陈列各款服饰、手袋和珠宝。春夏秋冬的服饰占据两面壁墙，Chanel，Givenchy、Celine、kenzo、balenciaga……另有一玻璃双门柜陈列各款名包，什么黑色鳄鱼皮复古包，彩色羊皮金扣晚宴包，胭脂红水蛇皮编织手拿包，流苏小牛皮单肩斜挎包，狂野性感豹纹包……足有百款。

尤嘉霓的手指从一款款手袋快活地滑过，一模特眼尖，盯着尤嘉霓戴在中指上的钻戒，什么牌子？尤嘉霓淡淡道，Cartier。她微微一转，钻戒一闪，模特们的眼都亮了。

她是她们未来的标杆，难道不是吗？

饭局总有各种冠冕堂皇的理由。比如，某房地产新楼盘开盘专场时装秀甄选模特，某化妆品牌选形象代言人，或电视台开拍电视剧，选女一号和女二号，这是私下的一次预选。年轻的女孩毫无芥蒂，玩得很开。她们一壁窥伺着机会，一壁思忖着多赚点外快。她们对他们充满期许、热望和梦想。轻盈跃起，女孩们扯去身上最后一块遮羞布，荡溢着算计、欲念、憧憬，扑向一个个或衰老或丑陋的肉体。这些人或只微笑着倾听她们的想法，她们的声音小鸟啾啾般动听，她们嘟起的小嘴，唇蜜闪烁的光芒，诱引着他们将满是酒气的嘴胶粘上；他们惦记着过程、进展，咸湿的手迫不及待地滑入鲜嫩的肉体，肆意游弋：嘘，闭上你可爱的小嘴巴，让我们开始有趣的游戏。哈哈，没有什么比双手填满乳房更舒服了！

年轻的女孩并不会在这种游戏中感受到性的愉悦，她们更多地将其认同为某种奉献，成功征途中必须要付出的代价。她们摇荡着身体，挤出和欢场女子一样功能化的媚笑，眼神飘忽迷离，浮掠过沧桑逼人的面孔，陷入魔幻奇境的无限遐思中。

金钱、权力、美色在尤嘉霓编织的经纬线上跳跃，线的一头是权力和金钱，线的另一头是青春和美色，牵一牵，拉一拉，毫厘之间，却是一番乾坤新天地。

14

2008 年，“艳照门”事件。

如入无人设防的区域，没有边界、没有禁忌、没有过滤，无数人的视域从低清晰度视频飞跃至高清晰度视频，秘密如此透明地敞亮着。

一壁是暴露秀，一壁是窥视癖。性不再是独立的个体体验，而演变成一场华丽的盛世狂欢。观者获得窥私欲的极大满足，脱光上网的主角则迅速蹿红，享受着小宇宙般爆发的成名快感。

裸疯汹涌。无数“身体姿本家”在酝酿，在策划，在伺机行动，她们玩起了裸露的创意游戏，不是单纯的裸露，而是糅杂悬疑、情感、商战，让人猜想，让人意淫，让人茶余饭后闲谈，让人唾沫星点飞溅。她们迫不及待地脱掉一件件羞耻的外衣，初始一个人脱，而后是一群人脱，最终，所有的人都争先恐后地脱掉羞耻的外衣，有创意地脱掉羞耻的外衣。羞耻这个词，将成为古董，锁封于柜，仅供展览凭吊。

被遮蔽的三点，被暴露的三点，孰真孰假，不过是在玩着荧光屏的游戏。

香港某嫩模上传她被强暴的视频：街巷的一角，年轻的女孩愉悦地唱着歌，一只手从壁墙窜出，拽住女孩的裙摆。挣扎、尖叫、撕扯，蕾丝花边的底裤绽露……尽管骂声一片，嫩模出乎意料地成了网络红人。在记者见面会上，她眨巴着双眼："其实这个视频是朋友们做着玩的，没想到传到网上，我要告他侵犯隐私权，现在我终日以泪洗面。"可是，笑意，抑制不住的笑意层层波漾，如电磁感应，刺激着其他模特的神经末梢。她什么也没有暴露，只发出一两声性感的叫声，露出蕾丝花边的底裤，即刻轻松赚得无数代言的机会。一切如此容易，容易得让人嫉妒，让人心生模仿的欲望，让人迫不及待地撕扯掉薄透的纱帘，裸他个剔透通亮！

Nick 找到米娜。十九岁的米娜，有着诱人的乳沟和股沟，表情略有几分娇纵的不耐烦。如今的女孩都太早熟，从未经历过青涩、蓓蕾，即已早早开花，且是又熟又灿沉坠坠的花，艳得都烫眼。

Nick 的创意是——让所有患窥阴癖的人，获得一次完美的高清晰度的视觉享受。

米娜多少有点犹疑，但 Nick 不断在构想她的未来，他雾蒙蒙的眼睛如闪烁的火引子，点燃米娜炽烈的欲望："你将一夜成名，哦，也许不需要一夜，几小时后，全世界的人们打开电脑，忙碌地点击、下载、收藏、再传播，你即刻成为搜索引擎点击率前几位的名人，轻松拥有梦寐以求的一切：灿烂的声名，奢华的生活，还有什么成名方法比这更简单、便捷呢？"

摄影场地安排在东郊别墅。Nick 雇用艺术总监、专业摄影师，灯光、布景、化妆，一律严格按照艺术摄影的水准而定。Nick 深知，若想合法兜售色情，必须贴上人体艺术的标签。

艺术总监设计四个主题，每个主题都有一个英文名：Fresh、Red、Frozen、Top。

Fresh 场景：洒满玫瑰花瓣的蒲团；米娜趴下，结实滚圆的臀部高高翘起，她的性器官如花蕾般绽放，每一丝花蕊在荧光屏的另一面，分泌着原始的欲望，诱逼视网膜激情脱落。

Red 场景：绛红色沙发；扯下金色纱曼，姿态佻达淫逸；五官是苍白的，四肢隐没于阴影间，唯有性器官被艳红唇彩描绘。

Frozen 场景：莲花状浴缸；放恣慵懒的姿态，妖淫的眼神，飞散的长发，水流漫过米娜，闪着冷冽冽的寒光……

Top 场景：方形坐便器；尖锐的金属高跟鞋踩在方形坐便器上，从低处向上仰拍，面孔几乎遁出画面之外，结构是变形的，器官是突兀的。Top！ Top！ Top！纯粹的符码，透明的诲淫，真实不顾一切地裸露出来！

正在粉碎的梦幻，正在熄灭的激情，正在消解的欲望，正在枯萎的想象。

幻觉冻结于性器官的高清晰度的暴露！

15

尤嘉霓在电脑上反复看这组高清照片，她和米娜有区别吗？她还不习惯暴露自己隐秘的器官，高清晰像素地曝光于千家万户的显示屏上，任由无数陌生的人点击、放大、收藏，任由他们熟悉它、意淫它，与之虚拟地交媾。或许，这不过是有趣的荧屏游戏，没有物质，没有介入，只是鼠标在上面轻触、移动……仅此而已。

然而，她依然不习惯。她更习惯在昏暗的车厢，揉皱的宾馆床单上，或是飘散着硫磺气息的温泉，与不同的男人摩挲，窃窃私语地，摩挲。

尤嘉霓忽而一阵惶恐。难道她落伍了？她曾以为自己走在前锋，她无所顾忌。可是，这些年轻的女孩，玩弄着诱惑，玩弄着情色，玩弄着视觉，在荧光屏的另一面，与无数男人玩起虚拟的性游戏，乐此不疲，性趣盎然。她们比她更无所边界！

假如再过十年、二十年呢？镜子里的影像抖了一抖，模糊得有点晕化。这是喧嚣热闹的声音里，唯一不和谐的杂音。她不能想象自己不再时尚前锋的情景，没有那么多垂涎的面孔、靓丽的服装、精彩的夜生活，那，尤嘉霓还是尤嘉霓吗？

青春的肉体潮水般涌出。小萝莉替代曾经的小妮子，〇〇世代将替代如今的小萝莉，新鲜的肉体热嘈嘈、唧喳喳地涌动着，更迭着，刷新着，只是，此时此刻她们从未意识到自己也将老去。

站在这群模特中，尤嘉霓的美丽被冲淡了，她们嚷着、跳着，闹哄哄地冲到前方，挤掉她、踹掉她。尤嘉霓在她们青春的拥搡间，后退、后退，退出了聚焦点，退出了画面。她索性拉上帷幕，盘算起她们青春的价值！

在信息和娱乐的快速漩涡里，媒体让你存在，你就存在，媒体让你消失，你就消失，而媒体是喜新厌旧的。尤嘉霓和 Nick 商量，不能让米娜沉坠于“遗忘之河”，必须制造纷繁迭出的亮点、爆点，创造出一系列的连锁轰动效应，让记忆叠加记忆，直至无法抹去。

他们为米娜开了博客，并请专业写手撰写博文。米娜的奢靡生活几尽夸炫地展示：座驾是玛莎拉蒂，拥有全系列的苹果电子时尚产品，Hermes 手提包，Piaget 名表，连小钥匙扣也是 Prada 的，潮范儿十足。每期博文都有个童话般的故事：马上要成为某知名内衣品牌的形象代言人；或是跟某知名影视机构签约拍一部宫廷穿越戏，每集片酬高达二十万；空暇时间则是畅游世界，甚至在旅途中巧遇浪漫求婚，求婚钻戒是 8.88 克拉的粉色钻戒。她还嘲笑那些质疑者：“如果不懂得鉴赏人体艺术，就请从幼稚班开始学习吧！”在最新的“晒晒我的新居”博文里，米娜写道，耗资千万购置外滩天际独立层，环形落玻，可惬意俯瞰外滩梦幻式夜景。若看焰火，这儿绝对是一城最美的焰火。

虚构？疯狂的假设性剧情在虚构中走向真实。

在 PS 技术的超炫空间，神话的缔造如此轻松便捷，剪贴、移植、拷贝，一个完美的虚拟世界，瞬即镶拼而成。

Nick 雇用拍客拍照，水军发帖，网站不断刷新点击率。米娜在拜金、淫贱的唾沫飞溅中，点击率一路飙升，直奔千万，迅速荣登中国美女风云榜首位。网站亦因浏览量激增顺利获得风险投资，全民饕餮。

米娜马不停蹄地连轴运转：出书，拍写真，频频接受专访，参加各类娱乐综艺节目。一次偶然的机会，米娜成为某知名矿产企业董事长的情人，在公开场合她唤他干爹。这位董事长欲进军影视界，耗巨资聘请知名导演开拍电影，米娜是当仁不让的女主角。米娜在丑闻中创造了奇迹，丑闻也是生产力，丑闻也是 GDP！

为什么正常的是不正常，不正常的是正常？这个时代正发着高烧，呓语着，在幻觉中狂笑不已！

16

20 世纪初，法国艺术家马塞尔 · 杜尚挑战受众的常规审美，提出“零度审美”观。他认为，什么艺术作品都是垃圾，什么垃圾也都是艺术作品。艺术的标准消失了，美的标准消失了。杜尚给蒙娜丽莎添加两撇山羊须，他没有让她更美，却让她更抓人眼球。人们只见过微笑的蒙娜丽莎，从未见过长胡须的蒙娜丽莎，这多么有趣、新奇、令人瞠目。

有意思（Cute），让人震惊（Shock），耸人听闻（Outrageous），奇迹感（Amazing），眼球效应彻底抹杀美与丑的界限，在“一个眼睛为明星而生的世界，一个被表象迷惑的世界，一个用图像调情的世界”[1] 里，我们注定要做点出乎意料的事：颠覆一些传统，毁坏一些形象，破除一些禁忌——这必将使大众传媒惊愕。

在一群音调优美的歌手中，一个跑调的歌手最引人注目；在一群喉结突出肌肉发达的男人中，一个粉面含春、妖娆多姿的男人最惹人怜爱；在一群穿着衣服的模特中，一个一丝不挂的模特，同样攫获受众的视线。

他们颠覆了审美，破坏了规则，却聚焦了镜头激赏的目光。我们不再追求美感，而要彻底碾碎美感，洗劫美感。美，多么庸常、

[1] ［法］让 · 鲍德里亚：《完美的罪行》。

乏味，它不再刺激麻木的感官神经，也不再吊起媒体和公众的味蕾，与众不同的恶劣丑陋才是刺激观者肾上腺的强效兴奋剂。

犹若魔术师高明的戏法，大众传媒一夜之间成为主角，“媒体身份”成为人们最梦寐以求获得的身份。为了吸引媒体炽烈的目光，中国人以前所未有的热情投入到操控视觉的作秀中：某女孩一丝不挂地面对记者采访，任由记者从各个角度拍照，并挑衅道，我可以洒脱地看着你们，你们能吗？“传奇法师”为显示其神功，在电视台举办的吉尼斯挑战节目现场，自沉设有机关的水缸长达一小时；某慈善家要求被捐赠者高举人民币，摆列成心形，高空航拍之景蔚为壮观。谬论伪装成真理，色情披上艺术的外衣，慈善更演变成个人崇拜的秀场，所作所为都热烈地渴望媒体的关注——这个天才编剧的聚焦、放大，然后重新诠释、分发，引起公众强烈关注，刮旋起“媒介奇观”效应。

尖叫生成价值！越新奇、越刁钻古怪的东西，越具有商业价值。沐浴于奇观炽热的光芒下，价值因虚浮的光芒而飙升，这是影像、符号、拟像的潜在上升。奇观的背后闪烁着动人的经济利益，媒体、广告商、推手、网络平台……无一不获利。奇观本身就是资本。

一位裸浴征婚的女主角和母亲在节目现场，大爆粗口，甚至相互殴打。即或如此，她还不忘走到舞台中央，准确地对准机位，大喊着，我死也要死在这个舞台！她要的就是这一刻镁光灯下的荣耀！

奇观本是无生命力的，如果没有镁光灯的白炽照耀，奇观不过是黑压压的一团雾影。只有当镁光灯聚焦它的一瞬，其“光合效应”让一切都发生变化，才谓为奇观。

如果媒体的镁光灯不热衷聚焦奇观虚幻的火花，奇观本身也不会有无数默默盲从而痴迷的观众，没有观众的奇观，犹若脱水的鱼，干涸而亡。

人们指着一个奇丑的孩子，看啊，多少人给他掌声，给他礼物，他多么与众不同。人们由最初本能的抗拒，到接纳、喜欢，并开始模仿，转身看看自己可爱的孩子，他（她）太普通，太不引人注目。于是，他们叫嚷着把漂亮的孩子弄得丑点，全身涂上黑炭，或者干脆加根猪尾巴……

有趣的事情终于发生，无数个丑孩子出现，翘着猪尾巴嗷嗷直叫。到处都是丑孩子，到处都是粉面含春的男人，到处都是一丝不挂的模特，到处都是跑调的歌手……奇观跳着、跑着，喧嚣地拥堵于眼前，刺激瞳孔，睁大，无限睁大，最终爆裂，再也分泌不出任何液体。

视觉的感受是弹簧，现在，我们不断地拉升，强力拉升，测试受众的承受尺度，突然，有一天——当所有的尺度都被挑战过，所有的游戏都被尝试过，所有的刺激都被体验过——它将不期然地，砰的一声，回落原点。这是个循环。

在飓风般的示范效应后，所有的出位是循规蹈矩，所有的循规蹈矩就是出位！

然而，此刻，人们依然沉醉于幻象中，尚未从谵妄的奇想世界里转回来。

大众说，我们的视觉被媒体玷污了，我们的味蕾也被媒体破坏了，我们没有资格挑选食物，只能被动地吞咽媒体加工好的食物，根本来不及品尝、咀嚼、消化。媒体说，我们努力迎合大众的兴趣，绞尽脑汁将他们感兴趣的东西加以各种佐料，呈现给他们，因为，只有这样才能刺激大众疲惫的神经，才能让贪婪而善变的大众，获得精神上的短暂快感。

这是个奇特的怪圈。

媒体追着大众跑，大众追着媒体跑，好比两只踩在与电极相连的踏板上玩耍的小老鼠，拼命地踩踏板，踩踏板，直至精疲力竭，直至乐（悦）死。

我是我自己的魔鬼

1

一段新闻在电视台反复播放：某国前任总统的女儿在街上疾走，突然掉转身，对着一群疯狂追逐的记者，歇斯底里地大骂："你们没事盯着我干吗？想看我笑话吗？想看我们全家怎么死吗？谁没拿钱，谁屁股干净？你们说啊，你们有种说啊，难道他们在台上，你们就不敢说吗？！"

突然间，权力的魔杖被抽夺，无措的官员一瞬间会有怎样的爆发？有的情绪激动，喋喋不休地讲话，粗俗俚语一串串滚冒，似乎讲话可以驱散恐惧，忽地，他号啕大哭，蹲在地上，彻底从呓语中清醒；有的则呆若泥塑，平日如此耀武扬威，一旦权杖被剥夺，歪斜着，全然忘却行走的姿态；更有捶胸顿足喊冤者，比我受贿数额大得多的是，你们为什么抓我，我想不通啊！真让我交代，我能交代三天三夜，把 ×× 官场翻个底朝天！他们整夜无法入睡，巨大的心跳声如鼓槌猛烈击打，咚咚，敲击着，一夜白发。

当然也有很戏剧的情节。一位节俭异常的官员直至检察官打开他的后车厢，才惊觉受贿的两百万已黏粘、发霉。这一场景真令人啼笑皆非。他从未消费、享受，但是奇怪的占有欲望，却让他身陷囹圄。他的喉间发出奇怪的声音，类似野兽被猎杀的最后时刻发出的声响，绝望至昏冥。

从狂喜的巅峰跌入悲哀的深渊，在流变的漩涡中无所依凭。他们恐惧得全身毛发悚然，无数次梦见自己从空中坠落，不断下降，飞速地，降落——风声刀子般刮过耳边，大地在沉陷，流转的漩涡，如巨大的海浪随时准备吞噬鲜活的肉身，可降落伞怎么也打不开……

那一刻，陈逸山在想什么？

他背靠冷冰的墙，一堵墙隔离了生动的世界。

墙内有什么呢？四壁包着厚厚的黑色海绵，没有窗户，左上角有闭路电视探头，中间有喇叭，纪检人员通过闭路电视二十四小时监视他：吃饭、睡觉、踱步。陈逸山不由心生恐惧，他觉得监视镜头如视频检查仪嵌入体内，无时无刻不在窥测：血液的流动，内脏的运行，潜意识的窃窃私语。自我连同自由一并丧失。

脚步声越来越近，巨大的脚步声，踩在他的喉管，扼住他，呼吸不得。陈逸山干渴至极，五脏六腑被烤焦，肌肉箍住肋骨，砺石般生硬。炽热的荧光灯兜头照着，陈逸山盘膝而坐，面对纪检人员的问讯，他非常小心地回答，更多的时候，是沉默，铜墙铁壁铸就的沉默。

他拼命地抽烟，两颊迅速凹陷，地上到处是烟头，不，是他思考的灰烬。陈逸山喜欢精确的世界，他所做的每一件事情，清晰地一一划过脑海，究竟是哪个环节出现漏洞？究竟是谁举报了他，他们掌握哪些证据，他该如何一一应对？还有，他庞大的关系枝干，或是他几乎触摸不到、忽视掉的枝干呢，它们在遥远处，轻微地呻吟，可是，遥远处的呻吟，他听得到吗？

难道是他——副总编向宁？此人瘦高如竹，不过四十出头已熬白了头，看上去谦卑有余，实则油滑如鳗，凡遇棘手事喜欢玩失踪，待事情解决方才笑眯眯现身。最近集团班子换届，陈逸山和向宁都是有可能成为总编的热门人选，向宁资历略浅，排位在后，莫非他为求上位，不择手段？每个人都有政敌，每个政敌都是座碉堡，会在你不经意的时候点爆。

或是有交集的生意人？那个长着瓢儿脸的建筑商，上个月拖着行李箱到他办公室谈事情，走时将行李箱放在办公室，说是一点土特产，打开一看里面竟是一百万现金，他当即命人退回。他当然不是无懈可击的，仕途多年，多少有点积累，名人字画、古玩之类的倒收藏不少。前几年一个朋友到美国，临别时将西郊别墅转赠给他，但他很明智地没有过户……

那么，难道是那些女人？一位官员曾对陈逸山说，不能承诺女人太多，总满足她，她会不断地索要，时日一长，将变成套在脖子上的猎物夹，越夹越紧，最终扼住咽喉。陈逸山对女人从不轻易承诺，也从不跟女人纠缠太深，虽说情人换了一个又一个，陈逸山倒一直逍遥自在，无纷扰亦无牵绊。他颇有几分自得，觉得自己像个赌场高手，每每赢钱后，立马收手，不再下注，而后，再择吉日小赌一把。有朋友被女人钳制，苦不堪言，向他取经。他笑曰，陌上游春赏花，亦不落情缘。内心却有几许嘲讽，这其间度的巧妙掌控，你们永远也学不来。

他们能像他那样精细规划每一次的约会吗？他常常为了寻找一个隐蔽的好地方，花费好几个小时，这种好地方，既要有自然的野趣，开阔幽深，更要人烟稀少，可以逃离一切监控的摄像镜头。

陈逸山从不喜欢去宾馆，宾馆的摄像探头让他无所适从，他对女人们说，那是一种嫖客和妓女的感觉。其实，他是掩饰内心的无名恐慌。有一次，他熟悉的省里某领导，带着情妇去宾馆幽会，结果被突袭的警察现场抓获。这位刚刚还道貌岸然坐在主席台上讲话的领导，如今，在警察面前，慌乱地用毛巾遮住丰隆松弛的肚皮。陈逸山知道领导被双规的消息后，不由感慨，这么愚蠢，怎会去那里，即或玩，也要玩得隐蔽！

陈逸山在本市有几处住房，但他从不带情人过去，或是潜意识对妻子本能的尊重。陈逸山也很少去情人的住所，他不确定是否情人的另一个情人会突然撞开门。车自然成了他最好的寻欢之处，每次性事结束，他必会仔细打扫战场，将每样东西归于原位，他不希望司机窥出秘密，即或开车出去，再晚，他都将车停在车库，然后，打电话给司机，让他再把车开回去。

朋友们笑他太累，既然躲躲藏藏，遮遮掩掩，干脆不要玩吧。可陈逸山很喜欢这种感觉，好似一颤一颤行走在抻直的钢丝上，胆战心惊地走过，回掠一望，却是极限挑战后狂乱的惊喜……

究竟是谁呢？陈逸山无法停止思考，炙烫地擦着火星的思考，岩浆般突突涌流，他已在火山的喷发口！

2

崩溃始于双规后的第七天。

裂帛般撕裂的声响，姚蝶、姚蝶，这两个字从哪里跳出来？陈逸山疑惑地看着纪检人员，不确定，又恐惧确定，几乎抑制不住要站立。这藏匿于他身体隐秘处的名字，正从他们嘴里蹦跳出，如冰雹，冷硬坚实，砸击他的命门。

姚蝶，他干燥地咀嚼着这个名字，曾被他视为“心灵诊疗师”的女人，多少夜晚，指端流溢着奇异的芬芳，舒缓他绷紧的神经。她垂下长发，发丝轻撩他的肌肤，这该死的记忆，在封闭的没有时间、没有四季轮回的屋里，在兜头炽热的日光灯下，那一刻柔软的摩挲，如今，似钢丝尖利地划过心瓣，憎恨的血，滴下。

姚蝶早年是歌舞团的舞蹈演员，二十一岁那年，歌舞团走向市场，濒临解散。一无学历二无技能，姚蝶唯将希望寄予婚姻。她相了几次亲，第三次是黄姓港商，商人刚丧偶，年届五旬，姚蝶见他面容苍老蜡黄，意欲回绝。商人倒不慌不忙，从羊皮公事包里掏出一沓照片：劳斯莱斯小车，附带游泳池的别墅，一间间敞亮的商铺……只要你愿意，这些都属于你。商人富有意味地轻叩姚蝶的手背，她微微一怔，手并未抽回。晚上，姚蝶梦见自己身穿比基尼漂浮在碧粼粼的水面上，不远处有菲佣端着冰饮等候她上岸……

想象的美好画面很快被撕破。商人守寡的姐姐干瘦而坚硬，鹰隼双目时时监视着这个没见过世面的大陆妹：到哪儿去，跟谁在一起，买什么衣服，每个月的花销是多少……监控的眼睛如镣铐锁住她的手脚。

转机终于开始。商人脑中风半身不遂，而此时，姚蝶恰巧怀了身孕，所有监控的眼睛瞬间消匿，他们潜藏的意愿，变成体贴的语言，关切的目光。姚蝶如愿生了个儿子，像所有母凭子贵的女人，她从大陆妹跃身为香港名媛。然而，姚蝶并不满足名媛的生活，她野心勃勃，意欲独撑一片天地。姚蝶成了半身不遂的老公的代言人，她传达他的声音，实现他的想法，渐渐，她有了自己的声音、自己的想法，姚蝶将连锁企业发展到大陆，并涉足地产业，她运势极佳，凡开发项目，无一不获利。

说这番话时，姚蝶躺在陈逸山的怀里，如此光嫩、紧致的身体，在起伏，在娇喘，在轻盈荡漾。陈逸山怜惜地抚弄姚蝶墨一样的长发，这是怎样一个神奇的女子啊。

神奇的女子从不像其他情人那样执拗地箍紧他，她们索取金钱，索取婚姻，强制性地要求他成为她们梦想的实现者，陈逸山被索取的链条箍牢及至厌倦。唯有姚蝶，是在解扣，解开心结，解开烦忧。那个黄昏的下午，在西郊宾馆，他在钓鱼，不远处，姚蝶和妻子共坐于凉棚下，慵懒地吮吸果汁，她们时而窃语，时而轻笑。中午，三人一起吃饭，姚蝶对视他的目光滤尽甜糯绵软，即或细心窥视之人，也难察端倪，这正是陈逸山所欣赏的。他惬意地抽着雪茄，懒洋洋地晒着午后的太阳，多么柔和的慢板，为什么一定要像那些年轻的女孩，时刻铆足劲，和自己的妻子战斗，战斗到最后一刻，直至逼迫另一方退场。

他那么谨慎的人也有一根神经被勾住，如钩破丝的丝袜，蚯蚓般逶迤延伸，直至彻底撕裂。

陈逸山是谨慎的，然而，这种谨慎不代表不贪婪，他的谨慎只是表现为与适当的人进行适当的交易。姚蝶是他认为适当的人，她不仅是他的情人且办事周详，他们的交易在陈逸山的概念中，属于合法的擦边球的做法。集团兴建报业大厦，她希望竞标玻璃幕墙项目，他不直接经手，将球踢给基建处长，基建处长在他的暗示和姚蝶的贿赂下，略施伎俩，最终，姚蝶的公司竞标成功。姚蝶所给予的，可以看作对项目的回报，也可以看做是朋友间的礼尚往来。事实的界限从来没有那么明晰，它们一会儿在办公桌上，一会儿跳到床上，暧昧的光晕，闪烁不定。

谁人没有秘密？秘密本身不可怕，可怕的是被人记录，被人曝光，被人呈堂。更可怕的是，罪证的提交人恰是自己最亲密或最信任的人。陈逸山万没料到自己的秘密被最信任的女人写进日记，白纸黑字，成为罪证，正被纪检人员一字一句清晰念出：某年某月某日，陈逸山收卡地亚手表一只；某年某月某日，阿玛尼西装一套，某年某月某日，貂皮大衣两件……某年某月某日，美金五万，港币十万……纪检人员补充道，大部分物证已在陈逸山家中搜获。

陈逸山绝望地闭上眼，十指紧攥，指甲深嵌肌肤。到底是哪个环节出了差错？

或许，事件的主线往往不会出差错，因为主线是被你所操控，而事件的副线，一个旁生的枝节，一个主线之外的人，将成为事件的引爆点，啪地，引爆。

姚蝶情人无数，其中有一小情人，名叫许浩。他本是姚蝶公司的职员，天生一张取悦女人的容颜和巧嘴。很快，他从小小职员晋升为人力资源部副部长。许浩索取的远比姚蝶设想的多，姚蝶低估了他，低估他迷人外表和谄媚微笑下，潜伏着的沸腾野心及强烈的掠夺欲望。某次缠绵后，他希望姚蝶提拔他为公司副总，姚蝶异常恼怒，这怎么可能，如果你再有非分之想，请你现在就离开公司！拒绝的一方，尚不知晓复仇之焰已在对方心中升腾，许浩捏紧拳头，暗暗诅咒，我不是你身边的一条狗，呼之即来，呵之即去，总有一天，我将摧毁你，彻底地摧毁你！

姚蝶当然不知道已被监控。强者总是关注强者的动向，从不将目光投向弱者，在强者的内心，弱者是不会对自己生成颠覆性的毁灭。殊不知，最终毁灭自己的，恰恰不是视为对手的强者，而是被忽视的弱者。他们依然缠绵，但交往的过程已变成许浩的暗中窥伺，一幕幕情景如实验标本无比清晰地呈现于显微镜下，被剖解，被切割。

某天，姚蝶打算见客户，走出大楼的一瞬，忽然想起什么，匆匆赶往办公室。许浩见姚蝶神色慌张，忙尾随其后，门虚掩，姚蝶正将放在桌上的笔记本锁进保险柜，她为何如此在意这个黑色笔记本呢？难道……趁姚蝶醉酒之际，许浩伺机复制钥匙，打开保险柜，拿到了笔记本。一页一页翻过，上面记录着姚蝶行贿的每一个人，××市长、建设厅某副厅长、国土资源处处长……在最后几页，出现陈逸山的名字……他笑起来，诡谲阴森，你藐视我、践踏我，你低估了我的智商，你的末日即将来临！第二天，黑色笔记本被塞进牛皮纸袋，出现在检察院工作人员的办公桌上，许浩回望一眼检察院的大门，愉悦地吹起口哨。他换个手机卡匿名给姚蝶发了一则短信：疯狂的蝴蝶，黑色龙卷风即将来临，你将无路可逃……一场震动宜都市的反贪案就此触发！

3

陈逸山下意识地遮住自己的面孔，他的面孔长期沐浴于熠熠光辉中，习惯于被仰慕、被崇敬。如今，他清晰地看到，往昔的灿烂面孔在扭曲、变形，正幻变成另一张面孔——被审判、被唾弃——贪官陈逸山的面孔。

社会精英陈逸山的面孔：你是怎么沉沦的啊？背负这个耻辱的“贪”名，终结自己权力的辉煌生涯！

贪官陈逸山的面孔：噢，这是魔咒啊，被施了魔咒的命运，不可避免地滑入黑暗的深渊，可是，当初为什么会以为那是梦幻谷，有流云、鲜花、蝴蝶的梦幻谷呢？

90年代的某天，陈逸山来到射云县采访，意外发现该县县长竟是大学同班同学——“小乖乖”靳玉奎。

每个人的生活中都有那么几个不起眼的小角色，他们挤在生活的旮旯里，生怕你的注目，如探照灯，照亮他不愿示人的面容和内心。靳玉奎或许就是陈逸山生命里的那个小角色。靳玉奎，甘肃天水人氏，其貌不扬，性格怯懦，因左腿小儿麻痹略跛，同学们戏称他为“小乖乖”（乖与拐音近）。毕业分配时，班上同学或留校或留京城或分在省城，唯独他因种种原因，被分配到某县宣传部。临别酒会上，众人慨然高歌，热泪抛洒，唯独“小乖乖”黯然神伤，先行离去。第二天巡警发现“小乖乖”赤条条醉卧于路边，原来他喝得烂醉，浑然无觉，被盲流搜身，因没搜到值钱的东西，盲流一气之下将其扒个精光。小角色的荒诞笑料，如强力胶，瞬即粘附于每个人的记忆壁墙。

事隔多年，这个拍照总是躲在后面、影像模糊的“小乖乖”却以靳县长的形象，无限放大地站在陈逸山面前：或许是另一个人的灵魂偷猎了靳玉奎的躯壳？岁月彻底剔去了萎缩、胆怯，让面容的每一个线条、每一道皱褶舒展开，飞扬开，迫不及待挣脱方寸之地，挥洒得意之态、跋扈之气。陈逸山不由感慨，年龄、阅历会磨灭一个人的棱角，唯权力呼唤出藏匿于骨髓里的力量，令怯懦者强悍、丑陋者英挺、衰老者青春。

此刻，靳玉奎的体内正鼓荡着权力强大的声响，排山倒海，席卷来席卷去，一刻也不消停。他终于找到一个表演的舞台，一个可以彻底洗刷掉昔日耻辱、炫耀自我的舞台。靳玉奎执意要求陈逸山在射云县多呆数日，他眨眨眼，我保证你不虚此行！

靳玉奎热情邀请陈逸山巡视本县。警车开道，奥迪车呼啸前行，所到之处，必是红毯铺就，花团锦簇，彩旗飘扬。矮小身材于前呼后拥间，瞬即高大，需仰视方可观之。靳玉奎言语不多，每一开口似金声掷地，众人皆屏气倾听。阳光溶溶，有人慌忙趋上，殷勤地撑开伞。陈逸山忽然想到一句话，一个男人并不在于他是谁，而在于他在其他人眼中是谁。有人欣赏才有美人，有人跪才有神，美人是男人赞美出来的，权力是人跪出来的。

晚上，靳玉奎设家宴款待陈逸山。他的宅第位于青山黛水的风景区，占地足一亩。欧式建筑，上下三层楼，内设直达电梯，客厅、卧室、健身房、影视厅、棋牌室一应俱全。室内装修富贵华丽，马赛克拼花地面，罗马立柱，古铜水晶灯，鎏金纯白家具，手绘花瓣壁炉，紫色蕾丝涡形窗幔……

靳玉奎留意到陈逸山的表情："这套豪宅可是经过组织程序合法拥有的，我引进了外资，改变了全县的面貌，拥有这栋豪宅不为过吧？不要说一栋，给十栋我都敢要！知道我让本县的 GDP 增长多少百分点？知道我让多少老板肥得流油？那些老板买房买车，有的还买了私人飞机，是谁让他们这么富有，是我啊，是我让他们获得高额利润，难道我不应该分享一下利益所得吗？这绝对符合共同致富的基本原则。"

餐厅阔大，可供二十人同时就餐。靳玉奎从北京请的大厨现场片鸭，飞刀簌簌，片片薄、透、亮。他不无得意道："怎么样，兄弟们都以为小弟我离开北京再也吃不到正宗的北京烤鸭？这位大厨是我特地从全聚德请来的，什么时候，你有空帮我联络联络他们，聚一聚，我保证让他们吃遍天南海北的珍馐美味。想当年，你们这群优等生不是分在京城，就是分在省城，全班只我一人分到这小小县城，毕业典礼那天，我连死的欲念都有了，可如今回头一看，没准儿我还是最幸运的，寻租要挑领域，位高不如权实，那些在中央衙门混饭的哥们，未必如我这个小小县官活得滋润吧，'上可九天揽月，下可五洋捉鳖'，你说是不是其乐陶陶？"

酒过三巡，靳玉奎兴至酣处，更口若悬河："知道权力是个什么东西吗？是法老手上的魔杖。你敲一敲，活人变成雕塑，你再敲一敲，雕塑变成一条狗，汪汪汪，跷着可怜的尾巴，眨巴着饱含泪水的眼睛，乞求你再敲一敲，把他从狗变回人。这就是伟大的至高无上的权力！而权力的快感，浩荡荡充盈整个过程，你主宰了一个人的命运，准确地说，是主宰从人到狗、从狗到人的循环过程，在主宰的过程中，你掌控了他的情绪调控器。他焦急，你优哉；他悲号，你冷笑；他战栗，你冥想；他若抓狂，你就干脆再敲一敲，他即刻变成凝定不动的雕塑小狗！”

“哈哈，这种快感，绝对不是拥有一栋豪宅，或是拥有什么名牌车所能比拟，物质占有的快感是属于女人的精神层面，而男人，一个优秀的成功男人，享受的是权力带来的统治感、征服感、尊崇感、威严感。要不，帝王为什么要不断拓展疆土，疆土无限的绵延可彰显帝王至高无上的权力。嘿嘿，说了你也不明白，你是没尝到掌控权力的快感，尝到了死都不愿放弃，真是销魂蚀骨。那个谁，对对，元朝的严忠济写得好啊，‘宁可少活十年，休得一日无权’！”他哈哈大笑，荣耀感——将权力发挥至最大效益的荣耀感，混合着靳玉奎吞咽下的烤鸭，油光光地闪亮着。

陈逸山低下头，清透的水晶器皿，反晕着他莫测的表情。

这种分裂是痛苦的，身体的一半沐浴于耀眼的光芒中，另一半则浸泡于冰凉的海水里，他在冷暖的临界点。

第二天，恰逢靳玉奎生日。这是充满噪音的一天，权力幻变成各种现实的声音：喧哗声，欢笑声，脚步声，鞭炮声，满屋子的噪音，无比宏大，响亮地充斥着整个山庄。各种人，络绎不绝的送礼者，潮水般涌流进，涌流出。有送镇宅之宝，有送古董字画，当然更多的是送花篮，花篮里塞一个沉甸甸的红包，无数的红包一摞一摞随意堆放着，那根本不是堆放钞票，而是在堆放垃圾，钞票像垃圾一样多，像垃圾一样不值钱。

陈逸山穿越权力喧腾的声音走出去。白炽炽的日光里，他看见自己每天骑着单车上下班，中午在食堂排队打饭，常常熬红了眼加班写稿，权力的管辖范围不过是录用、枪毙几篇稿件，或是搜罗一些画作恭敬地奉送给上司，他的妻子抱着儿子奋力挤公车，儿子尖锐地啼哭，啪嗒，有什么碎了？

他回望一眼，一个送礼的人不小心磕裂一件瓷器，心疼地摩挲。于太阳筛滤的阴影下，陈逸山清晰地看到他眼里凹陷的悔恨，砸下去，毫不留情地砸下去，深刻的疤痕。

呵，痛苦的向往——甜蜜的权力！

痛苦的向往如同一个长期淤堵的穴位，刺激，疼痛，再刺激，再疼痛。

这位让陈逸山敬仰的长者——市交通厅厅长，在位时，常常讲干部清廉是为官之本。有一年，陈逸山参加市里组织的反腐倡廉宣传活动，还曾参观过他的老宅，低矮的白色小屋，一扇锈迹斑斑的铁门，围墙边长满野草。如今，他已退位，彻底脱下清廉的外衣，心安理得地享受特权带来的丰裕。老厅长的宅邸位于南山郊区，中式叠加别墅，偌大后花园内曲院回廊，亭台楼阁，假山溪流，宛若置身于苏州园林。他领着陈逸山参观他的庭院，边走边慨然道，清廉固然值得提倡，但是真正做到独善其身何其难。有谁能从中国庞大复杂的利益关系网中抽身？你的领导提拔你，是因为你能给他带来利益，下层服从你，也是因为你能给他带来利益，周围朋友与你交往，同样是因为你能给他带来利益，你一个人能斩断这条牢不可破的利益链吗？！

老厅长毫不隐晦，自己在位时，通过运筹擘划使儿子入股某高速公路，拥有百分之三十的股权，这很令他欣慰，幸好……他的言下之意，幸好在位时，他发挥权力的即时效力，将权力作为一种特殊商品，投向市场，变成市场竞争中的租借方，而他亦深知，权力所蕴含的巨大象征和绝对优势将足以改变竞争规则，竞争机会和竞争成果。

靳玉奎将权力比喻为法老手中的魔杖，老厅长强调发挥权力的即时效力，他们潜意识地将权力异化为自我意愿和自我欲望实现的利器。对他们而言，只要进入控制着诸多资源的权力体系，即可占有权力、分配权力，追求权力寻租的最大效益化，完成权力“公器私有化”的过程。

陈逸山的目光投向窗外，外界的光芒迷眩了双眼，他情不自禁地走进去，不再出来。

4

权力在欲望的世界里如何畅游？官员们在欲望的轨道里，疯狂地赛跑，他们不是在 A 或 B 之间选择，而是在 A+1、A+2……A+N 之间选择。在占有的竞赛中，新的更新的，先进的更先进的，奢华的更奢华的，唤醒深层次更深层次的消费欲求。他们纠结的不是拥不拥有汽车或房子，而是拥有奔驰 S350L 还是奥迪 A8，拥有温泉山庄还是国外豪宅，是将子女们送到英国读书还是送到美国读书，或拥有公务员的情人还是嫩蕊似的洛丽塔式情人……在一个差异社会的图景里，选择的多样性也反射出权力的差异性，有差异的权力可以交换有差异的金钱、女人及生活方式。

情妇？一个有趣的现象，贪官集体特征的折射。中国 95% 的贪官都有情人，有关贪官情妇的百度网页多达 44.5 万个。某秘书长 5 年规划睡 1000 个女人；某厅长的“快乐日记”记录 100 多个情妇的名字，性爱日记多达 96 册；一个科级官员的性爱日记上，预定计划拥有 800 名情妇……此刻，情妇不再具有任何人性特质，如同豪宅名车成为官员们占有竞赛中的衍生品。包养只能刺激雄性荷尔蒙，唯有炫耀才能刺激权力荷尔蒙。他们寻求各种途径彰显猎获的愉悦心情，以此寻找旺盛的权力荷尔蒙带来的兴奋和冲动……抚摸着，回想着，亢奋着，为了延续滑嫩肌肤所带来的快感，必须以某种方式纪念，文字或物件。当权力失去的那一天，一本本性爱日记或将唤醒权力美妙的回响。

欲望在亢奋、高涨间竞逐；一边是占有的竞赛，一边是炫耀的竞赛，而一切竞赛归根到底都是权力能量的竞赛。

权力迷狂于欲望的世界，似乎已全然忘却它究竟是谁，又为谁服务。权力的本质是一种特殊的影响力、制约手段，是维护公共系统秩序、公共利益、公民利益的武器。权力的服务对象是人民，那么人民在哪里呢？他们正在农田耕作、工厂纺纱、煤矿挖煤，在写字间朝九晚五，在校园里琅琅读书……无数张陌生的面孔，无数个陌生的身影，穿梭在大街小巷，汇合成一个"人民"庞大的词汇。官员们坐着奥迪，奔驰，从潮水般的人民中穿梭而过，人民或只是一幅背景，与白云蓝天、梧桐树、高楼大厦拼接成一幅画面，这幅画面，将永恒不变地存在着。官员有时会走出轿车，与人民中的某个代表握手，那一刻，人民的代表感激涕零，而眼里闪烁的泪光，旋即被镁光灯咔嚓记录，放大，再放大。

陌生的不熟悉的人民，是在某些官员的生活漩涡之外存在。他们喘息、呻吟、呐喊，早已被厚实的钢化玻璃所屏蔽。官员们愉悦地面对一张张熟悉的笑脸，这一张张笑脸如此小心翼翼，充满试探，他们也曾是人民的一员，只是，在封闭纵深的空间，变成了掌握特殊资源的"隐权力"的人民，他们如铁藤牢牢盘绕着权力的大树，尽情吮吸权力的甘露。一个示意，一个默许，一个眼色，官员们充分实现权力的交换价值，将其转换成支票，一张无限期无限额的支票，轻松便捷地换取——豪宅香车美人，这是权力的赋值。

"礼尚往来"——贪官——掌控"隐权力"的人民，在一个封闭的不透明的权力体系中，开始一轮又一轮权与利的循环游戏。

陈逸山与多少有特殊资源的"人民"，完成这样一个有趣的循环？他自己并不清楚，或是刻意忘记，只隐约记得第一次拿广告公司赠送的一万元购物卡，颇有点惴惴然，一方寸坚硬的物体，正小心翼翼试探着他的意志力，他将购物卡贴着大理石桌面滑过去，对方又迅猛地推回来，有趣的桌面游戏持续了几秒钟，陈逸山停顿片刻，那一停顿，他想到了什么？你拒绝吗？拒绝即意味着排斥，排斥这个人及他所代表的社会关系；如果接受，权力将进入这个人及所代表的社会关系的循环中……他环顾四周，最终将它丢进公文包，这不过是一张购物卡，什么也不代表，它只是朋友间礼尚往来的小小意思。“小小意思”成了漂亮的外交辞令，轻飘飘地，滑过，了无痕迹。时日一长，收购物卡成为一种惯例，倘若某一天企业不再赠送，浑身都觉得不自在。一名官员被抓后，对纪检人员坦言，给我送过钱的，我都不记得，没送过钱的，我倒都记得。

随着权力的扩大，陈逸山步入中国的“特权阶层”：他持有两张五星级酒店十万元的年储值卡，拥有配套卧室的办公间，配置公务专车，手机隔一年换一部，一切社交和差旅费用都可以报销。这些都被视为权力正常分配所得，每一任领导都是这么做的，他理所当然地享受特权阶层带来的特殊尊崇感。当然还有潜流于下的收支，那些掌握“隐权力”的人为牟取更多的资源，如蝇附蛆，变戏法般吸附权力的魔力。什么事情都有人代劳，房子有人代付装修款，子女出国有人代付学费，家人游玩有人代付旅游费，更遑论传统节假日送礼。官员们将其所得定义为“礼尚往来”。

禁戒线没了，栅栏松了，水漫流了，到处泛滥。受贿成为一种惯性，一切都是惯性使然。惯性使然将“贪污受贿”等同于“礼尚往来”，很多惊心动魄的受贿，在当时不过如吃饭睡觉般稀松平常。

每个人都作弊，就不能称之为作弊，每个人都贪污，也就不能称之为贪污;每个官员都在描摹另一个官员,有谁愿意成为另类呢?你洁身自好,就是在背叛我,你洁身自好的形象正反射出我贪婪的嘴脸,砸碎吧,你洁身自好的可恶样子!

一种生活方式参照另一种生活方式,一个执权者参照另一个执权者,巨大的模仿进程。

在朋友和家人眼里,一个清廉的官员 = 无所作为的官员;在贪官眼中,一个清廉的异端远比腐败的同党危险!

5

弟子问慧海大师，你为何活得如此自在？他说，没什么特别的，困了睡觉，饿了吃饭；弟子不信，每个人不都是如此吗？大师道：芸芸众生，有多少人食不甘味，夜不能寐？

陈逸山躺下，想睡个绵密得不透风、不透气，没有图像，没有声响，黑幕包裹起长长的觉。图景在眼皮浮掠。他梦见自己正在办公室审稿，标题一针一针刺过眼皮，天花板上，云飘忽不定地游移，时而膨胀，时而消散。雨，一滴一滴，滴落，纸面浸透了雨水。他低下头，蓦然看见父亲的面容，眼神空洞，面容枯槁，根根白发长长竖立呈扇形……

他一惊，梦醒了。盘腿而坐，烟火点上，往昔如一根根蜡烛，逐一亮起。

陈逸山的父亲是小学校长，从小告诫他："如果你不能成为我的荣耀，那你就是我的耻辱！"荣耀的对立面是耻辱，中间没有任何过渡地带，哪怕横亘一条细弯弯的河流。这个观点如烙铁烙印进陈逸山的记忆，红红圆圆的印记，变紫变黑，最终，形成一圈清晰箍痕，嵌进凹陷的肌肤。

在父亲的词典里，荣耀的世界是现实媚俗的世界，是成功，是万人之上一呼百应的显赫，是曝露于大众视线，热烈地被人欢呼、歌颂，是出现在宣传画、招贴榜、镶进金箔画里，闪闪发光。

陈逸山上小学时，某领导视察学校，当记者欲拍合影照片时，父亲灵机一动，突然转身，对陈逸山耳语几句，他听闻后，迅捷跑上去，无视所有诧异的目光，给领导系上红领巾……镁光灯闪烁了，陈逸山侧过脸，绽现灿烂的笑容，荣耀的花环就此套在他的颈项，不肯褪去。

这一刻，陈逸山知道，荣耀需伺机争夺，不能躲在暗处，应竭尽全力跳进荣耀之光中，让光晕通透透地照亮你！

陈逸山的面孔又凑过去，笑意若溅起的涟漪，一圈一圈，漾开。旁侧是某市领导的面孔，初始骄矜而冷漠，旋即，不经意的微笑，自唇角流溢。他很欣赏陈逸山送的某画家的画，赞道，别饶天趣，形神兼备。这一年，陈逸山二十八岁，正积极为仕途之路运计铺谋。在文艺处做记者的陈逸山得天独厚，利用采访之便，广交名家，求赐墨宝，而后，搜珍选异，一一恭送给领导。当时，雅贿一说尚未风行，领导究竟收了多少画家、书法家的作品，亦无从考证。有一次，陈逸山到某市领导家作客，看到一幅辛苦觅得的画被扔至角落，不免心疼，捡拾起来，灰尘簌簌直落。一丝不悦轻微滑过，但仅一波旋儿，若蜻蜓掠过水面，瞬间平复。他愉悦地走进领导的书房，奉上领导新出的散文集。散文集的文章多由陈逸山润笔修饰，甚或重新撰写，然则一旦署上某某的名字，就像吞进肚子里的食物，扎扎实实都是自己的。领导煞有介事地高声朗读，读至快意处，连赞，妙哉，妙哉！陈逸山趁机逢迎，您写的散文才情并茂，隽思妙谛，文质浑成，令人叹为观止！陈逸山牢记一位官员对他说的话，做官以后，你的嘴不仅仅属于你自己，说什么要根据需要，要应时应地应人。不仅要学会说假话，更要善于说假话，将说假话当成一个习惯，当成一个事业，说到自己也相信的地步。

领导心情颇佳，留陈逸山吃晚饭。酒酣耳热，执意让陈逸山陪他下几盘棋，解解酒气。陈逸山偷偷瞄一眼时钟，快到九点了，一走神，被领导将了一军，他哈哈大笑，小陈啊，今天你的棋艺很臭啊？

棋艺臭不臭并不重要，关键是，陈逸山让千里迢迢来看他的母亲，苦苦等候六个小时。他匆匆赶回筒子楼，屋内漆黑一片，一惊，忙开灯，母亲已和衣歪在床边睡了。桌上是母亲做好的梅干菜烧肉、醋熘小黄鱼，怕冷，盖上搪瓷碗，还厚匝匝地覆上几叠毛巾。陈逸山半晌无语，母亲醒后，他埋怨母亲干吗不一个人先吃？母亲说，人老了，没用，等着等着就睡着了。

他独自品砸着苦涩的滋味，旋即，又囫囵吞咽。这多余的声音，是被荣耀的世界所摒除的，即或萌芽时，也应毫不犹疑地掐掉，连根掐掉。

荣耀或与高尚情操并无关联。

一位著名诗人，曾有过多次婚姻，他和前妻所生子女在回忆录中都用“他”来替代父亲的称呼。幼年的他们被这冰冷的父爱鞭抽着，赶出家门，投奔异地的亲戚，结果亲戚搬家了，他们迫不得已在外游荡数月，因无法果腹，竟跟乞丐一起疯抢食物，直至有一天，被收容所收留。

而此刻，他们的父亲却在温暖的房间里，搂着新婚的妻子，悠然地看报纸。收音机里正声情并茂地朗诵着他的诗歌。他的诗歌充满着爱、温暖，炽烈的情怀如冬日的暖炉，火样的温煦，火样的热情。

在荣耀的聚光灯下行走的人，只有当一切被烧成灰烬，我们才能从破残的纸页窥出他冰冷的坚硬内核，或许，表象呈现的往往不是真实的，荣耀之光粉饰一切、遮蔽一切，我们看到的不过是美妙的幻象。

哪个才是真实的他呢？在民众眼里，他是个富有人文情怀的著名诗人；而在他的孩子们眼里，他不过是个冷酷无情甚而变态的父亲。

6

陈逸山如愿当上文艺处处长，应酬亦随之增多。他定期参加尚颐俱乐部的活动，俱乐部会员以画家为主，其间也不乏附庸风雅的企业家。

一天，某公司经理请陈逸山吃饭。席间，陈逸山发现他频频往咖啡里添加白砂糖，不禁问，你不觉得甜吗？他讪讪道，他的味觉功能正在丧失，再美味的佳肴在他嘴里已变得寡淡无味，医生说这是高压引起的精神官能症。他遍访名医，疗效甚微。后偶遇一位老中医，老中医给他开了些疏肝解郁的中药，并用毛笔在药方旁写下——被尘劳羁锁，物欲翳障，触目不见一点趣味。他想了一宿，觉得有点道理。

这位公司经理开始讲起自己的故事。当他还是一家广告公司的美工时，他的同学已买辆马自达小车，他站在车外看了许久，特意拍张照片，暗暗发誓，我一定要买比马自达更好的车。他尝试一切可以发财的机会，做药品销售、汽车美容、物流公司，先是和朋友合伙，最后单干。他机遇不错，又肯努力，买车、买房、买巨额保险，将妻儿移民到国外，甚至还早早购置墓地。当他自觉步入成功人士的行列时，突然发现，他还是在渴慕进入的世界边缘徘徊，当他谈论买什么牌子的豪车，别人已计划购买豪华游艇；当他意欲再添置一套房产，别人早在澳大利亚买了海景别墅；他有专职保姆、专职司机，别人更有专职医生、专职律师；而他追奔的脚步已渐渐疲累，四十岁的他突然觉得激情和热望都被掏空，再没气力去拼、去搏。他忽然间觉得失去生的一切乐趣。

现代人欲望很多，理想却很少。这是陈逸山参加某大学座谈会讨论的主题。

演讲者问同学们，你们认为理想和欲望是一回事吗？有同学说，只是一个问题的两面，都是我想要，我想实现什么……演讲者说："'理想'和'欲望'这两个词往往会混淆，我想要什么，我想得到什么，我想做什么……其实理想和欲望是两个迥然不同的概念。他（她）拥有了，我也要拥有，欲望因比较而萌生。欲望是个很奇怪的东西，它的萌芽、繁茂，需要无数个刺点，你刺激它，它就生长，你远离它，它就枯萎。一名女演员徒步走过雅鲁藏布江后，回到家，突然发现满满几柜的衣服全是多余的。

"所以，欲望反射的是外界参照物的景象，并随之更迭而变化，新的被更新的所替代，高级的被更高级的所替代；理想则是反观内心世界，是内在灵性的聚合体，是一种与生俱来的热爱，不可弃置的追求。理想和欲望呈反向运转，内在的世界越发澄明，外在的世界就黯然无色；反之亦然，人们对物的追逐越热烈越执著，内在的灵性越少，自我也越迷惘，直至被掠走最后一抹自然的醇和之光！"

7

理想和激情，几乎每个媒体人都曾有过，但往往极为短暂，就像开启啤酒的一瞬，满溢的白色泡泡，急迫地喷涌出，挡也挡不住，可仅持续一小会，旋即消匿。现实的挫败，生活的打磨，潮流的浸润，理想遂即转变成欲望，有人穿梭于各种新闻发布会现场，用车马费贴补生活；有人四处走穴，利用手中的资源赚取灰色收入。记者是个青春职业，三十五岁已是上限，三十五岁以后呢？一种选择是在新闻系统牟求上位，另一种选择则是利用积累的人脉经商开公司，或到某企业任高管，这都是属于“有路数”的记者。大多数老记者，既没晋升，又无缘商界，因此，每天看看报纸，编写几篇稿件，给办公室的花草浇浇水，泡壶浓酽的香茶，晒着和暖的午后阳光，躺在折叠椅上小眯一会儿。既然没有官运、财运，干吗不消停消停，享受一下懒洋洋的人生？若遇有人晋升，他们不免要酸几句，想当初，我获某某新闻奖的时候，他还不知在哪儿当孙子呢！

生活不就是这样吗？理想和激情是青春期的力比多，只在某时某刻存在，青春期一过，即刻难觅踪影。他们鄙夷理想主义，一个二十岁的人是理想主义尚属涉世未深，若三四十岁还是理想主义，不是傻子，也是痴子。

报社倒有几个傻子、痴子，江振啸是其中一个。江振啸二十五岁进报社，被分进摄影组。他高大、黝黑、满脸络腮胡，喜欢穿卡其布猎装和高帮登山靴，性格爽直，一笑两眼一眯，颇有几分孩童般的顽皮。江振啸和陈逸山同住筒子楼，还是邻居。陈逸山喜欢摄影，没事常钻进江振啸的暗房冲洗照片，有一次看到他拍的《远足》，脱口而出道，你的照片充满了偶然性。江振啸嘿嘿一笑："你倒看出了门道。有人喜欢摆拍，比如表现农村丰收的场景，他们喜欢让农民抱捆玉米对着镜头傻笑，我从不拍这样的照片，试想，被拍者一旦知道镜头对准自己，姿态表情亦随之僵硬，他们表现的并不是内心真正想要表达的。好的摄影要剥离掉虚假颗粒，呈现出人或事的本真状态。你看这幅《远足》，当时，恰巧一根树枝掉在被拍者肩头，他想拿掉它，我说，我要拍的就是这偶然掉落的树枝，它透着股你刚从森林走出的信息，照片因其偶然性而生机勃勃。"

后来，陈逸山分进报社新建的职工大楼，江振啸继续住在筒子楼，两人渐行渐远。有时，加班晚了，陈逸山到报社对面小吃店吃面条，常会遇到江振啸，他每次必喝啤酒，点一盘椒盐花生，一大把抓在手里，轻轻一摩挲，一吹，红色花生皮洒落一地，有的还抖落在他的络腮胡上。小吃店的小男孩跑过去，抢他手中的花生吃，江振啸一把揪住他，小兔崽子，亲亲啊！一屋子爆笑。

江振啸性格豪爽，喜欢帮人，渐渐有了"江大侠"的称呼。后来《新都报》成立特稿部，他从摄影组调过去，成为报社资历最老的调查记者。

调查记者——不是平铺直叙地报道新闻，不是粉饰现实，更不是商业利益集团的枪手，他们旨在挖掘真相，揭露真相，将黑暗的一面放在阳光下曝晒。由于各种原因，事件制造者捂住真相，恐惧真相的外泄影响声誉及官运，他们想方设法阻挠、围追、封杀调查记者，竭尽全力让真相无法出笼，胎死腹中。

风险时刻存在，被千里追捕缉拿，被诬陷入狱，被围攻威胁，被买凶追杀。江振啸的采访经历可谓惊险跌宕。有采访农村违法集资案，雪夜迷路，困于山洞两天三夜；还有采访矿难黑幕，被煤矿主追杀，漆黑之夜一路狂奔，结果脚底一滑，从山坡滚落，距断崖仅咫尺之遥；有一次，调查乡村贿选案，江振啸潜入村里待了五天五夜，村干部封路设岗，无法出村的江振啸心生一计，用灶土灰擦擦脸，换上农民的服装扮成卖马铃薯的农民，将电脑和相机藏进装满麸皮的麻袋里，和几个农民开着拖拉机侥幸脱身。

凭借胆识和勇气，江振啸常能虎口脱险，但不是每一次都这么幸运，他撰文披露某企业私自低价出卖国有资产，招致该企业主雇佣黑社会围攻暴打，住院两周。当时，一名电台女记者采访江振啸，问他，不害怕吗？江振啸说，害怕，怎么不害怕？老子也是人啊！可是，总有些事该由一些人去完成，比如，有人喜欢吃喝嫖赌，也有人就喜欢打抱不平，这是宿命！他顿一顿，我的肉体害怕，但我不怕！

在某新闻研讨会上，江振啸说："我们不是在写一堆数据，一份报告，我们的核心是在写人，有生命的人。新闻是个纸面的切口，你必须切得深、切得广，一个世界正在向你敞开，你进入他们的世界，进入一个个温暖、血气充盈的生命，感受他们的焦虑、愤怒、痛苦，你看见了，就无法转过身！"

8

《新都报》前任总编办报风格过于激进，主管部门寻个理由，将其调到一闲职部门，陈逸山顺理成章地成了《新都报》的新主编。

报如其人。他彻底改变《新都报》以往的风格：犀利、尖锐、洞察社会敏感话题，将其勾兑成一杯温开水，变成一份和颜悦色的报纸。

陈逸山一向秉承中庸之道，追求趋同——一致的思想，一致的行为。凡涉及触礁或有争议的稿件，不妨缓一缓，观一观，斟酌斟酌，慢一步总比快一步好，领先一步是先进，领先三步是先烈。他从不想成为无辜的先烈。

对待本地新闻，他更慎之又慎，哪怕是有关民生的要闻。某大型化工厂发生恶性爆炸事件，造成四十多人死亡。此新闻头版头条赫然刊载在全国各大报纸，本地其他报纸亦在头版做了标题导读。可陈逸山还是压着，不敢造次。直到第二天，收到宣传部的新闻通稿，才低调刊发在二版。第三天，头版刊发这样一篇报道——《爱心救援在爆燃后第一时间展开》，画面是119救火队员灭火的场景。只需调换一下聚焦点，天灾人祸即刻演变成可歌可泣的救死扶伤。

报纸可以小资，家长里短，甚至可以办成“二奶报”，麻醉神经，沉溺于片刻的狂欢，醉生梦死，但绝不能刺激敏感的神经末梢，捅娄子，碰触导火线。

为了权力的安全性，陈逸山圈定一个保护范围，其中囊括长期投放广告的大客户，特殊职能的单位及他的关系户。这份报纸密密匝匝地交织了他四通八达的关系网，他忠实地传达他们想说的话想听的话，并精心架构起自己的利益共同体。

新闻部的记者对此名单了然于胸，小心规避。然亦有屡屡越界者，比如这个江振啸——桌上的文章就是他新写的一篇“捅娄子”的报道。

此报道涉及一千名农民房屋拆迁案。某房地产公司为开发西郊度假村，强行要求农民离开祖屋，而拆迁的各项补偿标准大大低于同类土地和房屋的市场价，农民陷入失业又失地的境地，愤懑难平，抗拒拆迁，造成纠纷。

早在报道之前，他已耳闻此事，对某些内幕甚或比记者更为熟谙。如此大规模占用农地开发度假村，审批程序一路绿灯，畅通无阻，必有庞大的权力机构做后盾支撑。该房地产公司的老总是某市领导的外甥，大大小小的股东也是各级领导安插进的亲戚或亲信。

每个人的屁股都坐在利益的板凳上。

失去土地的农民的利益不是他关心的问题，他只关心——权力的安全性，持续性及无限上升的可能性。在通向仕途顶峰的道路中，任何人、任何事都不能成为绊脚石。

江振啸敲开了，不，准确地说，是撞开了他的门：“我们报纸的公信力何在？难道报纸的生存一定要以牺牲真相为代价？！”

9

媒体的公信力？

江振啸举起媒体公信力的箭镞，冲锋陷阵，是否想到，有一天会人仰马翻，陷落于无所不在强大无比的权力之网，不复有战斗力？

前年，陈逸山参加新闻年会，某报纸总编在主席台上侃侃而谈："报纸的价值是满足公众的知情权，终极价值是真实。一定要死守不造假、不说假话的底线。公信力比黄金还重要，媒体只要实现公信力这一个价值，就会实现无穷尽的价值。"

第二年，难觅其踪影。一问，他因一组深度报道得罪当地官员，被免职。陈逸山感慨，最终生存下来的不一定是英雄，正如丛林之王的狮子无法在沙漠扬威一样。

他坚守了公信力，却牺牲了自己的仕途。这究竟值得还是不值得？

值得不值得取决于每个人的生存定位。

陈逸山从未将自己定位为一名报人，而是定位为一名政客。报人以报纸为名誉、理想、生命，政客只是以报纸为跳板、为资源、为利益交换平台。这有本质的区别。

政客所思所想，是权力的掌控——权力的分配和权力的最优组合。而公信力于政客，好比唐·吉诃德的长矛，无所顾忌地挥舞进攻，会扰乱权力所构建的固有秩序。这令陈逸山格外警醒。

当然，他在任何场合也会高谈媒体的公信力，比如，媒体若被广告客户收买，意味着公信力的破产。此时，公信力仅是漂亮的包装纸，完成迷惑的主题，旋即被毫不犹疑地撕扯掉。

他解除公信力的法力，磨钝公信力的锐利，高悬着，仅是示人，它存在着，但它从来不会发挥效力。

一切不都是那么一回事吗？思想和行为，表象和实质，从来都在异轨上运行。我们高喊一种主义，内心却发出另一种声音，没人能监控思想，监控思想那不为人知的隐秘领域。正如陈逸山年年交党费，可是，他的虔诚却奉献给藏传佛教。他痴迷于藏传佛教的轮回之说，渴求衰老枯败的肉体，几经轮回，觅得金灿灿的栖身所在。每年他都专程去一趟西藏，拜见当地非常有名的活佛。自觉膜拜的那一刻，头脑无比清明，有灵光乍现。

他没有任何不适感。身体的每个机能已然习惯这种异轨的运行，它们在两种声音的鼓噪里，相安无事，自得其乐。或许，他从来就是自我利益的坚守者，不存在理想和现实、道德和伪善之间的裂口。

人格的建设是以人格的丧失为代价的！

10

江振啸很快递交辞呈，一周后，集团内部的《新闻周刊》刊登他的一篇文章：

新闻记者的“反光镜”

做个什么样的记者是我入行第一天就开始思考的问题，是做一个追逐社会热点、眼球效应的记者，还是做一个公正、谨慎的调查者、记录者、判断者？有时，看到一些记者热衷跑场子，拿到几百元的红包乐滋滋地塞进包，回去屁颠颠地写着违心的话，实在很鄙夷。记者最重要的是独立性，你一旦拿了红包，你的独立性将被收买。如果想赚钱，大可不必从事新闻这个行业，新闻可以救人，也可以杀人，如医生，是拷问良知、责任的职业。新闻一旦屈从于私欲，那么记者呈现给受众的世界将是一个扭曲、错误的世界，会影响并改变一个人，甚至一群人的命运。

什么是新闻？什么不是新闻？

新闻是新鲜、动态的，正在发生的事件。它具有新奇特的特质，但不意味着新奇特是新闻的唯一属性，某些不具有可传播的“新奇特”，媒体一旦将视角聚焦其上，渲染、煽炫势必造成对公众的误导、现实的仿效，并将百分之一的比例扩延至百分之三十、百分之八十……形成一种普遍的社会现象。

新闻记者对新闻的取舍不仅需要事实判断，更需要价值判断。有些画面，有些声音，是完全可以屏蔽掉的。我曾经采访过一个杀人犯，他采取的杀人手法都源于几年前一起恶性杀人事件的报道。当时，那个记者为了刺激读者眼球，极为翔实生动地描写杀人犯的作案计划及手段，未料及，一篇新闻报道，竟然成了另一个杀人犯的参考蓝本。

在庞杂的信息时代，真相的获知，越来越有难度。

一个事件因记者立场、视野、角度不同，往往呈现不同的“真相”。

面对错综复杂的社会事件，记者的取景框非常重要，你是全景揽入，还是屏蔽一部分，如果只选取某一部分，事物在横截面，将呈现完全不同的面貌。

片面的取景、片面的放大造成片面的结论，而这样片面的结论，因其具有某种极端情绪，尖锐地凸显，更易攫获眼球。于是，新闻走入这样一个怪圈，不再是现实生活的客观反映，而为攫获眼球—寻求素材—裁剪素材—加工素材—走向极致地攫获眼球。奇妙的“倒置法”。

某些记者写新闻的思维方式就是“倒置法”，保护某些人（企业），抨击某些人（企业），所有的客观事实是在已设定的结论之下有选择地筛选素材，佐证结论。事件的呈现只为一种目的、一种声音服务，只在某个横截面具有一定的正确性。这是由个人主观意志引导的新闻，而不是由事实论据引导的新闻。

新闻的职能是监督而不是攻击。监督是出自善意的社会责任感，攻击是代表某种声音或利益集团，恶意的有目的，这有本质的区别。

我曾因自己的随意毁灭一个人的生命。记得刚做记者，写过一篇有关学术纠纷的报道。当时，我受一名家误导，质疑某教授抄袭，该教授为证明自身学问的清白，竟然选择了自杀。诚然，这名教授本就患有抑郁症，但不可否认，我的那篇报道和波及的后果，是在她生死平衡间掷下的又一铁锤！

记者在短短时间的采访，未必能深刻剖析到事物的核心，多倾听、多质疑、多取证，善于从庞杂纷繁的事件中，筛滤事物的本质，然后，审慎地写下。冲动是危险的，理性、合理的逻辑思考能力才是最重要的。

警惕自己手中的笔，是攀援的绳索，也是锋利的刀刃。

力量源于正义和良知。

一名外国女孩救助一溺水的中国儿童，成为当地各大媒体的头版新闻。然而，这位外国女孩在接受采访时，却连说，我很失望，我很失望！现场有好几个记者拍照，但没有一个记者扔下相机，跳进湖里，帮我一起救人。当时，我想喊，Stop，停止拍摄吧，帮我一起救人吧！

抢得头条获得重酬甚于生命价值，这种新闻观如毒性肌瘤，疯狂生长，直至彻底吞噬新闻良知。

一群记者强行进入一个被强奸的女子家里，长筒短炮对准一对倍感羞辱的夫妻。女子掩面哭泣，染着斑驳红色指甲的手紧紧攥住被子的一角，她的丈夫跪在她身旁，哀求着记者们，我忍受了所有男人不能忍受的耻辱和压力，我不愿回忆！

这一刻，新闻的冷酷、残忍，淋漓毕现。每个人都是旁观者、煽动者、施暴者，道德上的普遍麻痹症。

警惕你手中的笔，切莫成为某利益集团的利器。有些记者，是想利用媒体平台求捷径获取名利，这就注定他将视角圈定在有所图谋的企业，利益驱使，你若接近，必先染黑自己。

在新闻采访中，我始终与现实利益刻意保持距离，很少参加商业采访，一旦红包揣进口袋，不写觉得对不起出资方，写了又觉得有违新闻道德良知，干脆选择回避。这本属正常，反倒成了被人取笑的口实。我想到一个护湖人，长年累月地义务护理河道，人人笑他痴、笑他傻，他说，这是一件再正常不过的事情，我们祖祖辈辈饮用这湖水，护理它很正常。我同样想到一个企业家，他在公开场合说经商多年没有行贿过一分钱，反招致网民一致拍砖。人们认为受贿的官员是正常的，行贿的企业家是正常的，收红包的记者是正常的，被潜规则的明星也是正常的，正常的不正常，不正常的反而是正常，可悲啊！

11

陈逸山多少有些唏嘘，江振啸无疑是个优秀的记者，他长年累月坚守新闻第一线，行走在中国广阔的大地，深入常人难以到达的角落，然而，每每辛苦调查数周甚至数月的稿件常被枪毙，有时，稿子虽刊出，已被大幅删改，面目全非。最近几个月，江振啸写了几万字若干篇稿件，刊用不过寥寥几百字，最终连月用稿考核都无法通过。

陈逸山沉吟片刻，决定打电话约江振啸喝茶，这是他任总编后两人第一次私下交流。他们坐在报社附近的茶社，落地玻璃窗望出去，对面的小吃部已被拆掉，大型起重机正在施工，新的报业大楼将拔地而起。陈逸山忽而有点感伤，小吃部常放的那首《梦开始的地方》好像还在耳畔回响，可时间的年轮已不依不饶地转了十五年。

他们面对面。江振啸比他粗糙得多，皮肤黝黑，眼角皱纹呈放射状，但他的眼神似更坚毅，陈逸山避开他的目光，望着窗外道："如果你有兴趣，调到经济生活部怎么样？"江振啸没有接茬，猛吸一口烟，抬起头，两眼布满血丝："我觉得人大致分三类，一类是绝对利己者，所做每件事以是否利于自身发展做取舍标准，从不会在毫无价值的人或事上投入精力和时间，他们的一生是交易的一生；有的人是旁观者，他们固守自己的岛屿，我不走进你，你也不要走进我，他们的一生是排他的一生；而我是个积极的社会介入者，你不能说我想改造什么、创建什么，我没有那么伟大，但我喜欢投身于社会的各类事件中，尽一己之力，让事态向更美好的一方发展。

“上个月我去鹿州采访，村长以非法集资名义骗走村民们全部身家，村民怨声载道，无处可申诉。因为，县长是村长的亲戚，也是这个项目的合伙人，村长叫嚣，你们往上反映吧，县里我有人，市里我也有人，就是告到中央，我也有人！我在乡里采访六天六夜，几乎每天屋里都站满乡亲，他们坐在炕头，蹲在地上，挤在院里，院里挤不下，干脆骑到墙头，每天忙到凌晨四五点，睡一会，眼一睁，地上又蹲着一排乡亲，巴望着等你说话。一个村民说，从来没有人倾听他讲这么长的话，再不讲，都发酸、发酵了！我想说，发酸、发酵，迟早有一天会形成总爆发，形成仇恨聚合力，人人都需要排泄口，强制性地堵、封、最终必会决堤！

“公正美好的社会是给予每个人有平等说话的权利，精英阶层掌控了话语权，传达的是他们想说的话，表达的是他们想表达的思想,社会行进的方向必然由他们掌控,那么,被精英阶层视为渺小者、卑贱者、失败者呢，他们的疾苦，他们的悲情，他们的委屈，又有谁倾听呢？

“情绪的爆燃就在瞬间！”（一阵沉默）

“我曾希望借助媒体的力量帮助遭受不公平待遇的弱者，可是——”江振啸顿了一下，“可是，我现在什么也做不了，当我从那群农民身边走过，看到他们悲绝的表情，无力感再次袭来，我曾给予他们希望，如今，却又剥夺了他们的希望，这或许比没有给予任何希望更残酷！”江振啸狠狠地拧灭烟头，站起身，第一次，陈逸山觉得江振啸是这般高大。

两人走出茶社，江振啸骑上摩托的一瞬，突然大喊："你为什么不走出去？走出去，亲眼看看他们的境况，走出去，亲耳听听他们的声音……"

12

走出去？有多久他没走出去？

每天，他的奥迪车穿行于城市大街小巷，钢化玻璃和钛合金隔离了川流的人群；高科技的恒温材质，隔离了春夏秋冬；不断更迭的青春容颜，隔离了衰老；他的手自一个个女人的身体滑过，光洁、水嫩，这是他所感知到的世界，柔软的触感。

他与火热的生动的真实世界，隔离太久，久到——他已全然忘却了那个世界的存在。那么多被尘封的声音，被挤压的肉体，被抑制住的嘶吼，早已被他遗忘，被他永久地清理进记忆的黑场！

然而，他知道江振啸是从那个世界走出来的，他的鞋底还沾着那儿潮粘的泥土，他的手刚从一双双焦灼粗糙的手中抽离，他听到他们的哭嚎，闻到他们的气息，他汇聚着他们的万千气息走向自己——悲怨、愤懑而又满怀热望。即或曾经失望过无数次，可依然试图燃起最后一丝期冀，走向自己——但，最终，江振啸不可避免地失望了，他面对的不过是冰冷的无血无肉的权力机器！

就做一架冰冷的无血无肉的权力机器吧，江振啸可以义无反顾地向前冲，他岂能因一时冲动或不忍就轻易摧毁辛苦构建的荣耀世界？荣耀世界赋予他太多：权力、地位、话语权，可供支配的丰沛的公共资源，四通八达的社会关系网，无数人的仰慕逢迎献媚附和……这一切岂能轻易丢舍？

他不想做无谓的牺牲，他必须荣耀地“生存”于当下！

13

“当下”本是佛教用语，是佛经里最小的时间单位，一分钟有六十秒，一秒钟六十个刹那，一刹那有六十个当下，一秒钟也就有三千六百个当下。

往昔不曾发生过什么，它发生在当下；

未来什么也不会发生，它发生在当下。

佛说，人活着和感觉到的只有当下，不要活在对往昔的悔恨、抱怨中，更不要因未来的不确定而恐慌。未来与往昔都是幻象，唯有当下，是唯一能感悟且掌控的，是时间的实相。故而，幸福地活在“当下”吧，这多少有点精神疗伤的意蕴。

21 世纪，“当下”成了流行词语，却有太多误读。人们高喊，往昔不复存在，未来不可预知，要好好把握当下啊！人们在当下捞金，在当下摧毁，在当下乐活。“我只活在当下”，潜台词里有着某种及时行乐、今朝有酒今朝醉的感觉。

在这个语境下，当下变成看不见的刀片，是对历史、未来的一种切割，忘却历史、挥霍未来，只在当下——孤零零的时间断片中，心醉神迷地燃烧着。

历史不会自我言说，往昔不能证明自己的辉煌，经济利益却现实地左右着决策者的思维。他们热烈地终结着城市的历史和记忆，挖断城市的文化根脉，旧的被摧毁，新的再次被摧毁，城市滚沸着丰沛的利润，在断层中高速发展。

近三十年，中国每座城市拆毁的传统建筑超过百分之九十，平均每年以几亿平方米的面积进行大规模的城市建设，有四万多处不可移动文物消失，其中一半以上毁于各类建设活动。

失去历史的城市在相似中无限蔓延，相似的面孔，相似的腔调，彼此遥遥相望，面面相觑；蜕变，移植，杂交——摩天大厦，CBD、步行街……在越来越崭新的面貌间，我们无法辨识每座城市原初的模样，原初的模样不断被涂改，被覆盖，直至完全消隐——城市的孪生化镜像。

未来之我是不存在的，所思所为，只在当下显效；未来的忧患与当下的荣耀是对立的。

当下的彪炳政绩至关重要。一些官员提出“宁可毒死，不能饿死”，大肆上高耗能、高排放、高污染项目。某县 GDP 每年增长一亿，然而，这一业绩背后的代价是资源的过度开发，四年时间已开发未来四十年的森林资源、矿产资源，患癌人数呈几何级数增长……

从太空俯瞰雾霾，一条灰带斜穿中国；重金属污染土地已超过三亿亩，约占中国耕地的五分之一；长江黄河的水样本中，四分之一污染严重，甚至不能进行农业灌溉；百分之八十近海海域生态系统遭到严重破坏和污染，污染最严重的渤海海域已成死海，若要使渤海“复活”，需要二百年时间……

“是目标在确定我们，是结果导致了我们……是金钱挣得了我们，是死亡窥伺着我们。”[1] 所有的计划是即时、速效、断裂的，是被数字体系所操控的，是透支未来的自然资源，是加速后代子孙的死亡，有谁会在乎十年、二十年甚至百年后的事呢？

未来之我灰飞烟灭，不复存在，未来之我不会呼吸，不会吃、喝、拉、撒……哪怕全球荒漠化，人类灭绝，未来之我，不复生有未来之眼，俯瞰地球，悲绝于天变地异。活在当下的人，不求被记忆、被崇敬、被歌颂，即或被遗忘、被唾弃、被掘墓，人们还是醉心地享受，疯狂地掠夺，争先恐后地——沐浴于“当下的荣耀之光”！

[1] ［法］让·鲍德里亚：《冷记忆 4》。

诱惑在狂欢中的消失

1

尤嘉霓做了个梦。

在演播大厅，正直播某相亲综艺节目。

一长溜儿粉光脂艳的女孩姿态妖娆地站立。她举手，主持人不理睬她，她不断地表白，心仪的男嘉宾视而不见，她听到情感专家窃窃私语，太老了，没有观众缘，下一次，让她下场。

她看着大屏幕，一位女嘉宾的面容频频闪现，她造型艳丽，鬓发中分拢复盘起，一袭妃红低胸紧身蓬蓬纱裙。她以特有的娃娃音对尤嘉霓说，我 Hold 得住全场的目光，你呢，摄像镜头永远不会在你脸上多停留一分钟。

尤嘉霓绝望地从演播大厅逃出，疯狂地奔跑。她变丑了，变老了，变得毫无吸引力，如同橱窗里的木头模特，哪怕被剥脱掉所有衣服，赤裸裸地站在橱窗里，也无人顾盼。稍一破损，即刻被弃掷黑暗狭小的仓库，兀自瞪着空洞的眼睛，在灰尘和纤维的呛人气息中，独自腐烂。

一个踉跄，尤嘉霓重重地摔了一跤，意识跌碎在地上，她号啕大哭。没人关注尤嘉霓，在这个吵吵闹闹被信息堵塞得喘不过气的世界，谁会在意一个庸常人的失常行为？有人跳楼，有人失业，有人疯狂，尤嘉霓，一个在街上飞奔的女人，一个满世界狂寻吸引力的女人，谁会在意呢？她的吸引力不过是灰尘，飘散进空气、泥土，旋即蒸腾。

尤嘉霓猛地惊醒，这个梦预示着什么？预示着她老了吗？是啊，她已三十四岁，青春的水色被抽干，没有了生动的韵味。

难道她的吸引力就这么枯萎了？

她迫切地在男人的目光中寻找自己的面孔，男人的目光是神奇的魔镜，镜子锃亮时，她看到一张鲜艳的面孔；镜子昏暗时，她的容颜也随之凋零。尤嘉霓的面孔在男人的一声声赞叹声中鲜嫩、水润，泛漾春光。

她和她们的面孔存在于他们观看的目光中。

她和她们不能生活在没有男人目光的世界里。

2

2011 年，相亲综艺节目，令人目眩的景观秀。

一排排女孩站在演播大厅里，表演着“我蔑视，我沮丧，我羞涩，我狂喜”。亮灯，灭灯，随心所欲。女嘉宾拒绝一个又一个求偶者，调侃、嘲讽，以带刺的舌头搅拌男嘉宾和观众的味蕾，让人恨、让人怨、让人唾弃，但终究是让荧光屏记忆，将记忆的铆钉深深扎进观众的视域，永不得拔出。

男嘉宾也在表演：以人工魅力反诱惑自然魅力。诱惑的法则其实就是竞价的法则。男人不再是血与肉的混融，而是一切可以用数字衡量的有机组合。他们频频抛下诱饵，事业、家产、年薪，诱引她们掉进散发异香的陷阱。

谁能成为投票概率最高的心动女生？谁能赢取更多女孩的芳心？女人的诱惑，男人的反诱惑，有趣的两性对抗游戏。

男女嘉宾互玩着诱惑的游戏：面孔的诱惑，表情的诱惑，言语的诱惑，目光交织在一场双人角斗中，鲜活的漾动，暧昧的漾动。他们彼此并不相识，浮现的不过是纯粹的外表，一组履历，一些思想的碎片，都是随意、无机的组合，笼罩着虚幻的光芒。

我想要的不是爱你，也不是让你喜欢我，而是诱惑你——“深情”地诱惑你！

女人诱惑男人，制作商诱惑观众，“拟像”诱惑实在。社会在影像编织的虚假世界，变异、失真。个体若醉酒之人，摇摇晃晃晕眩于影像世界，被催眠，被俘获——诱惑的牺牲品。

3

尤嘉霓的目光盯着电视屏幕，这些比她更年轻更漂亮的女孩正拥挤着抢占求偶的跑道，想占据一个位置并不容易。

三十四岁的尤嘉霓已厌倦“公共情人”的角色，情人——注定无所归依，是流动、漂移的，是永无目的的游荡。她厌倦了不确定性，厌倦在未来迷障间前行的混沌无措，她亟须一个家，家的呼唤的声音，急鼓繁弦地，咚咚，一声急似一声，催命似的，直敲得血脉贲张，心跳加速。

上海的女友发来婚宴邀请短信，上面赫然写着新郎是雷曼斯登投资公司亚洲区 CEO。尤嘉霓一愣，不愉悦的褐色液体在流淌，在阴狭隧道流淌，尖锐地冲刷掉一切柔软的情绪。

多年来，尤嘉霓一直在自我设计的世界里疯狂奔跑，她奔向一扇扇欲望之门，打开、走进，再打开、再走进，欲望一个个实现。然而，终有一个欲望梗阻于心，不得喷涌——那就是进入上流社会成为豪门名媛。若干年前，当她看到香港某女明星耗资数亿的奢华婚礼，不禁心驰神往，这幅诱引着她不断向前的图景，从不曾褪色，它以某种惨烈的艳丽，灼刺般炽燃着。

尤嘉霓神情黯然地从女友婚礼现场走出，脑海里还闪现着豪华婚礼的种种场景，怎么会是她？除了一百七十公分的身高，流利的外语，她还有什么？尤嘉霓自恃比她更漂亮，但漂亮有什么用，她终归不是画面里的女主角，只是旁观者，尽管差一点进去，甚或在某一时刻，她真的活在众人艳羡的目光里，但她并未锚定住，深刻地，锚定住，最终，她还只是个临时A角。

尤嘉霓决定常驻上海。女友钓到金龟婿的秘诀是频繁出没上流社会的社交圈，她想试一试，反正宜都的业务已苟延残喘，再拼力经营也是杯水车薪于事无补。岁月的锉刀正无情刨削掉她的青春，她要紧攥住最后一点鲜嫩，赌一把！

上流社会，英文名称Upper Class，意指社会上掌握政治权力资源及自然资源分配权的既得利益者。

中国有上流社会吗？在无数普通中国人的眼里，上流社会是享受、奢华、炫耀、闲逸的，是权贵、新富、知识精英、娱乐明星们穿着高级定制出入高级私人会所，活跃于某些场所——慈善拍卖、新款名车发布会、大牌时装走秀、商会宴请、洋酒品鉴、成功男人雪茄聚会……以名牌、名人、派对相佐，豪掷自己的资本，这就是我们所理解的上流社会。

于是，在时尚杂志，我们常看到这样的画面，绅士们品拉菲极品红酒，或点根哈瓦那Cohiba Behike雪茄，社交名媛们则如彩雀开屏般展示价格不菲的晚礼服和华贵首饰，配文翔实介绍绅士名媛的生活方式，比如去法国勒图凯打高尔夫、澳大利亚昆士兰潜水、日本箱根泡温泉，甚或飞到太空完成奢华之旅。

看客在艳羡的同时，仇恨也在增长，仇恨的增长源于巨大的差异。当大多数中国人正为几十平方米的房子奋斗时，他们却炫耀价值数亿的私人飞机、豪华游艇、宫廷式别墅……他们过度喧哗，过度挥霍，过度刺激看客的承受底线。

不同的声音此刻响起，他们认为，中国根本没有上流社会，只有上层社会，上层社会只有地位和权力属性，而上流社会是财富、知识、品位、礼数的结合。一切的权贵、新富等不过是在“扮”上流社会，是有钱人和装作有钱的人扮演出来的群体，有其形无其实，虽有高贵的外表，却无真正的贵族精神。

真正的贵族精神是什么呢？

保罗·福赛尔在《格调》里写道，在英国、法国、荷兰等国，贵族必须承担对国家最大的责任，才能得到最大的荣耀。在二战，英军死亡率是百分之十五，但由贵族子弟组成的伊顿公学毕业生的死亡率达到百分之四十五；贵族重视荣耀感，荣耀并非来自对特权的追求，而是源于为国家担负更大的责任，并成为国家精英行为的指南，这有本质的区别。

对于尤嘉霓，无论是“扮”上流社会，还是“半”上流社会，她都不在乎，关键是她必须成为上流社会的一员，而不是上流社会的看客。尤嘉霓对上流社会并不陌生，可以说，一定程度上还颇为熟悉，她也曾是活跃的社交蝴蝶。但熟悉上流社会和真正进入上流社会有着天壤之别。

尤嘉霓再次来到上海的社交圈，几年前初涉上流社会，她徜徉、迷恋，姿态是从容的，如今，眼瞅着青春蹭蹭溜走，尤嘉霓开始焦灼，焦灼的不仅仅是尤嘉霓，各色人等都忙不迭地将上流社会的标签贴在脸上：有捞取祖上支离破碎的辉煌，大肆宣扬显赫身世者，比如，号称服装大亨的后代或是晚清某亲王的曾孙女；亦有如假包换者，某男自称是民国某元老的亲孙子，住在法租界的老洋房，每一出场，行头足够楷模，比如大家都穿 LV，那套非得是在巴黎、伦敦供应的“欧版”，或干脆在法国或英国几家裁缝铺定做，袖口绣上自己姓名的首字母。但据知情人曝料，老洋房没错，却是跟邻居共用卫生间。

真真假假的上流人士闹哄哄地汇聚在一起，他们和官员谈商业，和商人谈艺术，和艺术家谈风月，和明星谈政治，必要的时候还来段精彩表演。某派对上的风云人物常作夸张之举，有一次，他忽地撩开西装，从胸口内袋拿出扁平威士忌酒壶，拧开盖子喝一口，他的表情像是对着摄像机说，××威士忌，可以喝一点。

谁也探不到对方的真实底细。真正的富豪很少参加这类活动，他们是潜水动物，难得一露真容，即或遇见有殷实家底的，又百分百有家室。几遭下来，尤嘉霓一无所获，她颓然站立，眼一瞟，身旁站一年轻女孩，穿着不知从哪儿租借的晚礼服，手捧一大碟食物，正茫然张望，尤嘉霓心想，这主儿八成也是来“狩猎”的。

4

熟面孔倒是越来越多，袁琅是其中一个。彼此并不相识，却亲热地打招呼，其实是谁也叫不出谁的名字，谁也不了解谁的底细。

尤嘉霓受邀参加法国人的家庭晚宴，非常高级的 sit down dinner。晚宴设在阔大阳光屋，穹形玻璃屋顶，一仰头，星空朗月尽收眼底。十几人围坐长形餐桌，桌上陈设每个人的名牌，尤嘉霓略显局促，一掠眼，意外发现袁琅也在场，两人不禁一笑，嗨，你，你……你也来了。烛光烁烁，菜品次第呈上，松露鹅肝酱、牡蛎浓汤、腓力牛排、甜酒舒芙蕾。主人每上一道菜，即有客人用法语赞美一番，其间，更有一女子用流利法语细述她的味蕾体验。尤嘉霓艳羡不已，自惭曾学的零星法语早已遗忘，唯沉默不语。恰巧袁琅坐在旁侧，很绅士地低语道，Tres Delicieux，她遂即模仿，袁琅赞许一笑。

尤嘉霓暗想，多么有意思，她巧合地出现在他出现的场合下，像所有拙劣的爱情故事片，在不期而遇的巧合和意外惊喜的机缘下，巧妙地占据他的记忆。她知道，巧合的机遇将延展一段必然的结局。

无形之中，两人亲昵不少，她成了袁琅固定的派对搭档。尤嘉霓私下打探袁琅的底细：四十二岁，知名服装企业的董事，喜欢摄影，开设两间中等规模的画廊。关键一点，已离婚，现单身。袁琅符合现实世界所设定上流人士的标准，值得她极尽旖旎媚功，胶黏上，柔软地胶黏上。

果然，再次见面，袁琅对她说，博鳌有个精英论坛，跟我一起去吧。似乎没有过渡，啪嗒一声，即从派对搭档跳跃到临时情偶的阶段。临时情偶是个很有意思的词，流动的，可以随时删除的，然而，在某时某刻，又散发出甜蜜的芬芳，短暂地，醺迷。

尤嘉霓以临时情偶的姿态出现在三亚海滩，两人手牵手，怀揣着某种热望和企图，奔向碧粼粼的大海。他们在嬉戏，在试探，袁琅扑腾游来，试图黏帖尤嘉霓的身体，有好几次，他几乎搂住尤嘉霓，她却鱼儿般滑脱了，一手的咸腥。

游戏的最佳尺度。慢一点？快一点？快快慢慢，究竟哪个最适合你？

椰影婆娑有致，一格一格爬在他们脸上。袁琅戴着太阳镜，不动声色地观察尤嘉霓，这个慵懒地躺在沙滩椅上啜饮椰汁的女人，在想什么呢？回到宾馆，他不知从哪儿摸出一张纸，几只水彩笔，开始描画起来，他的画技并不拙劣，些许功夫，一个慵懒地躺在沙滩椅上的裸体女人，跃然纸上，胸部颠颠耸耸，臀部翘挺肥圆。

袁琅欣赏片刻，旋即拿给尤嘉霓看。

“怎么样？画得有点意思吧。”

或痴笑，或羞涩，女孩们多半挥舞着粉拳娇嗔道，你好坏呀。这么下流，让人多不好意思哟。而后，他身子微微一倾，她们则轻盈地跳进他怀里。这是生活场景里复演无数次的画面。当然也有例外，曾有一个女孩两眼湿润，撕掉画作，哭泣着冲出去，他的罪孽感随着她在楼道愤怒的咚咚声，一声一声地，撞击。

那一刻，尤嘉霓在想什么？迅捷地判断，理智地分析，合理地表现。她当然不能挥舞着粉拳，投入他的怀抱，那她将是个临时情偶，在某一天即刻被删除，永不得成为他生命里不可替代的角色。她也不能表现得过于激烈，这样会小题大做，撕破他自尊的防线。

我们可以通过慢镜头徐徐回放:微微颔首,粉晕浅浅,娇眼迷离;待他渐漾春情，你须脉脉悄无言，敛余红；他执意牵挽，你则借故离去。尤嘉霓屏蔽了这幅画作，她什么也没说，什么也没做，这位“脉脉悄无言”的女子没有给予任何答案，出了谜面，却没有谜底，这更激发探究的兴趣。他怅然独立，不知有无相逢日。

测试题在生活的每一角落存在，陌生的男女，于某一次邂逅，对方无数神秘的元素，让自己不安、紧张，探索的欲望随着测试题一道道展开。星座手相、心理分析、色彩喜好……都是通向了解未知一方的小径，人们越来越迷信测试题，希望以简单迅捷的方式，探究到无穷尽的未知。

袁琅喜欢各种测试题，更喜欢直接撕扯掉文明的薄膜，跳跃到窥探隐私的测试题，让即时反应赤裸、鲜活地呈现。他将被测试的一方推到悬崖边，迤逦的风光令人晕眩，而万仞悬崖令人恐惧，此刻，裱饰的一切都被剥褪，只有本能的反应。

袁琅当然忽略了，一位受过训练的高手即使站在悬崖边，也会心生急智：或诱引对手转移视线逃逸，抑或纵深一跳，却牢牢抓住悬崖绝壁旁逸斜出的枝干。

尤嘉霓平静地走开，轻轻地关上门，她拒绝做他的临时情偶，也拒绝成为让他产生罪孽感的失身少女。

关闭拒绝的声音，砰咚，强烈的一声，诱惑了袁琅，一个总被女人拒绝的男人，很容易坠入接纳他的女人的诱惑陷阱；而一个总被女人追逐的男人，也很容易坠入拒绝他的女人的诱惑陷阱。拒绝也是一种诱惑。

诱惑与反诱惑，一种对攻，也是一种心理拉力赛。谁能战胜谁的诱惑？谁能折服于谁的诱惑？谁将是最终的赢家。

手指轻弹画作,胸,似乎真的微微颤动,袁琅有了想进去的欲望。

5

袁琅回到上海，收到一份来自宜都的快件，打开一看，是一本以尤嘉霓为封面的商业杂志，她妆容素净，稳妥妥地坐在老板椅中，身后是一壁的书柜。上网一搜，尤嘉霓还是宜都 2008 年度十大新锐青年企业家。晚上，袁琅做了个梦，一个眉眼酷似尤嘉霓的女人穿行于莽莽森林，到处是荆棘，高阔的仙人掌，可她如隐形人般，穿梭自如，毫发未损。这个梦，让袁琅对尤嘉霓有了情感上的亲近感，梦境成了粘滑剂，湿漉漉地沾粘上意识。

两天后，袁琅接到尤嘉霓的电话，她邀他明日参加某慈善晚宴，他欣然允诺。第二天，袁琅准时赴约。尤嘉霓早早立于大厅处，等候袁琅的来临。待走近，两人相视一笑。袁琅轻揽尤嘉霓的腰肢，侧过脸端详，觉得套上女强人外衣的社交花蝴蝶别有风味。阅女无数的袁琅对女人的外貌或年龄已不感兴趣，唯迷醉于女人的特质，特质是一种混合溶剂，结晶、冷凝，不同特质的女人会在心理层面激荡不同的涟漪。袁琅认为尤嘉霓不是柔软的藤条，需要攀援男人，才能繁茂生长；也不是硬朗的女强人，她的肢体、声音、眼神，都旖旎婉转，湿漉漉地，吞噬了他。他欣赏兼具两种特质的女人，坚硬的，柔软的，调兑、搅拌、混融，将是一味层次感丰富的马天尼鸡尾酒。

6

喜欢或爱尤嘉霓，对于袁琅，都不是最准确的描述，而是恰恰在此时此刻，尤嘉霓出现了。

在袁琅的两性观点中，所谓从一而终是荒谬的，生活是变调的，情感也是变调的，没有永恒一致的情感，只有在现阶段存在合理性的情感，她存在着，因为适合此刻我的情绪我的状态存在着。

袁琅遇见前妻的时候，正是父亲突然去世，整个家族陷入无序和混乱中。他刚从国外留学回来，在机场大厅看见前妻，她身穿咖啡色双排扣风衣，两手插进口袋，干脆的短发没有一丝纷乱。他走上去，心慌意乱又无限渴望地走上去，牢牢地抓住了她。

大地的颜色，让人心绪宁定的赭色，绵延的金色麦田，平静地蔓延。这是袁琅第一次看见前妻所联想到的。

他爱前妻吗？应该说有一段时间是依赖，她坚定的眼神、平静的表情、低缓的声音，对于当时迷茫的他，确是一味镇静剂。当他在公司遭到两个哥哥的排挤，只分得很少一部分股份，情绪低迷时，她平静地说，还会有比这更糟糕的吗？没有了，所以，好好睡觉吧！

当袁琅从无序茫然的状态中解脱，突然发现妻子已是逝去的画面，他的心情是疾驰的火车，曾让他心绪宁定的金色麦田、赭色大地，如今，因久视而贫乏单调，她总是那么淡定、那么毅然，毅然得失去了柔软的调子、活泼的色彩。

他的情人一个个出现，全是妻子的反面，千篇一律的漂亮宝贝，没心没肺没大脑，却有充沛的激情陪他玩乐、消遣。她们唧唧喳喳，聒噪了他的世界，她们都是缤纷绚丽的糖果色。

四十岁后，袁琅突然想找一个解风情的女人，谈谈情，说说爱，谈和说是需要在互通平台上交流的，年轻女孩浮于生活表面，将解风情误读为撒娇、发嗲、豪放的床上技巧，全然不知一个“解”是交流、是汇聚、是纾解，尤嘉霓成熟、妩媚、解事，她是紫色的郁金香，散发着馥郁的芬芳，他闻嗅着，迷醉着，情不自禁地彼此缠绕。

7

他们开始约会，听音乐会，看画展，去酒吧喝酒。袁琅按照他的理解接近她，他倒不急于跟尤嘉霓上床，似乎很享受这种躲躲藏藏的游戏，谁也不要被捉到，乐趣就在捉与被捉之间。

袁琅对尤嘉霓彬彬有礼，每一细节都做得恰到好处，无可挑剔。一天，两人在新天地吃饭，尤嘉霓笑说，你越来越绅士了。袁琅对尤嘉霓说，父亲是白手起家，创业初期在深圳卖白粥，事业的原始资金是靠卖一碗粥一碗粥积累起来。父亲当时最大的心愿是有一天能把自己的孩子培养成绅士。后来，家里有钱了，父亲专门请老师教各种礼仪，记得最难受的事是穿丝绸睡衣睡觉，我们从小习惯打赤膊睡觉，穿衣服怎么也睡不着，但父亲坚持要我们这么做，他认为绅士的培养是从生活的每一细节开始。

尤嘉霓问："你现在呢，每晚都穿丝绸睡衣睡觉？"

袁琅笑道："不告诉你。"顿一顿又说："四十岁以前是做加法，四十岁以后要做减法，食物精，服装简，书要少读，一切不必要的枝枝蔓蔓都要裁剪掉。"

尤嘉霓不明所以："为什么书要少读？"

袁琅没有解释，自顾自地讲："其实做不做绅士并不重要，关键是身体在什么状态下最自然最舒服。我在吴江买了老宅，老宅外有一个大院子，种了柿树、杏树、桃树，院里有口井，还有石磨，不错吧。我觉得身体最舒服的时候，就是在这样的院子里晒晒太阳，或坐或卧或四仰八叉，怎么都觉得比在上海任何一家五星级宾馆阳台上晒太阳舒服。”

尤嘉霓笑道："小时候常听大人说有钱家的小孩拿蛋糕换穷人家窝窝头吃的故事，你这和那个有区别吗？尝鲜啊。”

袁琅说："尝鲜吗？其实，我倒觉得是对岁月流逝的恐慌，一成不变的生活会减缓这种恐慌，尤其是老的、旧的东西更会减少这种恐慌感。所以，我喜欢慢慢地谈情说爱。年轻的时候，恨不能一天即经历情感的冰火两重天。现在，一点点感情掰开了揉碎了，一点点筛滤再一点点品味，还是觉得没留下什么念想。”袁琅说这话的时候，尤嘉霓忽而觉得他很像一个人，对，陈逸山。他们都属于有思想的风流男人，鉴赏力极佳，追求细节的完美。但又不完全相同，陈逸山凡事小心谨慎，步步为营，与每个人都保持一定的距离；袁琅的现实环境则宽松许多，个性自然也随意、温和。这样想着，尤嘉霓有一点点心动……她也明白为什么袁琅一直对她彬彬有礼，他要把感情掰开揉碎，一点点品咂，那么——他是真的把自己当成谈情说爱的对象，暗喜着，尤嘉霓不由牵住袁琅的手，手指在他手心轻轻划着，痒酥酥的感觉袭遍全身。

他们从新天地出来，正遇滂沱大雨，两人没带伞具，匆匆跑至檐下避雨。尤嘉霓瑟缩着，丝质蕾丝粘贴肌肤，长发一股一股嗒嗒滴水，袁琅看着，不觉心动，轻轻搂住她。遥远的感觉，一点点回来。他记得上大学时，曾喜欢过一个女孩，每晚送她回家，直到看她熄了灯，方才恋恋不舍地离去。一天，女孩因迟回家，被父母痛骂，哭着偷跑出来，袁琅紧紧搂住她，就像搂住自己的一部分，从坚硬身体分泌出的柔软的一部分。

某一瞬间，袁琅似乎看到少年的自己正从远方走来，穿越清晨的薄雾，愉悦地吹着口哨，心爱的女孩在等待着他，一个美好的全新世界在等待着他，一切都在等待他，等待他清亮的口哨声，吹醒一切。

尤嘉霓和那个女孩眉眼有几分相像，或许，正是因为这一点，他走向她，相似的面孔击弹出尘封的记忆，激涌出某种回归的情愫。尽管，在明晃晃的日光下，相似的成分大都被滤尽，可是回归的情愫根一样扎下，生长并繁茂。

袁琅按照他的理解接近她，或是在枯乏的情感，随便抓点什么，到处都是女人，浮泛的漂亮的女人，他可以随意地拥有，但都与记忆无关，与情感无关，与爱情无关。

爱情这个字眼跳出来，他自己都有点窘迫。你可以喜欢一个人，拥有一个人，但若要爱一个人，势必从表面的嬉戏滑游到莫测的深渊：这是最深层的幻觉，抑或是最愚蠢的幻觉？他并不知详。

袁琅对尤嘉霓说：我很久没有品尝到爱情的滋味了！

8

十五岁那年，袁琅的同班女同学光溜溜地躺在他家沙发上，他的手指自她纤细、微翘的胯骨向下滑摸，尖锐地感到恐惧的痉挛。他忽然想到上生物课时曾解剖过一只小白鼠，当刀尖刚一触及小白鼠柔软微热的腹部，猛一抽搐，躯体瞬即因恐惧而绷紧、僵硬，是的，她正等待他的屠宰！

他像解剖小白鼠的肢体，艰难地进入她的身体，那隐约朦胧的性欲，在沉默的带有血腥气息的屠宰中结束。

但这并没有破坏他蓬勃的性趣，袁琅对每一个行走在马路上，出现在他身边的女人裸体产生莫大兴趣，他将自己的目光比喻为X射线，穿透裹敷的衣服，他在比较，想象的肉体和现实的肉体究竟有多大差别？乳房的形状、尺寸，那个奇妙的三角区会演变出多少个几何图形。他像个研究者，将女人的裸体分门别类，然后进行精微研究和广度比较。在一个个战利品前，袁琅洋洋得意，他再一次验证自己的精准目测力和丰富想象力。事后，袁琅跟朋友们吹嘘自己的艳遇，在一片羡慕的唏嘘声中，在唧唧喳喳肉的雀跃中，共同回忆他的乐趣的乐趣，这是猎艳的双倍快感。

袁琅外表不俗，谈吐风趣，加上有可挥霍的时间和金钱，随心所欲地大玩超速性爱游戏，猎奇一切可以猎奇的性游戏。他吮吸着金钱炙热的肉体的各种味道，甚至在豪华洗浴中心，同时面对三个裸女，水珠漾着光晕，他看见她们的唇在翕动，一切都在翕动，浮飘着亮晶晶的泡泡在翕动。

他的青春时光就这样泅泳于汹涌的急流：肉欲的仓促，肉欲的流浪，肉欲的狂迷，散射出捉摸不定的昏暗之光。

“性事这个词本身就是一种外科手术，它通过其可操作的指示对身体进行阉割。”[1] 当他越来越频繁地用解剖刀划开横陈的肉体，这不再是想象的解剖刀，它和手术台上的解剖刀毫无差异，冰冷地，闪着寒泠泠的光。

突然有一天，袁琅的乐趣消失了，他百无聊赖地看着酒吧里的女孩穿梭进穿梭出，一位雪乳波涌的女孩正朝他媚笑，他表情漠然地耸耸肩。一个个女人无标记地从他身旁走过，音乐、画面、人物，袅袅浮荡，一切都与真实无关、与情感无关。

追逐的乐趣消失到哪儿呢？

袁琅的画廊有几位很有意思的画家。有一次，他无意听到某画家乡村艳遇的小插曲。画家到西南乡镇采风，住进小招待所，招待所虽破旧，服务员却个个生得粉嫩水灵。其中一位女孩知道他是画家，每天都会到他的房间看画作，偶尔随手涂鸦，也别有天趣。某天，女孩捧束野花进来，将花插进搪瓷杯，她转过身，望了画家一眼——画家沉吟片刻，环视一遭道：“知道吗？她就这么看了我一眼，扑滋，奇妙的感觉立刻波漾开。那天阳光真好，亮透透地从绿色窗帘射进，淡淡的绿色光晕满屋子跳跃。我和她咫尺之遥，近得可以

[1] ［法］让·鲍德里亚：《冷记忆 1》。

清晰地看见她脸上的绒毛闪着金光，我克制不住，走上前，轻触她的面颊，那绝不是亲吻，只是唇在面颊上啵了一下，一瞬间，我看见红晕——如绚烂晚霞洒满澄澈溪流，绯红一片。她双眼潮润，我以为她要哭了，可她仅腼腆一笑，轻轻走开了，辫梢上的杂毛富有意味地掠过我的肩头。”

“后来呢？”

“没有后来，跳针停在旋律最美的时刻，余下的袅袅之音，唯在心灵的想象空间回荡。”

一个女孩的羞涩表情是如此令人陌生。

我们可以妖冶地笑，狂放地笑，肆无忌惮甚至粗鲁的笑，可是，羞涩如朦胧月色中水莲花的笑，却似露珠，于脆薄清晨，瞬息蒸发。

他们集体向往起乡村女孩绯红的面颊。

他周围的朋友们开始热衷找“小萝莉”做女朋友，他们都喜欢稚嫩的面孔、稚嫩的表情、稚嫩的眼神，明朗无邪的眼睛已成稀世珍品。

袁琅几乎不费吹灰之力就跟一名高二女生上床，当女孩得知他和某著名演艺公司的经纪人关系密切后，异常兴奋雀跃。她渴望成为明星，希望毕业后能考进上戏或北电，但之前，她迫切需要认识演艺圈有影响力的人物。她俏皮地脱褪 C.K 内裤，歪着头：你什么时候带我去见她啊？

诱惑随着她的 C.K 内裤，悄然滑落。

性，轻盈的，悬浮的，物质的；

爱，沉重的，嵌入的，精神的。

没有什么再让他萌生悸动、迷醉、痴狂，一切从开始即知结局，她们的身体不再具有未知探索的神秘快感，那不过是乏味的肉色横陈。没有什么值得深刻纪念，值得深情凝视，值得缱绻相守；没有痛苦也就没有欢乐，没有禁忌也就没有冲动，没有迷惑也就没有顿悟，没有过程也就没有追猎的焦灼和兴奋；一切太容易拥有也就无所谓珍惜，一切都不在乎也就失去在乎一切的沉甸甸的快感。

袁琅开始怀念沉重的状态，他甚而嫉妒朋友因与女友分手而痛苦的表情。他曾自喻为中国的托马斯，可是托马斯比他幸福，他有特蕾莎，紧拽住他，必须要在他的呼吸里安然入睡，托马斯在特蕾莎的呼吸中感受到重的存在，可他又有谁呢？袁琅悲哀地意识到，地球上竟没有一个女人为他食不甘味、魂牵梦绕。他的前妻永远是独立的，他的情人们如海潮顷涌旋即又退潮，了无痕迹，最多遗留下零星记忆的贝壳。

此时此刻，他需要晒暖的棉被沉甸甸厚实实地压住自己，重量的感觉。需要有人期待，有人厮守，有人惦念，有人伤神，有人紧紧地缠裹他、箍牢他，不让他离开！

袁琅对每个女人说，我很久没有品尝到爱情的滋味了！他其实爱上的是爱情这种感觉，不特指某人，只是在某个阶段与某个人发生的感觉，他将像吮吸琼浆玉液一样吮吸爱情。

女人们都把袁琅当做要吃奶的小孩，笑着骂他脑残，骂他贪得无厌。然而，没人知道，这话却是他长久麻醉后的片刻清醒。

9

他是谁？尤嘉霓将袁琅定义为“患有性爱餍足症的男人”。

性爱画面和淫秽物大量涌入，现实的过量，诱惑的衰竭，性爱的死亡。在性爱的饕餮盛宴中，“性爱餍足症”犹若食物餍足症，饱胀、反胃甚而呕吐，本能的条件反射。

尤嘉霓喜欢定义男人，从最细微的表情，最隐蔽的癖好，最不经意的小动作，拂去表象，透析到一个男人的本质，有“窥私癖”的男人，有“自恋情结”的男人，有“狂想瘾症”的男人……

对于“性爱餍足症者”的情感逐猎，尤嘉霓将施以何等策略呢？

“性爱餍足症”——对症施之——“饥饿疗法 + 性幻想”。

尤嘉霓拒绝袁琅纯粹的性要求，不让他轻易得到，甚至不能让他碰自己，当袁琅戏谑地游过来，她鱼儿般巧妙地滑脱——然而，她又仰起面孔，我不爱他，但我必须让他感觉到我爱他；我要诱惑他，但又不能被他所诱惑。这有点像脱衣舞女郎，缓慢、富有挑逗性地，一件、一件，剥脱掉衣服，她的表情、肢体都竭尽全力地充分调动起性的符号，她的灵魂却冷漠地，无动于衷，甚而有点嘲弄地环视观众，你们千万不要沉潜其中，一切不过是有趣的“表面的嬉戏”。

尤嘉霓一直滑行于“表面的嬉戏”：轻佻的愉悦，悬浮的欢畅；若要庄重以对，深情告白，则是一种沉潜的错误，沉潜——意味着灵魂疼痛的撞击。

而此刻，袁琅却对她说，我很久没有品尝到爱情的滋味了！

10

爱情的滋味?

他正在窥视她的表情，他究竟想怎样，难道是要她“表演爱情”吗?一切都可以表演，唯独爱一个人，很难表演。因为，爱是有磁场的，她在注视你，尽管你不抬头，你已感觉到；她在思念你，尽管她没有表白，她的眼神正在传达着思念；她在牵挂你，牵挂的电波传导至她的指尖，再传导你的指尖，微微的战栗。

尤嘉霓可以给她的一切，迷人的笑靥、猫样的姿态，但爱情在哪里呢?

在尤嘉霓的成长历程中，爱情是成功途中的障碍，它使人脆弱、使人迷狂，必须将其剔除；同样，爱是沉重的，当年轻的尤嘉霓不断地问陈逸山，你爱我吗，你爱我吗?陈逸山的回答是，再美妙的感受在脱口的一瞬间都会变质，如果，不想让它变质，就永远不要把它说出来。陈逸山巧妙地回避爱这个沉重的话题，他对尤嘉霓的情感，不过是对宠物的情感，他不需要宠物思考，宠物一旦思考，只会令主人胆寒。

最终，让主人思考的尤嘉霓被主人抛弃，她归罪于情感的丰沛，赌咒般用功率强大的抽水机抽干丰沛的情感。她转而陷入林美琪的性移情理论，性移情的核心是分解情感，每个都爱一点，但也不全爱，可随时从一段情感中抽脱。然而，被分解的感情像没有深埋进土壤的花朵，吸收不到养分，很快枯萎。爱情是即时、短暂的，且频繁地抽拔自如，让情感演变成一种游戏，游戏的核心是削减情感的重量感，减轻撞击的疼痛。而一旦情感和物质利益相联系，物质又会彻底拧干情感的水分，这时的尤嘉霓在性与权利的交换中，套上了“公共情妇”的外衣，爱情成了可笑的词汇。他们索取她的肉体，她则以此交换权力，技巧越来越纯熟，策略、算计、权衡，密密交织着，混融进血液，感性内核日渐空瘪，直至彻底丧失爱的能力，这是必然的结局。

如今，情感空瘪的尤嘉霓却要表演爱情，表演她爱他爱到不行。她空茫地站立。内心涌流的激情早已干涸，她机械枯涩地嘶喊着，我爱你！我爱你！单调的音符，123，345，561，艰涩的手指滑过，叮咚咚乱响。

11

尤嘉霓试图进入袁琅的世界，了解他的喜怒哀乐、兴趣癖好。她细心地搜集有关他的一切资料，记录他的一言一行，哪怕随口说的片言只语。在“袁琅日志”里，尤嘉霓记录道：2011 年 8 月 4 日，袁琅说，他从不轻易和女孩子过夜，过夜会在对方熟悉的气息里迷失自我。怪不得，即或再晚，他都不留宿，看来他还没有完全认可我；2011 年 9 月 2 日，袁琅说现在的小女孩都患有“公主病”，让人无法消受。他还模仿着女孩的腔调：“多疼我，多爱我，多宠我，我是瓷娃娃，你必须无条件地服从我，否则我一摔就碎！”袁琅喜欢足够弹性的世界，以后不要追问袁琅的情史，也不要任性撒娇，让袁琅为我做任何事情；2011 年 9 月 15 日，袁琅又提到他的前妻，他不喜欢她，但又忘不了她。他说他的前妻是个百分百的独立女性，总是摆出一副我不需要你保护的姿态。他摸着大理石桌边，就像这个，太坚硬，坚硬得没有一点柔软的弧度。我问他，那你喜欢什么样的女人？袁琅笑道，好女人的感觉像晒暖的棉被压在身上的感觉。在这句话下面，尤嘉霓用红笔重重地画道横线。

尤嘉霓很聪明，她知道袁琅需要什么，她在离袁琅公寓不远处的酒店租了房，只要袁琅在家，立刻跑去给他煲粥。这么多年，尤嘉霓从未做过饭，每次煲粥前不是上网查食谱就是打电话咨询母亲，操作时手忙脚乱，常常烫出水泡。时日一久，技艺渐长，什么皮蛋瘦肉粥、红枣桂圆粥、菠菜牛肉粥倒也煲得像模像样。袁琅最爱喝艇仔粥，新鲜鱼片、小虾、干贝、鱿鱼与粳米混煮，佐以海蜇、花生仁、油条、香菜、葱姜，再淋点香油，绵烂香酥。尤嘉霓卸下浓妆，长发一扎，束上典雅的发圈，素白棉衫系上 Kitty cat 粉色围裙。灶台上摆放青瓷花瓶，插上一大束紫色鸢尾花，她想，这样的画面多么温馨感人啊。

袁琅也被这样的画面所感动，他说，结婚这么多年，前妻从未为他做过一顿饭，灶台永远锃亮如新。有一次他煲粥，妻子竟嘲笑他不够 Man，君子远庖厨啊。袁琅走上前，拥住尤嘉霓："多么好，有人期待，有人厮守，有人挂念，暖融融的日子。"

12

尤嘉霓逢人便讲，现在她是最幸福的女人！最近，袁琅常带她见圈内各类朋友，每次都很正式地介绍，这是我女朋友。尤嘉霓计划着下一步要见见他的家人，再下一步想办法暗示他结婚。她不能再等待——女人，尤其是到了一定年龄，厌倦甚而惧怕漂泊，女人是属于大地的，她们总是不辞辛劳地寻求某种归属感，她们不愿幻化为流云、溪水、雨雪，任何虚幻、流动的物质。她们意愿深深地嵌入，嵌入是一种稳定的结构，打桩、拴牢，无法抽拔。

尤嘉霓多次委婉地提出见他的父母，袁琅都没有明确表态。他究竟是什么意思？她的眼睛急切地在他脸上搜寻答案，何时，谜底可以揭开？

周六，袁琅的画廊有个小型艺术品慈善拍卖活动。每遇此类活动，尤嘉霓往往提前一天到美容院做皮肤保养，然后再做个全身SPA。衣服、包、鞋、饰物亦早早搭配好，既要显格调又要具名媛风范。她极在意袁琅的朋友对她的评价，当他们开玩笑称她袁夫人时，她乖巧地笑着，微仰面，留意观察袁琅的表情，他笑笑，眼里不现一丝波澜。

昨晚尤嘉霓左挑右选，最终，选了款黑色欧根纱斜裁长裙，大朵大朵蓝色玫瑰盛放在墨色背景上，灯光一照，透明与不透明材质的拼接于光影的交叠间充满韵律感。她戴上袁琅送的御木本珍珠耳环,双眼润润得漾起了波光。长长的头发绾束起,尤嘉霓用发夹箍住,发丝不听话,被缠住,扭结着,好不容易才痛苦地抽拔出,袁琅的电话迫不及待地响起,他催促道,赶紧走吧,我在楼下等你。尤嘉霓匆匆拎上蓝色手袋,对着镜子审视一番,她的妆容是精细的,她的心思是缜密的,她的技巧是完美的,尤嘉霓意味深长地笑起来。

艺拍活动结束后,有个自助酒会。袁琅和两个朋友聊天,尤嘉霓到旋转餐台取橙汁,眼角余光瞄到一个身影,一晃,熟悉的面孔在脑海电闪而过,尤嘉霓心一紧,他?莫非是他?不会吧,听说他一直在国外。她低头疾走,没料想那人倒退回转,高喊:“Linda,多年不见!”他的声音子弹一样击中尤嘉霓,她瞬即瘫软,为什么他还记得我!

叶—梓—灿,尤嘉霓一个字一个字默念出,喉咙发干,舌尖发麻,怎么会是他?叶梓灿蓄着仁丹胡,整个人黑且瘦。尤嘉霓咧开木木的嘴角:“真巧。”“我这几年一直在东南亚转悠,想我了吧?”叶梓灿的手习惯性地搭在尤嘉霓腰间,她慌忙闪避,一转身,袁琅正站立身后,一阵眩晕,额角渗出细密汗珠。叶梓灿神情夸张:“You are a couple?你可害得我在柬埔寨赔了夫人又折兵啊!”袁琅尴尬地笑笑,略有点诧异:“你们也认识?”

尤嘉霓抢先道:“不熟,生意上的朋友。”

“啊啊,生意上的朋友?到处都是生意上的朋友。”叶梓灿冲她狡黠地眨眨眼,他到底想暗示什么?他究竟还记得多少?不能让他说出来,不能……

尤嘉霓正触摸到危险刀刃的边缘,快,快,就差那么一点,秘密就要被揭穿了。短暂的静止时刻,她慌乱地搜寻,在每个人的眼神里搜寻，难道他们窥破了秘密？一个唯她独享的秘密。他们都共同拥有过她的身体，这身体留有昨天、今天的痕迹。袁琅似乎还没觉察到异常，然而叶梓灿的眼神总是下意识地瞟向她，尤嘉霓的目光快速移开，避开一切探询和追问，不能让事实从话语的罅隙间渗漏。

她必须尽快离开，事不宜迟！尤嘉霓转身挽起袁琅的胳膊，你不是说要带我见见几个画家吗？

两人没走几步，就听到叶梓灿在身后高喊："难得一聚，别慌忙走啊！柬埔寨的投资项目你是捷足先登，我认识 Linda 却在你之前，世界上不能每件事都被你抢先！"

犹若被蜜蜂蜇了下，尤嘉霓的脸刺刺地疼。她紧拽着袁琅的手前行，袁琅甩开她的手，兀自折回，面露不悦道："凡事讲求缘分，讲求水到渠成。""缘分？我和 Linda 也有缘分吧——"尤嘉霓下意识地拽住亚麻桌布，身体向前倾，她在叶梓灿眼里分明看到施虐的快感，她不能再束手就擒，她要反攻，她不能让所付出全部心力的转瞬化为乌有，她还没有玩完！

"缘分，你和我吗？"尤嘉霓声调迅即高扬，目光冷冷直视着叶梓灿，"我和你不就是说过几句话，打过几次照面？还有什么，什么也没有！你不要把我记成安娜、海伦，或是随便的一个女人，你，千万不要搞混了！"

"我搞混了，怎么可能？"叶梓灿得意洋洋地拍拍脑门，"每个女人都贴着标签记在这儿呢，生辰星座、相貌特征，想忘都忘不掉，要不要试一试，现场验证？"叶梓灿声音越来越大，有人驻足观望。

"细节，细节，细节出来了，Linda，你有个可爱的绰号 Candy，Joe 夸你有吃到嘴里蜜糖化了的感觉。对了，说到 Joe，这该死的家伙还欠我两百万呢！咦，别急着走啊，快乐的时光要有人分享才有乐趣，你，我，Joe，那个有趣的游戏，两只小蜜蜂啊，飞呀飞，飞到花丛中啊，哈哈！我没记错吧？”

一个抖颤，溅出的橙汁，一滴、两滴，迟缓地，滴落。他怎么什么都记得，记忆好得让人有杀死他的欲望，尤嘉霓真想将杯子摔砸到他脸上，砸碎这张脸，这痉挛丑恶的笑，这刺耳鼓噪的声音……

“Joe，Joe又是谁？”袁琅逼近叶梓灿，面色一点点暗沉下去。

叶梓灿摸了摸鼻子，怪笑起来：“多嘴，多嘴，past events，past events，哈哈！”他高擎着鸡尾酒，晃悠悠地离开了。

烛火一点点黯淡，钢琴叮叮咚咚慌乱地敲下去——她的世界正在崩陷，她在坠落，坠落到往昔疯狂错乱的日子，两只小蜜蜂啊，飞呀飞，飞到花丛中啊，啪地飞到她那里，然后呢，她会脱掉一件衣服，小蜜蜂飞呀飞走了，嗡嗡一圈，又飞回来，她再脱一件衣服，那天她好像是第一个脱光的……尤嘉霓眼神空漠，嘴角剧烈地抽搐：“真不知他在说什么，真不知他在说什么……”袁琅面无表情道：“我还有点事，先让司机送你回去！”

这顿饭似乎吃了一个世纪。待坐进袁琅车内，尤嘉霓从后视镜里看见面容有点虚肿，像哭过。她忙拿出化妆镜，昏黄光线下，竟发现右眼角有了一条细纹，尖锐的细纹，像根针刺在心上。

13

袁琅认为爱情的前提条件必须是清洁。

清洁？没有被化工厂污染的水资源，没有被农药污染的农作物，没有被汽车尾气污染的城市空气……清洁或将成为某种过去存在的词汇，成为某种传说，只在回忆中，我们曾清洁地生存过。

在清洁的爱情概念里，有些男人狭隘地理解为处女情节，这是物质的清洁理论。

2012年，十一名富豪征婚，他们出五百万服务费给中介，公开寻找“纯洁之身”。这说明两点，纯洁之身已成稀缺资源，物以稀为贵，占有稀缺资源是一种身份的象征；另一方面，财富的增长与控制力成正比，财富越多，控制欲越强，非纯洁之身说明身体在某个过去时刻属于另一个人，这无疑超出控制的范围，他们想要控制她的过去、现在和未来。他们喜欢用英文表达 Any person，any where，any time it belongs to me。

袁琅倒没有狭隘地将爱情的清洁性局限于处女之身，他有自己的独到观点：灵与肉的统一是完美的，如果无法统一，袁琅更追求灵魂的清洁。“纯洁之身”只说明土壤的未开发，除此之外，什么也说明不了。此时的“纯洁之身”是否会在未来时日发生各种肉体及精神的背叛，谁也无法预估。而真正的清洁性应该是精神的绝对统一，爱情的生成是排他的，排斥任何人、任何干扰因素，只要爱情这朵花纯洁地绽放。

然而，爱情这朵花真能纯洁地绽放吗？

袁琅曾有过一位混血女友 Anny，一次，两人交合后，他无意发现卫生间有条男士内裤。Anny 倒很坦白，是的，他刚走，不过我要申明的是，我爱的是你，他只让我冲动。袁琅尴尬地笑笑，他陷入自我设定的性生活绝对自由的理论陷阱。回家后，他反复清洗，忽而觉得清洁的精神还是要筑建于纯洁之身上，如果没有肉体的清洁性作为依托，那么，灵魂的清洁性又如何体现呢？

所以，在大庭广众之下，当尤嘉霓不清洁的历史从另一个男人的嘴里冒出时，袁琅瞬即觉得心似被黏稠的痰包裹住，他知道不消片刻，圈内人都将知道尤嘉霓有着他所不知的混乱情史，这段情史恰恰又跟叶梓灿有关联，他不能将自己降低到叶梓灿的档次，跟这样一个人共拥一个女人！阴影处的叶梓灿诡异地笑起来，袁琅不由恼怒地想，每个人都有不见光的地方，那就让它永远不见光，如果成了议论的意淫对象，必将破坏清洁的精神。

那幅裸体画还在，袁琅多少有点怜惜地看着，倒未必是怜惜尤嘉霓，而是怜惜自己浪费的片刻真情。这样想着，袁琅遂即将画塞进粉碎机里，连同记忆都被粉碎干净。

袁琅允许他的不清洁的一切，却不能允许她的不清洁的一切！

14

袁琅好似人间蒸发，杳然无踪。尤嘉霓的无数短信、电话，他都不回应。公寓的门铃呜呜响了许久，也不见有人开门。两周后，袁琅终于发来一条短信：见一面吧。

尤嘉霓迫不及待地坐进袁琅车内："你为什么消失，一声不响地消失？电话也不接，短信也不回……"她泪眼婆娑地看着袁琅，焦灼、委屈、失望、愤怒，然而依然满怀希冀。

"你，冷静点！我不知怎么对你说……"

"你不知怎么对我说？难道，难道是因为叶梓灿？你至少应该给我解释的机会，难道连一个解释的机会都不给我吗？"哀求的目光在袁琅脸上搜索——如暗夜里萤火虫飘忽不定的表情。

袁琅摇摇手："算了，我不想听，你也不用解释，每个人都有过去，有的过去已被遗忘，有的过去成为人们茶余饭后的谈资，我不想成为谈资的一部分，就这么简单！"

"你宁肯相信他却不相信我？你知道他是什么人吗？他是骗子！流氓！恶棍！他，叶梓灿从来都没有说过一句真话，他说的每一句，每一句都是谎言，谎言！"

"是不是谎言并不重要，有时我觉得谎言似乎更具生命力，谎言就像有雾霾的天气，无孔不入，挡都挡不住。"

"你还是不够爱我！如果，你爱我，这些流言算得了什么，根本算不了什么……”

“那么一瞬间，客观地说，那么一瞬间，曾有过这种感觉，可是，最终还是自尊赢过了情感，你说它不牢固也罢，先天不足也罢，重要的是，感觉没了，我不能勉强自己的感觉。我要的不过是那么一点点感觉，像花儿一瞬间开放的感觉。”

沉吟片刻，袁琅又道：“爱其实很脆弱，水、土壤、温度，稍一变化，爱情这朵花即刻枯萎。最近，我一直在想，似乎没有什么是坚固的，爱情很脆弱，立场很脆弱，生命很脆弱，你能告诉我什么是坚固的牢不可破？”

尤嘉霓古怪地看了袁琅一眼，他在跟她谈人生吗？她的人生已经毁了，她没有心情听他谈玄而又玄的人生哲学，她必须切入问题的实质：“难道我们真的结束了吗？”袁琅缓缓却坚决地点点头。

尤嘉霓的面孔被大团湿气包裹起，雾洇洇的，她的五官浮动着，扭曲地浮动。袁琅转过脸：“我不想见你，就是不想看到这样的情景……”

15

尤嘉霓无比疲倦地躺在床上，身体似被瞬间削薄，如一页纸、一片叶，脆薄地附在床上。在暗漆漆的夜里，她竟然看到自己的脸，古怪地笑着，凄惶而怪异。

这是她的面孔吗?

她忽而不熟悉自己的面孔，无数次观看，抚摸的面孔竟越来越陌生，她的眉眼可以嫁接到任何一张面孔上，而任何一张面孔的眉眼也可以嫁接到她的面孔上，她和她们渐渐交融，不分彼此。

她们——坐在宝马车里长发飞扬的女孩，婆娑夜色中妖娆闪进名车的女孩，还有韩星金玄雅，“猎艳”高手陶萃丝，时尚教主林美琪……如重重屏风一道一道闪现，尤嘉霓欢快地走向她们，她们的世界是她熠熠闪烁梦想的反射，她渴望成为她们，而不是成为自己。

她成功了吗?

成功大师在台上叫嚣，人生是一场比赛，必须采取一切非常手段缩短攫获占有的过程，最快最直接地奔向终点!

尤嘉霓比谁都积极热烈地朝目标奔去，她闪着金玄雅迷人的双眼，模仿着林美琪性感的声音，戴上陶萃丝技巧的手套，抽脱掉一个个男人的皮带，她挥舞着皮带，娇喘着，让他们在快乐的叫喊声中，引领她走向成功的快车道。

是的，她只差一点点，尖锐的一点点，她就成功了！可为什么她总徘徊在边缘，华丽的画面已经看到，芬芳的气息已经嗅到，怎么总隔着一层冷冰冰的玻璃？

她不过是贴着玻璃看风景的小女孩。她痛苦地尖叫起来，魔术幻灯熄灭了，世界犹若褪却妆容的老妇，裸露出皱褶的肌肤，灰白的面容，空洞的双眸。

真实远没有看上去那么美。

尤嘉霓大哭。她辛苦搭建的漂亮小屋，不过是糖纸糊就的，一撕即破。

16

女人会在什么情境下寻找新的情感?

一种是两情相悦，这种比例正在减少；另一种是急切地从危险的漩涡逃脱，新的感情则是安全降落的降落伞。这类感情带有过渡意味，正如降落伞，在危险高空是救命的宝贝，一旦降落到安全地带，降落伞不过是个庞大累赘。

袁琅对尤嘉霓遗弃的伤害绝不亚于陈逸山。只是，那时尤嘉霓自认世界刚刚开始，清洗过伤口，又义无反顾地奔向这个奇妙的世界。如今，她深知，有很多选择不再存在，世界做出的否定答案，重锤般砸击她的心魂，她痛苦地号叫起来，蜷缩着身子，久久不能延展。

尤嘉霓需要疗伤，被弃绝的僵冷身体需要注入炙烫血液，借此舒活并重生。此时的自我是孱弱、回缩的，从现实坚硬的世界回缩至柔软的内心，对于情感的贪婪欲求将屏蔽一切外在因素，只在乎对方是否分泌足够爱的养液，修护并滋养——凹陷的伤痕。

尤嘉霓忧心忡忡地回到宜都。公司的地产业务受制于国家宏观调控，利润大幅下降。好在她早几年购得几处房产疯狂涨价，凭空增值几百万。这两年她一直住在上海，无暇装修房子，趁现今时间宽裕，尤嘉霓打算将空置多时的房子装修，以便入住。萧歌是尤嘉霓新居装修的设计师。

萧歌？在明亮的办公间，我们常看到这样一张张年轻的面孔，他们初涉职场，斗志昂扬且无知无畏。或许，萧歌和他们略略有点不同，他的脸上总有某种游移的情绪，飘忽、不确定，他做任何事情都不确定，比如，当他走到尤嘉霓房门前，他的脚步有一点点迟疑，他在想，如何让她相信我的设计实力？

门微敞，暖暖的阳光投射进，屋顶与地面光影形成奇特的倒三角。一位年轻女子穿黑白千鸟格大衣，手持小圆镜，漫不经心地撩拨发丝。镜子反射的光晕在她葡萄紫卷发上一跳一跳，然后，光晕又跳到她艳红的唇上。萧歌突然有了想扣住光晕的冲动，脸一红，步调也有点扭捏。

“您，您有什么具体要求？”萧歌嗫嚅着，鼻尖渗出细密汗珠。他是个新手，一眼就能识别。尤嘉霓却浑然无觉，她正被一桩桩烦心事扰得心绪不宁：最近公司骨干纷纷离职，连最贴心的Nick前两天也递交辞呈，“模特公司”自行解散；今天她刚得知规划局局长已被双规……她表情迷离：“哦，你看着办吧。”

尤嘉霓茫然的表情竟令萧歌着迷，他喜欢一切矛盾的东西，欣赏一个人，不是欣赏一个人的五官，而是欣赏他（她）独特的表情。他曾很喜欢一个女明星，长相并不出众，可是，她奇特的表情总让人在云遮雾绕间探索：是哀怨抑或羞赧，是拒绝抑或默许？哦，茫然的表情，眉毛微微上扬，眼神被云翳遮蔽，嘴角漾起一个浅浅的梨涡。尤嘉霓在很多男人眼里或妖艳或精明，但在萧歌眼里，她不过是个可爱的茫然的女人。

两人来到阔大露台，尤嘉霓说，最好搭一葡萄架，遮天蔽日的阴凉。萧歌一侧目，阳光溶溶，她的耳朵粉嫩、圆润，像小小婴儿蜷伏着，他的呼气就在她的耳畔，隐秘的悸动汩汩流淌，洒着细碎的雀跃光晕。

效果图迟迟不定稿，尤嘉霓的主意一天三变，萧歌倒很喜欢这种更迭，更迭自会延长与尤嘉霓交往的时间。一次，他们在建材市场选购背景墙，一页图纸掉落，萧歌弯腰捡拾，不小心碰触到尤嘉霓的脚背，光裸、雪白、微微弓起的脚背，凉匝匝的感觉，袭遍全身，脸没来由地热烫——抚摸你的脚，我已心跳不已。

走累了，两人坐在咖啡吧，面对面。萧歌想，尤嘉霓肯定不像那些刚毕业的女孩，感情生活清亮透底，当然也不会像另一些女性结婚生子，凝滞乏味，她的情感生活究竟是怎样的呢？尤嘉霓虽近在咫尺，却又触摸不到，如漂浮不定的云。他着了迷，那无法接近的诱惑眼神，似诡异的猫眼，藏掖着太多黑夜的故事，你被她（他）吸引，其实你是被她（他）的秘密所吸引。他泅泳于秘密的漩涡，迷离、惝恍，带点麻醉的快感。

17

新居装修好，尤嘉霓邀请萧歌到家里喝茶。门铃揿了很久，无人应答，萧歌正欲离去，尤嘉霓方才开门，露个脸，惺忪道，刚才打个小盹，没听到。尤嘉霓走在前面，黑色蕾丝睡裙飘飘荡荡，隐绰身影惹得萧歌心乱神迷，尤嘉霓挨倚着他坐下，细卷发丝漫不经心地撩拨他的颈项。幽闭空间里，芬芳的气息越来越浓烈，散逸进他的肌肤、骨髓，细汗密密渗流。尤嘉霓笑出声来，这么多汗？我去拿纸巾。她站起，睡衣裙带巧妙地松脱了，雪白、水滑、柔曼的……萧歌下意识地闭上眼，手却被尤嘉霓的手牵引着，急促、灼烫地滑行于起伏的曲线。馥郁的芬芳，在他乌浓的发上，心醉神迷地萦绕、飘散。

是尤嘉霓引导了一切，被遗弃的她再次找到某种主导的快感，她可以操纵某些事，当被袁琅拒绝的那一刻，她曾觉得世界的每一件事情都偏离自己的意志，意志的作用降至为零。而今天，她引导着年轻男孩进入性的快感中，她看到他涨红的面孔，触摸到他紧绷的肌肉，听到他快活的欢叫声，一切都真实地鼓荡着她的勇气，征服的勇气。

萧歌轻吻着尤嘉霓的眼睛，你爱我吗？

那一刻，尤嘉霓似乎看到自己焦灼的双眼，正望着陈逸山，你爱我吗？

她爱萧歌吗？至少，她是需要他的。线的一头一直由她控制着，时紧时慢，都是依着她的情绪，至少他是耐着性子在无限制地等她，这样的等待多少让人温暖，当心灵砸在坚硬石头而破损时，这温暖自会释放磁性，将她暂时吸附。

尤嘉霓突然感到不自在，不确定她的手是否该这样摆放，她的眼神呢，该瞟向何方？她不习惯被如此痴情地凝望。

灯影里，这张年轻面孔灼目地闪耀着。她看见的面孔，都附着社会信息、城市废气，各种杂质颗粒般在空中漂浮，然后变成斑点、皱纹，深深镌刻，不可洗濯。而这张年轻的原初的面孔，什么也没附着，只有醇和的阳光、纯净的空气、清冽冽的水。

他还小呢，二十六岁，比她小整整十岁！

她渴慕他青春、结实的肉体，正如当年陈逸山渴慕她青春、紧致的肉体。他宽阔的肩膀、块状的肌肉、光洁的肌肤，都令她如此迷恋。尤嘉霓愉悦地抚弄着他浓密乌发，这是爱抚的，长者对于晚辈的爱抚，他是她的孩子，某一刻，尤嘉霓觉得萧歌就是她的孩子。从来没有一个男人让她有这种感觉，陈逸山是以父亲的姿态出现，之后，每一个穿行的男人幻变成一个个符号，尤嘉霓突然想到他们苍蝇一样的眼光——她厌恶地推了萧歌一把，他不解道，怎么了？

18

萧歌成了尤嘉霓情绪的排污口，他的妥帖恰恰诱发尤嘉霓的释放。她的情绪忽高忽低，前一秒还温柔可人，后一秒却躁动不宁，有时一句话也会惹得她勃然大怒，她喊道，我不想再见到你！没过两天，她又给萧歌打电话，声音无比甜腻，过来吗？

一天，他们开车路过小吃摊，尤嘉霓提议，多少年没吃路边的馄饨，尝尝吧。新端上的馄饨雾气袅袅，尤嘉霓想起她和石风坐在排档前，搓着手，唏嘘着吃热气腾腾的馄饨。那时的她真年轻，对世界充满渴望、憧憬，急匆匆热烘烘地朝前冲，无所畏惧无所顾虑，总觉得遥遥世界的姿态是拥抱，甜蜜的拥抱，从未想过前方有栅栏、有陷阱，可如今——她为什么又坐在这里？她舍弃了石风，舍弃了一个又一个男人，难道今后要和这样的小男生厮守终身？她的情绪突又低落，拧眉毛皱鼻子道，这是什么，脏兮兮！还有一次，尤嘉霓想去西郊看油菜花，开着开着她想到曾和陈逸山来过这里，不禁想，我是老了吗，为什么下意识地钻进回忆的甬道？青春是憧憬、是眺望、是梦想，我怎么总在回忆的甬道越走越深？这样想着，目的地还没到，尤嘉霓又嚷着要回去，一天的时间全然消耗。当然，也有愉悦的时候，两人欢爱之余，尤嘉霓聊起自己第一次站在舞台中央，成为目光焦点的那一刻，真的好兴奋，那件 Chanel 裙子上的亮片全是手工缝制，哇，好美！

多年来，尤嘉霓都因某种企图，窥视着男人的意图生存，从未放纵过自己。萧歌是她唯一不用费尽心机揣摩的男人，这种随心所欲的快乐让她有放纵的爽辣感，随意地坐、躺，头发凌乱地披散或简单地扎起，即或素面朝天，让他看见她眼角细纹，又会怎样？她不必刻意取悦他，更不用担心他生气、失望，因为，尤嘉霓知道，无论怎样，他终是安静地守护在她身旁。

某一刻，奇妙的想法不由自主地冒出，或许，生活本就这样，无所羁绊、无所欲求，和一个爱你的人自由自在地生活。萧歌喜爱并擅长做菜，他们一起去菜场买菜，尤嘉霓看见水淋淋的各色蔬菜在阳光下泛着波光，萧歌纤长白皙的手指仔细地拨弄着菜叶，她忽而觉得庸常生活也散发出温暖光华。买菜、做饭、散步，全是细细琐琐的小快乐，密密地充填，漾漾地波荡，一小水波一小水波，软软地抚平伤痛。

电视里正播放斯里兰卡海龟放生的场景。成千上万的小海龟艰难而坚定地朝着大海方向匍匐，留下成千上万串笔直的印记。一个勇敢的小海龟率先冲入海浪，巨浪掀翻了它，小海龟没有掉头，猛吸一口海水，再向前游进。主持人说，他们宁肯被海水淹没，也要坚持向前，因为它们闻到家的味道。

家的味道？是的，萧歌让尤嘉霓闻到了家的味道。他将衣服和被褥晾晒在阔大平台，一掸一掸，尘封的霉味荡尽，一屋子暖暖的阳光气息。空寂的厨房台面摆满各式锅碗，光调料就有几十种，蓝盈盈的火苗蹿跳着，香浓的罗宋汤味道。

19

萧歌生性内向羞赧，一直潜泳于暗恋的潮汐间。上中学时，路上遇见爱慕的女生，脸一红头一低匆匆绕过，夜深人静时，懊恼、憧憬缠绕纠葛，于是，摊开纸，将对女孩的爱慕和思念倾泻于纸上。他虽口拙木讷，下笔却如甘泉喷涌。情书写好后，他仔细折叠成各种造型，鸽子、小鱼、飞机，设想无数情境和开场白，可好不容易惴惴然伫立女孩面前，又面红耳赤，哑口无言。大学期间，同宿舍的同学一个个交了女朋友，他鼓足勇气向一个女孩表白爱意。有一次，他带女孩到宿舍玩，宿舍空无一人，他无所作为地和女孩干耗了两个小时，临走时，女孩对他说，你不会是那个吧，要不就是我没魅力？两人自然分手。工作后，前台秘书喜欢他，常自告奋勇地帮他代买午餐，他知道女孩的心意，但升涌不了追逐的热情，就这么冷眼看着女孩暗自神伤，直至辞职离去。

萧歌的高中同学，白天是正儿八经的金融投资人，到了晚上则大玩超速移动性交。他早些年在QQ上约女性，近来转而在微信上撩骚动的寂寞女性。伎俩很简单，千篇一律的模式：出来，玩？玩什么？玩一夜情？开房啊？怎么样？晚上有空吗？随即将自己的照片发过去，并标榜性交时长达四十分钟。一个月他总能约到十几个女孩，他倒不在乎对方美丑胖瘦年龄，只在乎肉的交合间有无摩擦出喜悦的声响。

他耻笑萧歌，你的童子身该申请世界非物质文化遗产，什么时候我帮你约个女孩，破了你的零纪录。萧歌听后，喃喃道，我的一分钟是你的一生。同学听了，不明所以，只说不知他是从神马年代穿越来的古人。

当满世界的人通过各种现代通讯轻松便捷地交流时，萧歌内心深处则无比渴念古典的浪漫情感，看《西厢记》时，崔莺莺步步莲花，漫卷裙裾，每日与张生隔墙对诗，相慕、揣摩、悸动，一连串柔情暗涌的过程，看得他心荡神怡。

尤嘉霓是他情感世界里第一个真正意义上的女人，她的手牵引着他的手，进入温软、芬芳的世界，可是肉的欢叫声过于喧嚣，萧歌想折回来，潜入彼此幽微变幻的内心世界。他始终认为，情感的至高境界是灵魂的相互拥抱，情书是与精神相关联的，是思念流淌的最佳表现形式。

萧歌摊开纸，提起笔，进入手写情书的意境中。意境的制造需要一个缓慢的过程，通过诗意般的悬空动作，完成想象的空白，实现欲望的完美。

构思时，他（她）的一颦一笑栩栩浮现，哪怕是稍纵即逝的微妙细致之处；当笔尖在纸面滑触时，每一句每一字都在召唤，召唤对方的音容、身影，从遥远、虚浮的轮廓一点点凸显，他（她）就在眼前，有形有色，可感可触，重构了一个鲜活的形象。醉的再现。

当情书塞进邮筒或宿舍门缝，等待即刻开始，他（她）会说什么呢？认为我很鲁莽，或是过于痴情，还是我说的恰恰是他（她）想表达的？一个人在林间漫步，穿越曲折迂回的小径，憧憬、怅惘、焦灼而甜蜜，他（她）真的思念我吗，深刻而缱绻地思念我吗？

当看到对方的回信，狂喜或悲伤都起了涟漪，一荡一荡泛漾，闻嗅着信件，似乎可以嗅到太阳晒热纸张的气息；你触摸着他（她）的字迹，活泼泼的字牵着小手，蹦蹦跳跳地走来，一个停顿、一点踯躅，你的情绪于忽明忽暗间，细密密地流淌，你甚至留意到一个重重的感叹号，晕染了墨迹，难道这是他（她）的声声叹息？

于是，有好几天，你的身心沉浸于他（她）的表白中，炽热的语言让你甜蜜湿润，不确定的语言又让你失魂落魄。恍惚间，世界有一层隔膜，所有的人事都褪色、消隐，只有你和他（她）彼此凝视，心驰神荡，令人销魂。

“使用什么样的技术就决定我们用什么方式与态度对待这个世界，毛笔使得人们都可能成为艺术家，悠闲、从容、雕琢，而键盘则宣告这种可能性的终结……”焦灼、猜测、惊喜、惆怅，这种微妙的探索乐趣，在这个迷恋速度的喧嚣时代，全然无法体味，手机短信、QQ、E-mail、MSN、微博、微信、陌陌，可以随时随地迅捷地表达情感，表达变得如此轻率、随意甚至廉价。

一切都是即时的，杀死了思考的时间，无人再有耐心潜入对方渊兮湛兮的内心世界，情感变成某种实现，欲望的即时实现。

所有悠长悱恻的过渡，都被速度的剪刀，咔嚓，剪断。

20

然而，这毕竟只是“偶然”的小插曲。

我们不能总在沉重中泅泳，也不能总是轻舞飞扬，生命需要节奏、需要波动、需要快快慢慢。尤嘉霓认为她和萧歌的感情不过是一段被午后阳光晒暖的情绪，半眯着眼，晃荡着双腿，水波漫过脚面，柳条簌簌飘扬，伸个懒腰，思想打个小盹，空白的温暖。

尤嘉霓只想在嘈烦的节奏里寻觅一小段空白，她终要远航；萧歌却痴情地要将这午后的阳光延续，变成生命恒久的基调。

尤嘉霓又恢复以往繁密的夜生活。她的世界总是那么热闹，每天都有新鲜的人、新鲜的事，男人潮水般涌来又涌去，似乎从没有过空窗期。她习惯了闹腾腾的生活，习惯马不停蹄地参加各种聚会的生活，只要有一天在家，就觉得空落落地慌。最近，尤嘉霓又结交不少商界精英，其中不乏单身者。这个世界还有无限机会。尤嘉霓暗暗发誓，随便一个人，随便一个机会，她都会牢牢抓住，不容再有半点差池。

萧歌越来越碍事。常在尤嘉霓兴头上，他的电话打过来，少喝点酒，对身体不好。她应和两声，旁人笑道，怎么，有人查岗？她遂即挂机，妈妈打来的。前天，她十二点回家，竟看见萧歌木桩一般站在门口，昏暗光线下，她看到的萧歌应该是从这光鲜背景里剔除出，他是属于庸常生活的，犹若小时候讨厌的母亲阔扁的叫喊声，姐姐响亮的鼾声，父亲啪嗒的拖鞋声，它们充斥生活的每个罅隙处，毫无意义，日复一日地存在着。萧歌略有怨言，这么晚才回来？那一刻，尤嘉霓觉得他是如此絮絮叨叨喋喋不休，他的悉心呵护令她无秘密可藏，他关切的目光也变成监视的目光，尤嘉霓吮吸着青嫩的情感之汁，渐渐，嘴角品咂出麻涩。

是弃还是留？尤嘉霓换好真丝睡衣，钻进被子的一瞬，忽一闪念，把他压在箱底吧，至少还有件临时替换的衣服。

21

萧歌的思维也卡了壳，他不确定该怎样前行，因为他习惯了被尤嘉霓牵引着向前。正如第一次，尤嘉霓走在前面，黑色蕾丝睡裙飘飘曳曳，他跟在尤嘉霓后面，是尤嘉霓的手牵引他的手急促滑行于起伏的曲线。呵，该往哪儿走呢？萧歌的目光投向尤嘉霓，她正热烈地和某人讲电话，好像晚上约在丽景饭店吃饭。最近，她的活动越来越多，回来也越来越晚。前天，约好八点见面，结果等到十二点，才看到尤嘉霓一摇一颠地回来，他闻到她身上浓烈的酒味，不由皱起眉头，说了句，不要喝酒，对身体不好。尤嘉霓反弹很大，她一甩包，尖利地喊道，我有我生活的自由，你干吗要干涉！门砰的一声关上，萧歌伫立门外，惶惶无措。

没料想，隔一天，尤嘉霓竟主动给萧歌打电话，原来她突发高烧，头痛欲裂，翻遍家中找不到退烧药，实在熬不住，只好打电话让他买药。

萧歌立刻冲过去，抱着热烫烫的尤嘉霓，有了从未有的切实感：她在我怀里，像个婴儿般安静地咻咻喘息。她是脆弱的，比看上去要脆弱许多。她需要我，比看上去更需要我，我其实是她在这世上最可亲的人。

萧歌不放心，睡在客厅沙发上，他必须要好好梳理一下这段感情。他爱尤嘉霓吗？当然，她是他真正意义上的第一个女人，他迷醉于尤嘉霓丰熟的身体，渐至生成情感的依恋，即或被她的百变情绪无端折耗，也觉着是一种享受。那么，尤嘉霓爱他吗？他不确定，每次问尤嘉霓，她从不回答。但萧歌认为尤嘉霓是需要他的，需要他的呵护、照顾，否则也不会深更半夜给他打电话，让他买退烧药。萧歌被这份需要鼓舞着，不由地想，这也是一种爱啊！她需要我的照顾，而我愿意照顾她，天长地久地照顾她。天长地久？萧歌猛一惊，是啊，我和她难道不能更进一步，比如，结婚。结婚？这可行吗？萧歌下意识地攥紧可乐瓶，他和尤嘉霓相殊十岁，父母会答应吗？再说他没有背景，没有资产，不过是一介普通设计师，尤嘉霓看得上他吗？可是，如果不以结婚为目的，他们又算什么关系，当然不是一夜情，又似乎和普通恋人不太一样，那么——萧歌疑惑着，等尤嘉霓病好后，他试探着问："我父母催着我找女朋友。"

尤嘉霓正在看手机，头也没抬："那你找呗。"

"我找？难道，你不是？"声音有点虚飘。

"我？哈哈！"尤嘉霓突兀地笑起来，她微仰脸，戏谑地看着萧歌，"你是说我吗，我怎么会是你父母让你找的那种女朋友？"

"那——你，你是我的什么？"不确定的情绪越来越膨胀，萧歌有点坐立不安。

"我是你的——？"尤嘉霓似乎意识到什么，坐直身子，表情冷凝，"哦，天呐，不会吧，你该不会对我们这种关系产生什么误会吧，我和你，只是 partner——"顿一下，"嗯，准确地说，你也可以直接理解为 Sex-partner！"

Sex-partner……萧歌的脸腾地红了，羞耻感胀满全身。他是什么？性工具，或是小白脸？难道他投入全部痴情全部缠绵的情感仅仅是一场荒唐的性游戏？难道他们之间只有性，纯粹的性？从来就没有存在过爱，真实的爱？

第一次，当萧歌走进她的房间，她在紫色纱缦后时隐时现，一件件脱掉衣物，她在笑，在呻吟，在召唤。他撩起，情不自禁地走过去，他吻着她的头发，抚摸着她的肌肤，听着她的喃喃声，难道这还不是爱吗？当她与他缱绻、缠绵，爱即刻产生，哪怕是一秒钟。

可现在，她连一秒钟的爱都不承认，她清晰地将关系定义为性、床上运动、性伙伴，她抹杀一切爱的痕迹，然后，生硬地推开他，柔软的身体，瞬间如岩石般坚硬，他试图再次抚摸，颗粒，粗砾的颗粒，簌簌落下。

“我们，我们仅仅是，性，性伙伴吗？”萧歌僵硬地站立，嘴唇抽搐着，喉结上下滑动，好半天才干涩地吐出一句话。

“性伙伴？翻译成中文好像不好听，不过，你理解就好了，世界上有各种各样的伙伴，比如商业伙伴、政治伙伴，还有你和我这样的伙伴，我还以为你从一开始就知道了呢！

“再说，这种关系不是很好吗？一场你情我愿的情感，我们各取所需，但跟婚姻无关，我们不约束对方，你可以找你的女朋友，我也可以找我的男朋友，当有一方不需要这种感情，可以随时终结。它来了就来了，走了就走了，你并没有什么损失啊，你一个八〇后，不会比我更保守吧？”她轻飘飘地说出 Sex-partner，轻飘飘地笑出声，轻飘飘地走进他的生活，他却重重地跌进情爱的漩涡，喘息不得。

“难道，难道没有多一点点，多一点其他的，情，爱？”

“当然，当然，情爱、情爱，先有情后有爱，至少我不讨厌你，你当然也不讨厌我，好啦，不要玩这些文字游戏了，我就说我爱你，我喜欢你，可这又能改变什么呢？漂亮的话语，不过是咖啡上的奶昔，搅一搅就融合了。”尤嘉霓为自己想出的绝妙比喻得意地轻笑起来。

“既然，有情有爱为什么不能变成谈婚论嫁的情感？你说的那种关系不过转瞬即逝，这不是我想要的情感，我希望的情感是持久、稳定的，我是很认真地爱着你，是把你当做我生命中最重要的一个女人爱着，我希望我们能永远在一起，是的，我曾经以为我们会永远在一起……其实，我们是可以永远在一起的！”堵住的话语突然通畅了，语速越来越快，萧歌鼓足勇气，冲破犹豫、怨恨、焦灼，冲破纷杂错乱层层翻涌的情绪波潮，挣裂全身骨头大声表白，是的，他要为爱无惧前行！

一瞬间，尤嘉霓的心有一点点柔软，她的手几乎都要伸出来，抚摸萧歌的脸。可是，她不能够再退回到萧歌的世界，那个世界虽然温暖，但狭小封闭，令她窒息。她走了那么远，难道只是为了回到这么一个平凡的家庭吗？他不过是个普通男人，不可能给予她超越现有水准的生活——移民、住别墅、孩子上贵族学校、每年到世界各地度假旅行、参加社交派对……他所能给的不过是最普通的居家生活，更何况目前他什么也没有，一切都要靠她来支撑，而她毕竟是个女人，她需要一个光灿坚固的世界借以依托、支撑，那个世界是屹立不动的，承载着她的梦想、激情与热望，怎么能让他如此轻易地摧毁、瓦解及至粉碎？那一天，她仰望着石风的面孔，总有一天我会让你坐上宝马，总有一天……总有一天？十年？二十年？我都老了……她付出十几年的努力，难道兜兜转转又回到原点？可怕的原点的回归。

她生硬地推开萧歌，剥蚀掉一切：情绪、记忆和爱恋。

“够了，这只是你的一相情愿！”尤嘉霓突然烦躁起来，她本没想和他玩得这么认真，只是他的痴情将她执著地带入另一个温暖的漩涡。可是，她似乎停留得太久，在这个不谙世事的男孩身边停留得太久。尤嘉霓快速点根烟，脸色一点点暗沉，她必须尽快打发他离开，斩断他和她之间的丝丝缕缕，他的痴情将是她前行的绊脚石！

“每个人都有自己的角色定位，自始至终我都没有认为你是可以谈婚论嫁的男朋友，自始至终，你和我只是 Sex-partner，不，从现在开始，我们之间什么也不是，游戏结束了，你，该回家了！”

萧歌微微一晃，最后一丝希望破灭了，他抬起脸，尤嘉霓看见萧歌眼里有光，她知道是什么，但她不想看见，她转过身，都是细细琐琐的羁绊，她必须剪掉，毫不犹豫地剪掉，她离目标还差那么一点点，尖锐的一点点。

是的，该回家了……门打开了，裤管虚飘飘地灌进冷风，世界在降温，降至零度。

家，从来都是社会的微型单位，它的每一扇窗户都热烈地反射着外界熠熠的光亮，车、房、钞票、职业，一切现实的经济元素架构成家的坚实框架。无数剩男、剩女在轨道上交错运行：不是你不适合我，而是你身上的标签不适合我！

世界上到处涌动着待嫁或待娶的人们，他们错过一个又一个花期，焦炙、惶恐地徘徊，他们是满怀期冀地等待一个心仪的人，还是在等待一个贴满符合社会认知标签的人？

在欲望的天空下，剥离了一切符号的爱情，在哪里呢？

22

萧歌独自品咂着忧伤的滋味，水一样缓缓流淌的忧伤，席卷、淹没，他浸泡在忧伤的河流里，沉甸甸的身体有了生命的质感。

快乐是轻飘的，忧伤是沉重的；快乐是即时的，忧伤是永恒的。

一夜之间，有了忧伤记忆的他，瞬间衰老了。

连续一周，萧歌下班后都情不自禁地跑到尤嘉霓的公寓，他曾无数次地进出，喜悦、憧憬、悸动，如今，他失魂落魄，心灰意冷。他不知道为何这样做，更不知道这样做有什么意义，他不上楼，也不给尤嘉霓打电话，只是呆呆地坐在公寓外的石凳上，一坐就是好几个钟头。他想起他们曾共坐在石凳上，那时他的脑海里总是回旋着叶芝的诗：手挽着手永远漫游，唇对着唇细语喃喃……

周一、周二、周三、周四……尤嘉霓似乎都没有回公寓，萧歌开始有些担心，她为何不回家，难道有什么事吗？他忍不住，终于拨了尤嘉霓的手机，嘟嘟两声后，手机处于通话状态，再打，关机。他知道尤嘉霓不想见他，伤心之余又欣慰她是安全的。他舔舔干燥的唇，他的嘴角起了泡、结了痂，凸起一块坚硬的块状物——那是倔强的思念所致。

萧歌无法排遣思念的情绪，唯有在笔下流淌：昨晚我还梦见你，梦见你穿着黑色长大衣站在空荡荡的房间，你对我耳语，你的呼气就在耳畔咝咝缭绕。他看了看，撕掉；他又继续在纸上写道：你的记忆空间也许有几十个，甚至几百个男人，可是，我的记忆空间里只有你一个女人，你的容颜、你的肌肤、你的声音，都深深嵌进我体内，我对你的思念无限膨胀……再撕掉。萧歌无法集中心智做好任何一件事，这让他沮丧不已，是她让我变成这样，思念无端平添了恨：你把一切都杀死了，我的激情、我的梦想、我的希冀！你我为什么要有开始呢？假如没有开始，我还是快乐地生活在我的世界，我只想好好地爱一个女孩，平静而美好的生活；假如没有开始，我还会相信爱情，相信我所看见所触摸所闻嗅的世界……

为什么要有开始呢？台历上画着密密麻麻的圈圈，开始的日子，一月十二日；三月二日，第一次……六月二十六日，尤嘉霓的生日。过几天她的生日就到了，萧歌忽而希望这段感情有个美好的结局，毕竟这是他真正意义上的第一次情爱。他决定送她一份生日礼物，然后……或许，她还残留一丝眷恋？萧歌骑着单车跑遍全城，最终选了款绿松石项链，他摩挲着手中的绿松石项链，慢慢地温热起来，攥紧了，不想松开。

萧歌从黄昏一直等到夜色渐浓，终于等到尤嘉霓。一辆车缓缓停下，他听到尤嘉霓的笑声，清亮而佻达，而后，他看到她袅娜地从车里钻出。他试图走上前，尤嘉霓又回转，灵巧地俯下身，车门遮蔽了一切，但他清晰地判断，那是一个亲吻的姿态。这样的画面，早在脑海里浮现无数次，可一旦鲜活地呈现，依然尖锐地刺激着他的神经。

车终于缓缓开走，萧歌想冲上去，可是，他能说什么？说我爱过你，也恨过你，但恨的最终还是爱……还是，今天是你的生日，我想送你一份生日礼物。现在，他觉得一切的表白都是那么荒唐可笑，她没有骗他，她有很多男人，十个、二十个，或许更多……自始至终，他对她不过是一个可有可无的消遣对象，一个想忘却就忘却、想抹杀就抹杀、想删除就删除的人。萧歌为自己多余的痴情感到彻骨的寒凉。

手指如变形鹰爪坚硬地嵌进墙缝里，此刻的每一分，不，每一秒对他都是一种煎熬，去，还是不去，再不去，他将失去最后的机会……萧歌犹疑着，尾随其后，尤嘉霓似无察觉，匆匆向公寓走去，突然，手机铃声急促响起，这响声在寂的夜似警铃，萧歌一慌神，差点撞到树上。

尤嘉霓停下接电话，声音那么地柔哆，犹若以前她在他耳边低吟，她的发丝痒酥酥地撩拨他的耳际，萧歌隐秘处的柔情又被唤醒，不管怎样，还是把项链塞到她手里，什么也不用说……萧歌不由快速趋近，走到她的旁侧，近得伸出手臂即可触碰。

尤嘉霓全然沉浸于交谈的愉悦，她轻盈地从萧歌身旁走过，一缕香气似有若无飘过，她根本没留意这个在夜色里模糊的身影，踯躅徘徊的身影。

萧歌闻嗅着气息，哦，第一次，她的气息馥郁而芬芳，在他的发上，萦绕、飘散。意识有点恍惚，再一回神，踢嗒嗒，尤嘉霓已快速跑向路边，拦下一辆出租车，疾驰而去。

绿松石项链断了线，散落一地的珠子，一颗一颗，滚落进窨井里。

23

尤嘉霓迫不及待地要赶赴下一场约会，另一个世界正热烈地召唤着她。

璀璨的光亮就在前方，音乐、美酒、男人的簇拥，那是属于她的世界，那个夜色里缩小再缩小的阴影，她不会再回望。天空飘起沥沥细雨，状如蛛网的斑驳树条，朦胧的水汽，车呼啸而过。错乱的景象模糊了尤嘉霓的面容，对面驶来的车亮起灯，簇状的光一打，她的眸子闪着幽冷的寒光。

出租车停靠在沿街酒吧。酒吧是旧式小洋楼改造，幻彩灯带亮起来，红、蓝、黄，奇妙的梦幻感。屋内传来震天响的打击乐声，有人在狂欢，他们喧叫着，高歌着，一个又一个啤酒瓶扔砸出来，碎了，一地的玻璃碴。

猛一推门，各种色彩，灯光的色彩、衣服的色彩、皮肤的色彩，黏稠的，丰溢的，一波一波，痉挛地颤悸地漾出来，热力强劲地泼向尤嘉霓的眼眸，刺激着末梢神经，灼热的烫。她穿越无数涌动的人群，向熟悉的不熟悉的男人走去，向欢乐激奋的漩涡中心走去。她双臂高扬，踩着强劲鼓点甩着长发扭动，光裸的背在灯光下幻变成蓝绿色，闪亮的唇有七彩光影在舞，抖荡的肉体随乐声一波波扩散，和无数男人的肉体黏合、混融。香槟酒肆意喷洒，比基尼女郎热辣狂舞，白色烟雾袅袅弥漫，人们在欢呼，在神经质的战栗中纵情欢呼。

凌晨两点,尤嘉霓被簇拥着走出,雨越下越大,他们都站在门口,神情亢奋。尤嘉霓说要回家，有人说，还早呢，吃夜宵吧，不要扫兴……她总是这么有人气。她仰面欢笑。雨水溅在脸上,溅起小花,白色光带一闪，从未有的皎然明丽。伞撑起了，人人都在说着、笑着,她根本听不见、看不清,处处是迷雾,团团迷雾阻隔了视线——她向前走，不知被谁往后猛一拽，高跟鞋底一滑，一个踉跄，尤嘉霓重重摔倒在地，脸面朝下，地上满是玻璃碴……

一切就发生在瞬间!

一瞬间，只有十秒，或者更短，或者更长，然而，在旁观者眼里，仅是眨眼的一瞬间，甚至，有的人沉迷于狂欢的快感中，尚未被这一瞬间发生的突变所惊醒。

然而，这一瞬间，对于尤嘉霓，却是比一生还漫长的时间。

前十秒：她站到舞台中央，一袭 Chanel 白色丝光薄纱裙，裙衫缀满白色镜面小珠片，呈现微妙渐变的色彩与光华。

看看璀璨光芒中的你吧

就在这独特的华丽中

熠熠闪耀

后十秒：她的面孔，从鲜艳转向枯萎，仅仅瞬间。没有什么是真实存在的——只有狰狞的猩红疤痕是真实存在的，无法消除，永远，真实地，存在。

世界成就了她，又毁灭了她!

所有的门都关上了。

那是 2013 年夏。

自此，我再没听到她的任何消息。尤嘉霓——曾灿烂过，芬芳过，也曾像春天的花粉，痒酥酥地撩拨人们的呼吸系统，好像吹口气，就没了。

到处都是离奇的故事，无须杜撰、渲染，赤裸裸事实本身的离奇，足以令神经寒凛凛地战栗，因为惨烈不断撞击，撞击到麻木，撞击到感知神经麻痹，有谁能清晰回忆起几个月前刻骨铭心的痛？

世界的翻牌越来越快，快到你无法喘息，新的面孔飓风般席卷掉陈旧的，衰老的，或正在陈旧、衰老的面孔……快速的更迭，快速的遗忘，没有一个时代比今天更容易遗忘了！

太多的信息扼杀了信息，太多的痛苦扼杀了痛苦，太多的记忆扼杀了记忆，唯有遗忘，才能平静地生活。

明天，将是遗忘，普普通通的遗忘。

2013-5-26 第一稿

2015-6-19 第二稿

2015-10-9 第三稿

2016-9-10 第四稿